Pearl S. Buck

Letzte große Liebe

Roman

Aus dem Amerikanischen von
Hansjürgen Wille und Barbara Klau

NAUMANN & GÖBEL

Pearl S. Buck: Letzte große Liebe
Lizenzausgabe für die
Naumann & Göbel Verlagsgesellschaft mbH
in der VEMAG Verlags- und Medien Aktiengesellschaft, Köln
Die amerikanischen Originalausgabe erschien
unter dem Titel »The Goddess Abides«
bei The John Day Company, New York
Aus dem Amerikanischen
von Hansjürgen Wille und Barbara Klau

Gesamtherstellung:
Naumann & Göbel Verlagsgesellschaft mbH

ISBN 3-625-20915-2

Pearl S. Buck

Letzte große Liebe

Ein Dichter verliebt sich leidenschaftlich, und für ihn verkörpert seine Geliebte die Muse. In vielen Fällen vergeht diese leidenschaftliche Verliebtheit, vielleicht allein aus dem Grunde, weil die Frau sich nicht bemüht, den Nimbus zu bewahren, den sie dem Wissen um ihre Schönheit verdankt, und die Macht, die sie über ihren Dichter-Geliebten ausübt. Der Nimbus verwirrt sie; sie verwirrt ihn und wird schließlich eine simple Hausfrau oder ein leichtes Mädchen; in seiner Enttäuschung wendet er sich Apollo zu, der ihn immerhin lebendig und geistreich zu unterhalten vermag – und noch ehe er die Mitte der Zwanzig erreicht, verschwindet er von der Bildfläche. Aber der echte, stetig besessene Dichter macht einen Unterschied zwischen der Göttin, wie sie sich in ihrer höchsten Macht, der Herrlichkeit und Weisheit der Frauenliebe, offenbart, und der Frau, in der die Göttin für einen Monat, ein Jahr, sieben Jahre oder sogar länger Wohnung nimmt. Die Göttin bleibt.

Die Weisse Göttin
von Robert Graves

Erster Teil

Sie hatte zu lange und bei zu trübem Licht gelesen. Jetzt klappte sie das Buch zu und lehnte sich in ihrem niedrigen Sessel zurück. Durch die Glaswand des Hauses, in dem sie allein lebte, blickte sie auf den Berg. Rechts ging die Sonne unter; ihre letzten Strahlen fielen auf den schneebedeckten Gipfel und tauchten ihn in einen rosaroten Glanz. Die sich unterhalb des Gipfels bewegenden Farbtüpfel waren die letzten Skiläufer. Sie glitten die glatten weißen Hänge hinunter, bis sie sich in dem Schatten des dunklen Waldes unten am Berg verloren. Bald würden sie in die Hütte stapfen, würden vor dem großen Kamin stehen, wo ihre feuchte Kleidung in der Hitze dampfte, würden trinken und plaudern und mit ihrem Können prahlen. Dann würden sie in ihre Zimmer gehen, baden und sich für den Abend umziehen. Sie würden gewaltige Mengen zum Abendessen verzehren, sich dann wieder an den Kamin setzen und singen, sich in ihrem Skikauderwelsch unterhalten, bis sie schließlich, schon halb schlafend, zu Bett gingen. Und am Morgen würden sie aufstehen, und es würde alles wieder fast genauso sein wie am Tage zuvor.

Und sie hier in ihrem Haus mußte jetzt für sich allein das Abendessen bereiten. Und nachdem sie dann eine Stunde lang Musik gehört hatte, würde sie in dem großen Schlafzimmer, das halb Studio war, zu Bett gehen. Aber zunächst einmal mußte sie das abendliche Feuer im Kamin anzünden.

Sie nahm sich Zeit, sah, wie der weiße Gipfel glühte und dann silbern verblaßte, in Asche und schließlich im Nachthimmel versank, wenn er nicht durch die Gunst des Mondes als ein Geist der Schönheit wiedererschien. Heute ging der Mond erst spät auf. Sie erhob sich und zog die Vorhänge zu, steckte die Scheite in dem riesigen Kamin an – »zu groß, zu groß«, hatte Arnold gesagt, als sie ihr Haus entworfen hatte.

»Wie willst du jemals die Scheite tragen?« hatte er gefragt.

»Das wirst du tun«, hatte sie mit ausgelassenem Lachen geantwortet.

Er hatte nicht gelacht. »Ich werde vielleicht nicht immer hier sein«, sagte er.

Es war das erste Mal, daß sie das aus seinem Munde hörte. Wenn sie zurückblickte und sich erinnerte, wurde ihr klar, daß er wußte, er war dem Tode geweiht, der zehn Monate später kam. Es war ein grausames Sterben, dessen Schmerzen nur durch starke Betäubungsmittel gemildert wurden, ehe die völlige Bewußtlosigkeit eintrat.

Aber fast sechs Monate lang hatte er mit ihr nicht vom Tod gesprochen, und als er es dann tat, hatte er gesagt, er hoffe, sie werde sich wieder verheiraten. Er sei zu alt für sie, hatte er in all den Jahren ihrer Ehe immer wieder erklärt, und sie hatte es ebenso standhaft abgestritten.

»Junge Männer interessieren mich nicht«, hatte sie erst heiter und dann verbissen geantwortet.

Ja, sie hatte auf dem Kamin bestanden. Und es stimmte, die Scheite waren zu schwer. Wenn Sam, ein Mann aus Vermont und ihr Nachbar, sonntags nicht kam, machte sie ein Feuer aus Reisig, das nicht viel wog.

Aber an jedem anderen Morgen kam er, um Feuer zu machen, das sie sommers und winters brauchte, denn dieser riesige Raum konnte sich, wenn er nicht geheizt wurde, nachts in eine Urzeithöhle verwandeln. Ihr Tag endete mit dem Erlöschen des Feuers, aber sie steckte dann in ihrem Schlafzimmer ein anderes an, schlief jedoch immer ein, ehe das ebenfalls erlosch.

Sie stand auf, um ihr Abendessen zu bereiten, verspürte plötzlich Hunger, denn sie hatte, ganz in ihr Buch vertieft, vergessen, zu Mittag zu essen. Wie immer, ehe sie den Tisch deckte, stellte sie das Radio an, das mit einer Stereoanlage verbunden war. Als sie wußte, daß Arnold sterben mußte, hatte sie das Haus so eingerichtet, um allein in ihm leben zu können.

»An der Nordwand bringen Sie bitte Bücherregale an, Sam«, hatte sie angeordnet. »Ich werde viele Bücher brauchen.«

Er hatte gebrummt: »Wofür wollen Sie bloß so viele Bücher, wo Sie doch nur zweimal im Jahr herkommen?«

Das stimmte. Als Arnold noch lebte, verbrachten sie im Sommer einen Monat in Vermont, und als die Kinder noch nicht erwachsen waren, kamen sie zu Weihnachten und zum Skilaufen. Nach Arnolds Erkrankung hatte sie das Skilaufen aufgegeben, da sie ihn nicht allein lassen wollte. Sie hatte nicht wieder damit begonnen – bis jetzt nicht. Vielleicht würde sie's nie wieder tun. Erst einmal würde sie in ihrem großen alten Haus in Philadelphia leben, in dem sie als einziges Kind geboren war und in dem sie und Arnold seit dem Tode ihrer Eltern so viele Jahre gewohnt hatten.

Sam hatte die Regale hier in dem Haus in Vermont nach ihren Angaben gezimmert, und sie hatte die Bücher hineingestellt, die sie schon immer hatte lesen wollen und für die sie nie Zeit gehabt hatte, solange Arnold lebte. Und natürlich gehörte Musik in ihr jetzt einsames Leben, nicht nur die Musik der Großen, sondern auch ihr eigenes musikalisches Talent, das in den Jahren der Ehe und Mutterschaft und der täglichen Aufgabe, Arnolds Frau zu sein, geschlummert hatte. Sie hatte nach seinem Tod das Klavier geöffnet und es immer offen gelassen, eine Aufforderung zum Üben und zur Freude, und sie fand hier im Tal einen pensionierten deutschen Musiklehrer, der bereit war, ihr wieder Stunden zu geben. Es hatte sie auch nach Sprachen gehungert, vielen Sprachen, und darum hatte sie wieder einmal begonnen, Französisch zu lernen – als erstes Französisch, sagte sie sich, denn ihre Großmutter war Französin gewesen, und dann Spanisch und Italienisch und vielleicht Deutsch. Aus einer der vielen Beschäftigungen, mit denen sie ihr Alleinsein ausfüllte, könnte sie vielleicht eines Tages einen Beruf machen, obwohl Arnold ihr genügend Geld hinterlassen hatte. Sie liebte Kleider und Schmuck, nicht nur an sich, sondern als Teil der Frau, die sie noch immer zu sein begehrte. Wer, fragte sie sich, war diese Frau? Und was würde ihr Beruf sein? Die anschwellenden Töne der Musik hallten zu den hohen Balken hinauf.

»Die Balken wird man nie zum Dach hinaufhieven können«, hatte Arnold gesagt.

Es waren Zedernstämme aus dem Walde, der das Haus an drei Seiten umgab. Sie hatte angeordnet, die Rinde abzuschälen, und bei jedem Wetter, ob es nun schneite, sonnig war oder regnete, sollten sie draußen bleiben, bis sie silbergrau geworden waren.

»Wir werden es schon schaffen«, hatte sie erklärt. Und sie hatte es geschafft. Sam und ein Bauunternehmer hatten aus einem Seil und einem Kran einen riesigen Hebel hergestellt.

Das Haus war von ihr entworfen, für Kinder war kein Platz darin. Sie hatte jung geheiratet, hatte ihre Kinder jung geboren und war eine gute Mutter gewesen. Sie hatte sie heranwachsen sehen, einen Sohn und eine Tochter, die beide selber früh geheiratet hatten. Jetzt dachte sie an sie als Freunde, gelöst von ihr, Mann und Frau mit ihren eigenen Sorgen. Ja, sie zog sich sogar von ihnen zurück, denn sie mußte dahinterkommen, ob ihr Leben über Ehe und Mutterschaft hinaus einen Sinn hatte. In ihrer ein wenig reservierten Art war sie gern beides gewesen, Frau und Mutter. Aber jedes Ding hatte seine Zeit.

Trotz der Lautstärke der Musik hörte sie inmitten des Andante, daß jemand kräftig an die Tür klopfte. Sie drehte sich um und sah durch die Glastür die Gestalt eines Mannes in Skikleidung.

»Du solltest dort nicht ganz allein sein«, hatten ihre Kinder gesagt. »Jetzt, da der Berg entdeckt worden ist, verändert sich das ganze Gebiet. Alle möglichen Leute…«

Sie verließ die Theke, die genau das war, was sie an Küche brauchte, obwohl Arnold prophezeit hatte, sie würde der Theke bald überdrüssig werden.

»Du wirst in dein großes Haus zurückkehren und wieder deine dienstbaren Geister haben wollen«, hatte er gesagt. Aber sie war froh, wenigstens für eine Weile von der bedrückenden Anwesenheit ›dienstbarer Geister‹ befreit zu sein. Und was sie essen wollte, war auf der Theke in einer

Ecke dieses riesigen Raums schnell zubereitet. Sie spähte noch einmal durch die Glastür. Das Licht der Lampe über dem Eßtisch beschien ein Männergesicht, ein junges Gesicht mit dunklen, leidenschaftlichen Augen und ausgeprägten Zügen. Sie öffnete die Tür.

»Kommen Sie herein«, sagte sie.

Er stampfte mit den Füßen, damit der Schnee von seinen Stiefeln herunterfiel, und lehnte seine Skier und Stöcke an die Außenwand des Hauses. Dann trat er ein.

»Nun?« fragte sie.

Er zögerte, lächelte, streckte die Hand aus.

»Ich bin Jared Barnow«, sagte er, »und ich bin nicht dreist, nur verzweifelt.«

»Ja?«

»Man hat mir gesagt, Sie hätten das einzige nicht besetzte Zimmer in der Gemeinde, und ich weiß nicht, wo ich schlafen soll. Ich hatte ja keine Ahnung, daß es hier so überfüllt ist. Da ich allein bin, habe ich mir gedacht,für einen einzelnen kann es nicht so schwer sein, ein Zimmer zu finden.«

Er war manierlich, aber...

»Es würde leider sehr stören«, sagte sie freimütig.

Er blickte sie mit seinen dunklen, klugen Augen fragend an und wartete, was weiter kommen würde.

»Ich habe noch nie Fremde in meinem Haus aufgenommen«, sagte sie, und dann sich plötzlich ihrer Einsamkeit bewußt werdend, fuhr sie fort: »Legen Sie Ihre Sachen ab, ich werde Ihnen etwas zu essen machen. Dann...«

»Ich danke Ihnen.«

Er zog seine Jacke aus, streifte einen dicken Pullover über den Kopf, und sie sah, daß er schlank und ziemlich groß war; das blonde Haar fiel ihm fast über die dunklen Augen.

»Sie wollen sich doch gewiß waschen«, sagte sie. »Dort ist meines Mannes Schlafzimmer und sein Bad - war es, meine ich. Er lebt nicht mehr.«

Er antwortete nichts darauf, und sie schob zwei weitere Koteletts in den Ofen und legte noch ein Gedeck auf.

»Ich habe nur selten Urlaub«, sagte er eine Stunde später. Ob er bemerkt hatte, daß sie ihr dunkelrotes, ärmelloses, bis zu den Fußknöcheln reichendes und am Hals hoch geschlossenes Kleid angezogen hatte, verriet er nicht. Er war ganz mit Essen beschäftigt.

»Sie haben ein Internat besucht«, sagte sie.

Er blickte auf. »Woher wissen Sie das?«

Sie lächelte. »Sie wirken nicht deprimiert, aber Sie haben immer schnell essen müssen, um noch etwas abzubekommen, ehe andere sich darauf stürzten. Das bedeutet Internat.«

»Ich könnte ja auch bei der Armee gewesen sein.«

»Das glaube ich nicht. Ich habe einen Sohn und kenne mich da aus.«

Er lachte. »Sie haben recht. Internat. Dann College. Mit zwanzig war ich fertig.«

Sie war an schweigsame junge Männer gewöhnt, aber er war weniger schweigsam als in sich selbst versunken. Ein strebsamer junger Mann, dachte sie, mit einem Ziel. Er hatte schmale Hände, gepflegt, aber nicht übertrieben, männliche Hände mit starken Fingern. Er sah so jung aus, daß er ihr Sohn sein konnte - aber sie hätte sich alles andere als einen weiteren Sohn gewünscht.

»Was tun Sie?« fragte sie.

Er schob seinen leeren Teller beiseite. »Um meinen Lebensunterhalt zu verdienen oder zum Vergnügen?«

»Beides.«

»Ich bin glücklich dran«, sagte er. »Das, was ich tue, um meinen Lebensunterhalt zu verdienen, macht zugleich Spaß.«

»Und was ist es?«

»Von Elektronik verstehen Sie wohl nichts?«

»Ich kenne das Wort. Mein Vater war Physiker.«

Er wurde sofort hellwach. »Nein! Wie hieß er?«

»Mansfield. Raymond Mansfield.«

»Doch nicht etwa der...?«

»Ja.«

»So etwas!« Er warf seine Serviette hin. »Was für ein unglaubliches Glück! Da weht mich der Zufall in ein Haus, und wer wohnt darin? Die Tochter von Raymond Mansfield!«

»Aber Sie sind zu jung, um ihn selber gekannt zu haben.«

»Ich habe seine Bücher gelesen. Ach, wie wünschte ich, er lebte noch! Er würde wissen, was ich tun möchte.«

»Was?«

Er blickte sie schüchtern von der Seite an. »Wie soll ich wissen, ob Sie es verstehen?«

»Vielleicht verstehe ich's.«

»Nun, ich bin Ingenieur. Eine Art Superingenieur, wie man vielleicht sagen könnte, aber ich... mein wirklicher Beruf ist das Erfinden. Ich habe schon Verschiedenes erfunden.«

»Was, zum Beispiel?«

»Nun...« Er blickte sie an, verstummte jäh und fuhr dann fort: »Das würde Sie doch nicht interessieren. Es würde keine Frau interessieren.«

»Vielleicht bin ich eine Ausnahme.«

»Ja, wahrscheinlich...«

Er stand auf, ging zum Kamin und blickte in die glühende Höhle.

»Würde es Ihnen etwas ausmachen, ein Scheit aufzulegen?« rief sie ihm zu. »Der Kasten mit dem Holz steht in der Ecke.«

»Das ist ein Holzkasten? Ich habe ihn für einen Schrank gehalten.«

»Sie machen sich über mich lustig. Nun, ich gestehe, ich habe eine Leidenschaft für alles Große.«

Er suchte ein Scheit, wählte das längste, das schwerste und warf es ins Feuer. Ein Funkenregen stob auf. »Sie sind selber gar nicht so groß. Wer spielt hier Klavier?«

»Ich.«

»Ich spiele auch Klavier.«

Er setzte sich und spielte einen Satz aus einer Beethovensonate.

Auf halbem Wege zwischen Tisch und Spülbecken, die Hände voll Geschirr, lauschte sie und war verblüfft. Ein Musiker, ein wirklicher, spielte da, wie sie seit ihres Vaters Tod nie mehr einen Mann hatte spielen hören, spielte präzise, mit Können und Gefühl. Niemand verstand Musik wirklich - außer Wissenschaftlern, hatte ihr Vater gesagt, und auch nicht irgendwelche Wissenschaftler. Ach nein, nur wirkliche, die Theoretiker, deren Sprache Mathematik war. Sie hatte Mathematik nicht verstanden, bis er ihr erklärt hatte, es sei die symbolische Sprache der Beziehungen, und »Beziehungen«, hatte er hinzugefügt, »sind der wahre Sinn des Lebens«. Sie setzte das Geschirr leise hin und ging auf Zehenspitzen zu einem Stuhl. Er spielte weiter bis zu dem letzten Satz vor dem Finale. Dann hörte er jäh auf und blickte zu ihr hin. »Das Finale spiele ich nicht. Es gehört nicht dazu. Beethoven konnte nie einen Schluß für seine Musik finden. Er läßt sie nur ausklingen oder mit einem plötzlichen Päng enden. Sie mußte eben irgendeinen Schluß haben.«

Sie lachte. »Sie sind blasphemisch, doch Sie haben recht. Was Sie da sagen, habe ich oft gedacht, aber nie zu äußern gewagt.«

Er ging ruhelos im Zimmer auf und ab und trat schließlich ans Fenster. Über dem Horizont leuchtete der Rand des Vollmonds.

»Wohnen Sie hier das ganze Jahr?«

»Nein - erst seit dem Tod meines Mannes.«

»Allein?«

»Ja.«

»Haben Sie keine Kinder?«

»Zwei. Aber beide sind verheiratet und leben Gott sei Dank ihr eigenes Leben.«

»Mögen Sie Kinder nicht?«

»Ich liebe sie, aber jede sich selbst achtende Frau sieht es gern, wenn ihre Kinder selbständig sind, denn dann weiß sie, sie hat es richtig gemacht.«

»Sie sehen nicht - mütterlich aus.«

Sie überging das. »Lebt Ihre Mutter noch?«

»Nein. Mein Vater auch nicht. Ich kann mich an beide nicht

erinnern. Ich habe sie eigentlich gar nicht gekannt.« Er blieb am Klavier stehen, spielte noch einmal ein paar Takte der Sonate, hörte dann wieder auf, ging zu dem Kamin hinüber und blickte in die lodernden Flammen. »Ich bin bei einem Onkel aufgewachsen, einem alten Junggesellen, den es immer wieder zu überraschen scheint, mich in seinem Haus zu sehen, obwohl ich nun schon lange dort lebe.«

»Was ist er?«

»Pensioniert – solange ich mich erinnern kann. Freundlich und ein bißchen verwirrt – er schreibt Bücher über klassische französische Lyrik, die niemand veröffentlicht, aber das scheint ihn nicht zu bekümmern. Er ist immer sehr gut zu mir gewesen. Zumal, da er nie eine Ahnung hatte, womit ich mich beschäftigte. Meine Mutter war seine Schwester.«

Er murmelte das vor sich hin, als spräche er von jemand anderem.

»Sind Sie verheiratet?« fragte sie.

»Nein, aber ich denke manchmal an eine Ehe.«

»Haben Sie sich die Frau schon erwählt?«

»Nun, sie hat mich erwählt, könnte man sagen.«

Sie lachte wieder. »Ist das heute so?«

»Es ist etwas Gutes«, antwortete er todernst. »Ich glaube nicht, daß ich Zeit hätte, mir eine Frau zu suchen. Meine Arbeit füllt den Geist ganz aus.«

»Und das Herz...«

Er sah auf seine Uhr. »Haben Sie etwas dagegen... Darf ich bleiben? Ich stehe früh auf, um früh auf dem Berg zu sein – wenn Sie das nicht stört. Ich kann mir mein Frühstück selber machen. Soll ich noch ein Scheit auflegen?«

»Nein«, antwortete sie. »Ich stehe auch früh auf.«

Sie trennten sich lächelnd. Und als sie den Tisch abgeräumt und das Geschirr gespült hatte, setzte sie sich ans Klavier und spielte leise, während das Feuer erlosch.

Und dann später, als sie wie jeden Abend gebadet und ihr langes blondes Haar gebürstet hatte und in dem großen Bett in ihrem Zimmer lag, während das Feuer in dem hohen Steinkamin loderte, tat sie, was sie am Ende jeden Tages tat, nahm den Telefonhörer ab, wählte sieben Zahlen und horchte, bis sie die sanfte alte Stimme hörte.

»Bist du's, mein Liebling?« fragte die Stimme.

»Ja, ich bin's.«

»Ich habe schon auf dich gewartet, den ganzen langen Abend.«

»Bist du allein?«

»Ja. Henry mußte im Dorf etwas besorgen. Ich habe noch einmal meinen Essay über den Mythos im Geist der Gesellschaft durchgelesen. Die Grenze zwischen Mythos und Wirklichkeit ist sehr schmal. Mythos ist der Traum, die Hoffnung, der Glaube, die Vision des Möglichen, die wie von selbst ins Planen übergeht, und darum ist dies Mögliche der Wirklichkeit tatsächlich sehr nahe, wird sogar vielleicht in jedem Augenblick Wirklichkeit. Und das ist ihr unauslöschlicher Zauber, ihr lockender Zauber. Langweile ich dich, meine Liebe? Ich bin, fürchte ich, nur ein guter Gesellschafter für mich allein, und doch wirst du nie wissen, was du mir gibst – König David und seine Bathseba. Ich glaube, sie haben nie miteinander gesprochen, weißt du. Es war wohl nur die Wärme ihres jungen Körpers, der sich an ihn schmiegte – und alle Worte überflüssig machte. Da mir das fehlt, rede ich…«

Er lachte leise, und sie stimmte darin ein.

»Lachst du mich aus?« fragte er. »Es kränkt mich nicht – wenn ich dich nur zum Lachen bringe.«

»Ich lache dich nicht aus«, erwiderte sie. »Ich denke daran, wie glücklich ich sein werde, wenn ich so alt bin, daß auch ich alles sagen kann, was ich sagen möchte. Hast du deine Medizin heute genommen?«

»O ja – Henry sorgt dafür.«

»Wo bist du jetzt?«

»Wenn du es durchaus wissen mußt, du inquisitorisches Mädchen, ich bin gerade aus der Badewanne gestiegen, habe mich in ein großes Badetuch eingewickelt, und das Wasser tropft auf den Fußboden.«

»Ach, Edwin, du bist unverbesserlich: mit mir zu sprechen und dich dabei zu erkälten! Zieh sofort deinen Pyjama an, und geh ins Bett! Trägst du den flanellenen?«

»Ja, Liebste. Henry hat die Sommerpyjamas wie üblich am ersten Oktober weggelegt, und dann wurde es warm – Nachsommer, weißt du –, doch er wollte sie nicht wieder holen, und darum mußte ich schmoren, bis der erste Schnee fiel, aber du kennst das ja. Ich hoffe, du hast vergessen, daß morgen mein Geburtstag ist.«

»Ich habe vergessen, wie alt du bist, wenn du das meinst!«

»Sechsundsiebzig, meine Liebste. Und wenn ich deine Stimme höre, erregt mich das noch immer.«

»Edwin!«

»Wirfst du's mir vor?«

»Gute Nacht, gute Nacht. Und ich sage noch einmal, du bist unverbesserlich.«

»Gott segne dich, mein Liebes. Wann kommst du zu mir?«

»Bald – sehr bald.«

Sie legte den Hörer auf, lehnte sich in ihre Kissen zurück und lächelte. Wie konnte sie jemandem erklären, wie tröstlich es war zu wissen, daß sie einem alten, liebenswerten Philosophen so viel bedeutete? Es war das, was sie nach Arnolds Tod am meisten vermißt hatte. Das erste Mal war sie ohne jemanden, ohne einen Mann natürlich. Obwohl Edwin Steadley sie nicht erregte, erlaubte sie ihm, sie zu lieben, ohne freilich zu wissen, was Liebe in solchem Alter bedeutet. Vielleicht war es nur eine Formel, Worte, an die er sich in seiner dreißigjährigen glücklichen Ehe mit Eloise, die nun schon vierundzwanzig Jahre tot war, gewöhnt hatte und die darum zu einer Gewohnheit geworden waren. Wie lange das her war, konnte man an ihrem eigenen Alter ermessen, denn als Eloise starb, war sie ein junges Mädchen von achtzehn Jahren gewesen, das seine Mutter neckte, weil sie sich das lange Haar hatte abschneiden lassen. Schon damals hatte sie Edwin als einen alten Mann empfunden, obwohl er in Wirklichkeit auf dem Höhepunkt seiner Laufbahn als berühmter Philosoph und sie eine Schülerin war.

Sie hatte ihn hübsch und männlich gefunden, trotz seines Alters, und von einem Elan erfüllt, den sie nicht mit Philosophie verband, bis sie ihn kennenlernte. Wieviel davon auf Eloises Konto kam, war schwer zu vermuten, aber bestimmt nicht wenig, denn sie war begeisterungsfähig, leidenschaftlich und sehr verliebt in ihn gewesen, hatte ihn zweifellos sexuell erst geweckt. Jedenfalls nahm sie das an, denn Arnold hatte sie auf die gleiche Art geweckt, hatte ihr ihre jungfräuliche Scham ausgetrieben und sie zur Frau gemacht. Und seit seinem Tode hatte sie gespürt, daß ihre Sexualität nachließ, und sich dagegen gewehrt. Aber das ursprüngliche Zartgefühl blieb. Sie wollte begehrt werden und nicht begehren.

Auch in ihrem Schlafzimmer erlosch das Feuer, sie schlief ein.

Jared Barnow war fort, und die Zeit war so schnell vergangen, daß sie einfach nicht glauben konnte, daß es schon neun Uhr war. Sie hatten sich beim Frühstück unterhalten, bis plötzlich die Uhr in der Ecke die volle Stunde geschlagen hatte und er aufgesprungen war.

»Mein Gott! Ich bin hergekommen, um Ski zu laufen. Sie haben mich das ganz vergessen lassen. Aber jetzt will ich Ihnen erst beim Spülen des Geschirrs helfen.«

»Nein, nein…«

»Doch natürlich…«

Schließlich hatte sie ihn überredet, es nicht zu tun, und ihn zur Tür begleitet, aber dann war ihr noch etwas eingefallen, und sie hatte ihm nachgerufen: »Kommen Sie wieder, wenn Sie nicht näher an den Hängen ein Quartier finden!«

»Danke«, hatte er geantwortet.

Sie beobachtete, wie er den Hügel zu der Talstraße hinunterstapfte, auf der er das Skigelände auf dem Berg, ihrem Fenster gegenüber, erreichen würde. Als ihn der Wald verschluckte, wandte sie sich wieder dem Zimmer zu. Es war seltsam leer. Ein zu riesiger Raum, wie Arnold gefunden hatte.

»Man kommt sich darin ganz verloren vor«, hatte er eines Abends gesagt, als das Feuer Schatten in die fernen Ecken warf, und obwohl jetzt die Sonne hereinschien, kam sie sich plötzlich auch verloren vor.

Sie spülte das Geschirr und ging dann in das Zimmer, das Arnolds gewesen, aber jetzt ihr Gästezimmer war. Das Bett war gemacht und alles aufgeräumt. Dann mußte er vorhaben, wiederzukommen, sonst hätte er das Bett so gelassen, wie es war, oder wenn er das Bett gemacht hätte, hätte er die Laken zusammengelegt. Warum dachte sie immer wieder an ihn? Sie würde Edwin anrufen und ihm von dem Gast erzählen und sich so vielleicht selber befreien.

»Obwohl ich Edwin nicht dazu benutzen dürfte, es mir leichter zu machen«, murmelte sie, ging ans Telefon, nahm den Hörer ab und wählte die Nummer. Zehn Uhr? Er würde jetzt an seinem Schreibtisch sitzen und seine Memoiren schreiben, die Geschichte eines langen, bemerkenswerten Lebens, das er unter berühmten Gelehrten und Schriftstellern verbracht hatte.

Sie hielt den Hörer ans Ohr und vernahm seine Stimme:

»Ja? Wer ist da?«

»Ich bin's.«

»Ach, meine Liebste, wie wunderbar, dich schon am Beginn des Tages zu hören!«

»Ich dürfte dich nicht in deiner Arbeit stören, aber ich mußte deine Stimme hören. Das Haus wirkt plötzlich leer.«

»Es macht mich glücklich, daß du mich brauchst.«

Nein, es ist nicht fair von mir, dachte sie, ihn zu benutzen, weil ich jemand anderen vermisse, und außerdem ist es unmöglich, daß ich jemanden vermisse, den ich erst gestern kennengelernt habe und der dazu noch mein Sohn sein könnte. Es kommt nur daher, daß ich mich nicht an das Alleinleben gewöhnen kann.

»Wann kommst du zu mir?« fragte die Stimme.

Schon seit langer Zeit hatten sie stillschweigend vereinbart, daß, wenn sie sich besuchten, sie zu ihm fahren mußte. Das Reisen war für ihn zu beschwerlich geworden, aber außerdem wollte sie ihr Haus für sich ganz allein haben.

Selbst ihre Kinder nahm sie nicht auf, brachte sie lieber in der Pension in der Nähe unter. Dies Haus gehörte ihr, durfte jetzt, da Arnold tot war, nicht entweiht werden. Es hatte Zeiten gegeben - obwohl sie sich das nicht eingestehen wollte -, da sogar er manchmal ein Eindringling gewesen war. Aber erst seit sie allein war, kannte sie sich wirklich.

Ehe sie Witwe wurde, war sie Tochter und Schwester, Ehefrau und Mutter gewesen, hatte sich notgedrungen, wenn auch willig, geteilt, denn sie hatte sich an jeder menschlichen Beziehung gefreut, und ihre Erinnerungen waren eine Schatzkammer für sie. Jetzt, da sie mit sich allein lebte, als wäre sie eine Fremde, entdeckte sie neue Vorlieben und Abneigungen und neue Fähigkeiten, Bücher zum Beispiel - sie hatte Bücher für eine Ablenkung und Zerstreuung gehalten: Jetzt wußte sie, daß sie ein Kommunikationsmittel zwischen Menschen waren, zwischen ihr und anderen, lebenden und toten. Diese Kommunikation war die Quelle des Lernens, und nach den unruhigen Jahren ihrer Ehe dürstete sie danach, wieder zu lernen.

»Ich habe einen Gast«, sagte sie.

»Wer ist es?«

Sie hörte einen Unterton von Eifersucht in Edwins Stimme, und das amüsierte sie.

»Du bist eifersüchtig!«

»Gewiß.«

»Aber das ist doch absurd!«

»Nein, nur natürlich. Ich liebe dich.«

»Das ist Unsinn.«

»Nein, nur Wirklichkeit. Ich will dir eine erstaunliche Wahrheit über den Menschen sagen. Du bist zu jung, um es zu wissen, aber ich weiß es. Die Liebesfähigkeit ist das Geheimnis des Lebens. Solange man einen anderen Menschen lieben kann, wirklich lieben kann, ist der Tod weit weg. Erst wenn die Liebesfähigkeit vergeht, kommt der Tod bald. Ich danke dir, mein Liebling, daß ich dich lieben darf. Das versperrt dem Tod meine Tür.«

Sie hörte aufmerksam zu; er war noch der Lehrer, und sie war noch die Schülerin. »Du machst zuviel von mir her«, sagte sie, »und das ist reizend.«

»Also, wer ist dein Gast?« fuhr er fort.

Sie sagte es ihm kurz, fast gleichgültig und fügte hinzu: »Und wahrscheinlich wird er nicht wiederkommen. Der Wochenendandrang ist heute vorbei; er wird eine andere Unterkunft finden.«

»Hoffentlich«, antwortete er. »Ich habe es nicht gern, wenn du mit einem Fremden allein in dem Haus bist. Heutzutage weiß man nie - und du bist eine sehr schöne Frau.«

Arnold hatte ihr so etwas nie gesagt, und sie war ihrer eigenen Schönheit nie sicher gewesen. Er war eifersüchtig, ja, aber ohne Grund, und da er sie für sich allein haben wollte, kam ihr jetzt der Gedanke, daß sie vielleicht schön gewesen war und er nur nicht gewagt hatte, es ihr zu sagen.

»Das denkst du nur, Edwin«, sagte sie. »Aber trotzdem höre ich es gern, denn in meinem Innersten bin ich eine eitle Person.«

»Du hast nie an dich gedacht. Ich habe immer gewußt, daß du schön bist. Ich erinnere mich noch an das erste Mal, da ich dich sah. Es war an einem Septembertag, und dein rotgoldenes Haar leuchtete unter dem braunen, schwarzen und blonden der Studentinnen im ersten Semester. Du fielst mir gleich auf, ohne daß ich natürlich im geringsten ahnte, daß du eines Tages das Zentrum meines Lebens werden würdest. Ich sah deine klaren, intelligenten Augen. Das ist meine Lieblingsschülerin, dachte ich, und das warst du, und ich begann Pläne zu machen, wie ich dich festhalten könnte, aber es gelang mir nicht, denn dieser Schuft Arnold Chardman heiratete dich nur allzu früh! An dem Tag, als du mir das sagtest, habe ich fast geweint. Erinnerst du dich?«

Sie erinnerte sich. Es stimmte, sie hatte zu jung geheiratet, aber sie war so selig gewesen, daß sie gar nicht auf die Augen des Professors geachtet hatte; nur sein Schweigen war ihr aufgefallen.

»Wollen Sie mir nicht Glück wünschen?« hatte sie gefragt.

Es dauerte eine Weile, ehe er antwortete: »Ich wünsche Ihnen, daß Sie glücklich werden. Sie werden Ihr Glück in verschiedener Gestalt finden. Im Augenblick sind Sie ganz sicher, daß Sie es in der Ehe finden. Nun, vielleicht finden Sie's darin, aber die Zeit wird kommen, da es Ihnen in etwas anderem begegnen wird.«

»Solange es nicht in einem anderen ist…«, hatte sie heiter gesagt.

»Setzen Sie dem Glück keine Grenzen«, hatte er ernst erwidert. »Man nimmt es, wo man es findet.«

Jahrelang hatten sie sich nicht wiedergesehen, und sie vergaß ihn. Dann eines Tages, bald nach Arnolds Tod, fand sie unter den vielen Kondolenzbriefen seinen. Er schrieb, als hätten sie sich erst gestern getrennt.

»Erinnern Sie sich, was ich über das Glück gesagt habe? Ein Glück ist vergangen, aber halten Sie sich bereit für das nächste, was immer es ist. Wenn Sie es nicht am Horizont sehen, dann müssen Sie es dort schaffen, wo Sie sind. Solange Sie leben, können Sie das Glück finden, wenn Sie es suchen, oder es für sich schaffen. Vielleicht ist schon die Suche allein Glück.«

Es war ein langer Brief gewesen, in dem nur von ihr und der Zukunft, vom Leben und nicht vom Tod die Rede war. Dennoch, auch er war dem Tod begegnet, erinnerte er sie, denn Eloise, seine Frau, war vor vielen Jahren gestorben. Jetzt lebte er allein in dem Haus auf dem Lande, das ihrer beider Sommerhaus gewesen war, und schrieb Bücher.

Sie hatte mit einem kurzen, traurigen Brief geantwortet, hatte geschrieben, sein Brief sei der tröstlichste gewesen, den sie bekommen habe. »Aber es ist kein Glück am Horizont«, hatte sie hinzugefügt, »und ich kann keinen schöpferischen Funken in mir entdecken.«

Dann hatte er ihr ein Telegramm geschickt, in dem er sie einlud, ihn zu besuchen, und sie war hingefahren, aber er war nicht allein, sondern der Mittelpunkt einer großen Familie mit erwachsenen Kindern und Enkeln und anderen Besuchern, unter denen sie zwar ein willkommener, doch nicht wichtiger Gast gewesen war. Aber er hatte ihr ihre Bedeutung gegeben, hatte sie als seine Gefährtin auserkoren, die an seiner Seite blieb, wenn die anderen Ausflüge machten. Wenn sie so allein in dem großen weitläufigen Hause waren, hatte er gesprochen, und sie hatte zugehört. Er schrieb gerade ein Buch über die Unsterblichkeit und berichtete ihr darüber. Sie hatte interessiert zugehört, denn Arnold hatte nicht an ein Leben nach dem Tode geglaubt. Inmitten ihrer Angst, als er im Sterben lag, hatte sie seinen Mut bewundert.

»Ich bin dem Ende sehr nahe«, hatte er gesagt. »Und es ist das Ende, meine Liebe. Es bleibt mir nur noch zu danken - dir. Ich danke dir für alles, was du mir gegeben hast.«

Das waren seine letzten zusammenhängenden Worte gewesen. Denn plötzlich hatten ihn heftige Schmerzen überfallen, und ein paar Stunden später war er, ohne das Bewußtsein wiedererlangt zu haben, gestorben. In der ersten Nacht, die sie allein in dem großen Haus in Philadelphia verbrachte, das jetzt ihr gehörte, hatte sie über seine Worte nachgedacht. War es wahr, konnte es wahr sein, daß nichts von ihm blieb, außer dem auf dem Friedhof, auf dem seine Vorfahren begraben waren, bestatteten Leib? Sie hatte immer wieder darüber gegrübelt, war aber zu keinem klaren Schluß gelangt und ach, nicht bereit zu glauben, daß er recht hatte. Dennoch fürchtete sie, er hatte es. Sie hatte keinen Beweis für die Unsterblichkeit, aber er hatte auch keinen Beweis dagegen gehabt. In dieser inneren Verfassung war sie geradezu darauf versessen gewesen zu hören, was Edwin dazu zu sagen hatte.

»Wir Menschen sind die einzigen Geschöpfe, die an ihr eigenes Ende zu denken vermögen, ohne Zweifel oder Glauben.«

Bei ihrem ersten Besuch hatte er das eines Tages als eine unumstößliche Tatsache festgestellt. Sie saßen auf der Terrasse, von der aus man die fernen Berge sah, und die Haushälterin hatte ihnen Tee und Kuchen gebracht, hatte das Tablett auf den Tisch zwischen ihnen gestellt und war dann wieder verschwunden. Als sie allein mit ihm war, hatte sie gewagt, ihm zu widersprechen. Ihre Teetasse in der Hand, hatte sie den Kopf geschüttelt.

»Sie sind nicht meiner Meinung?« hatte er überrascht gefragt.

»Selbst Tiere wissen, daß sie sterben, und fürchten sich davor«, hatte sie geantwortet. »Sehen Sie doch, wie verzweifelt sie dem Tode zu entrinnen versuchen! Sie können vielleicht nicht denken, aber sie kämpfen gegen den Tod. Haben Sie schon einmal ein Kaninchen im Maul eines Hundes gesehen? Bis zu seinem letzten Atemzug kämpft es gegen den Tod. Ein aus dem Wasser gezogener Fisch ringt um sein Leben. Tiere fürchten den Tod, und wenn sie ihn fürchten, dann wissen sie, was er ist.«

Er hatte erstaunt und erfreut zugehört. »Sie sind eine scharfe Denkerin«, hatte er geantwortet, »aber verwechseln Sie nicht Instinkt mit Bewußtsein?«

Sie hatte darüber nachgedacht und dann gefragt: »Was ist der Unterschied zwischen Tier und Mensch?«

»Das Bewußtsein seiner selbst«, hatte er geantwortet. »Ein Mensch erklärt sich selbst, weil er weiß, was er ist. Tiere? Nein. Sie trennen sich nicht vom Kosmos.«

Sie waren sich schon bei jenem ersten Besuch seltsam nahegekommen, und im Laufe der Zeit war daraus eine gegenseitige Abhängigkeit geworden, obwohl sie erkannte, daß das, was sie für ihn empfand, nicht Liebe, sondern nur Freundschaft war. Von seiner Seite war es rückhaltlose Liebe. Eines alten Mannes Liebe, eine Liebe, deren Wesen ihr nicht klar war. Aber was es auch war, Liebe war beglückend, und sie wollte, daß sie währte. Er war klüger als sie, und auch das war beglückend. Sie hatte sich noch nie auf jemanden gestützt, denn Arnold, wie sie schon früh erkannt hatte, hätte sie nie ganz kennen können.

Wieder hörte sie Edwins Stimme. »Bist du noch da, Edith?«

»Ja, o ja«, antwortete sie rasch.

»Dann hast du nicht zugehört.«

»Nicht ganz«, gestand sie.

»Du hast geträumt.«

»Nur nachgedacht – über dich und mich.«

»Ach, dann verzeihe ich dir. Und ich danke dir. Es ist nicht gut für mich, eifersüchtig zu sein, weißt du – in meinem Alter.«

»Das brauchst du auch nicht. Und nun geh wieder an deine Arbeit, Liebster.«

Sie legte den Hörer auf und wandte sich wieder dem Tag zu, einem strahlenden, sonnigen Tag mit über die Hänge wirbelnden Gestalten, und beschloß, sich an ihm zu freuen. Eine Fülle kleiner Aufgaben harrte ihrer. Eine silberne Schale mußte geputzt und mit Obst gefüllt werden, und eigentlich war auch ein Gang in den Dorfladen fällig, aber sie verschob ihn, um am Fenster zu sitzen und wieder auf den Berghang blicken zu können, wobei sie sich ausmalte, welcher der fliegenden bunten Punkte Jared Barnow sein mochte. Sie hatte noch nie jemanden gekannt, der Jared hieß, und der seltsame Name machte ihn noch anziehender.

Als die Sonne untergegangen war, Schatten über den Berg glitten und nur noch der rosarote Gipfel sich vom Himmel abhob, beschäftigte sie sich mit dem Abendessen. Ein Essen für zwei? Oder nur für sie allein? Erst wenn sie's wußte, würde sie den Tisch decken. Unterdessen würde sie ein reichliches Mahl vorbereiten – zwei Steaks, das größere für ihn. Dann plötzlich hörte sie seine Schritte und wie er mit den Füßen stampfte, um an den Stiefeln klebenden Schnee loszuwerden, und gleich darauf öffnete er die Tür, ohne anzuklopfen.

»Ich bin wieder da«, sagte er.

»Ich hatte Sie schon erwartet.«

Und dabei ging sie auf ihn zu, und zu ihrer Überraschung und auch ein wenig zu ihrem Entsetzen hätte sie ihn am liebsten umarmt. Aber sie beherrschte sich. Zu welchen Torheiten konnte einen die Einsamkeit verführen! Sie mußte auf der Hut sein. Dieser Impuls war eine neue Erfahrung, denn bisher hatte sie nur vor anderen auf der Hut sein müssen. Ihr allzu anspruchsvolles Wesen – ihre Kälte, wie Arnold es manchmal genannt hatte, wenn er sich über sie ärgerte – war bis jetzt ihre Waffe gewesen. In ihrem Inneren wußte sie, sie war nicht kalt, hatte sich vielleicht nur in einen Raum zurückgezogen, den sie nie mit jemandem geteilt hatte.

»Ich bin wieder da, wie Sie sehen«, sagte er noch einmal.

»Hatten Sie kein Glück bei der Zimmersuche?«

»Ich habe es gar nicht versucht«, antwortete er, während er seine Stiefel aufschnürte.

»Mich freut das nur«, sagte sie. »Es weckt in mir die Illusion, selber auf dem Berg gewesen zu sein.«

»Sind Sie nie Ski gelaufen?«

»O doch, und sehr gern, als ich jung war.«

»Es ist noch nicht zu spät, wissen Sie.«

»Ich fürchte, ja.«

»Unsinn! Sie sehen… wie kaum fünfundzwanzig aus.«

Sie lachte. »Addieren Sie zehn Jahre und dann noch einmal sieben hinzu. Ich bin zweiundvierzig!«

»Nein!«

»Ja!«

»Sagen Sie das nie wieder.« Er stand auf und ging auf die Tür zum Gästezimmer zu. »Ich werde mich nur ein bißchen waschen und kämmen.«

»Es ist alles bereit«, sagte sie.

Er schwieg einen Augenblick, dann fragte er: »Haben Sie mich erwartet?«

»Ich hatte gehofft, daß Sie kämen.«

Sie sahen sich einen Moment an, dann verschwand er im Gästezimmer und schloß die Tür hinter sich. Und sie stand da und fragte sich, ob sie sich umziehen sollte. Aber wenn sie es tat, würde er sie dann nicht einer absurden Koketterie verdächtigen? Sie beschloß darum, das dunkelgrüne Wollkleid anzubehalten, und war eine halbe Stunde später froh darüber, denn er setzte sich und begann mit einer Selbstverständlichkeit, und ohne auch nur ein Wort zu sagen, zu essen, daß sie das fast als undankbar empfand. Er war eben noch sehr jung, sagte sie sich, als sie ihn beobachtete – jung und sehr hungrig. Es wäre töricht gewesen, nur für diesen gefräßigen Jungen ihr langes rotes Kleid anzuziehen oder das schwarze mit dem silbernen Besatz.

»Wie lange bleiben Sie hier?« fragte sie schließlich, um das Schweigen zu brechen. Er konnte ruhig wieder verschwinden. Ihr Stolz war verletzt, vor allem, wenn sie daran dachte, daß sie ihn hatte umarmen wollen.

»Ich muß morgen wieder zurück«, sagte er. »Ich habe einen Job in einem Laboratorium. Eigentlich ist es etwas mehr. Eine Gelegenheit nämlich, eine Chance zumindest, zu erfinden, zu entdecken, vielleicht selber etwas zu schaffen – bei den Brinstead Electronics.«

»Eine sehr gute Firma«, sagte sie.

»Kennen Sie sie?«

»Mein Vater war dort so etwas wie Berater.«

»Ich wünschte, ich hätte ihn gekannt.«

»Er ist schon sehr lange tot. Sie waren noch ein kleines Kind, als er starb.«

Diese Worte taten ihrem Selbstgefühl plötzlich weh. Als Jared geboren wurde, war sie schon kein Kind mehr, sondern ein junges Mädchen, das mit seiner geduldigen Mutter über die Länge oder Kürze von Röcken stritt, und, wenn es mit Arnold ausging, sein Recht verteidigte, erst nach Mitternacht nach Hause zu kommen.

»Die ganze Welt hat ihn gekannt«, sagte er.

»Wahrscheinlich.«

Warum war es so schwer zu sprechen? Sie fühlte sich deprimiert, empfand fast ein feindliches Gefühl ihm gegenüber, weil er so jung war. Dennoch hatten sie sich gestern abend unbefangen unterhalten. Sie hob unwillkürlich den Kopf und sah, daß er das gleiche getan hatte, denn er starrte sie mit seinen dunklen Augen an. Als beider Augen sich begegneten, sagte er plötzlich:

»Ich habe Sie gern. Nicht nur, weil Sie schön sind, denn daran bin ich gewöhnt. Meine Freundin ist ein recht hübsches Mädchen. Aber Sie haben etwas…«

Er verstummte, und sie lachte.

»Ich bin alt und weiter nichts.«

Er stimmte nicht in das Lachen ein, sondern sagte fast gereizt: »Ich wünschte, Sie sprächen nicht vom Alter. Ich schäme mich, noch so jung und kindisch zu sein. Ich bin immer für alles, was ich tun wollte, zu jung gewesen – zu jung, aufs College zu gehen, zu jung für einen Beruf.

Mit fünfzehn bin ich von zu Hause weggerannt, nur um die Zeit, bis ich älter war, zu überbrücken. Ich habe das College zu jung absolviert. War immer für alles zu jung.«

»Wohin sind Sie durchgebrannt?«

»Ich bin zwei Jahre lang in der Welt herumgefahren – herumgebummelt, richtiger gesagt.«

»Dann sind Sie jetzt…«

»Vierundzwanzig.«

Sie gab ihrem Herzen einen Stoß und sagte: »Erzählen Sie mir von Ihrer Freundin.«

Er runzelte die Stirn und wandte den Kopf dem Fenster zu. Über dem Berg hing der schmale Neumond wie ein Juwel am Himmel.

»Sie ist nicht eigentlich meine Freundin«, antwortete er immer noch gereizt.

»Warum nicht?«

Er schob seinen Teller beiseite, stand auf und ging ans Fenster. Dort blieb er stehen und blickte auf den dunklen Berg und den über ihm hängenden Mond.

»Ich bin in einer seltsamen Lage«, sagte er.

»Wieso?«

»Bin immer für alles, was ich tue, zu jung, aber für Mädchen zu alt.«

Sie schwiegen beide einen Augenblick, dann sagte sie leise: »Ich verstehe nicht ganz, was Sie meinen.«

»Ich auch nicht«, sagte er, kehrte wieder an den Tisch zurück und setzte sich. »Noch etwas Kaffee, bitte. Wie heißen Sie übrigens? Ich meine, mit Vornamen…«

»Edith.«

»Edith«, wiederholte er. »Edith? Ich habe noch nie jemanden gekannt, der so hieß. Meine Mutter hatte einen albernen Namen – Ariadne. Dennoch klingt er ganz hübsch. Wie ich schon sagte, ich erinnere mich nicht an sie, aber mein Onkel sagt, sie sei ein reizender Mensch gewesen.«

»Woran sind Ihre Eltern gestorben?« fragte sie im gleichen leisen Ton.

»Sie sind, als ich zwei Jahre alt war, bei einem Autounfall ums Leben gekommen. Es ist mir immer, als ob ich mich an jemanden erinnerte, der meiner Mutter gleicht. Eine sanfte, hübsche Frau – aber wahrscheinlich erinnere ich mich gar nicht wirklich. Es ist vielleicht nur ein Traum oder sogar pure Einbildung.«

»Und niemand ist an ihre Stelle getreten?«

»Nein. Mein Onkel ist Junggeselle. Habe ich Ihnen das nicht schon gesagt? Er hat wahrscheinlich irgendwo eine heimliche Geliebte. Wir sprechen nie über so etwas.«

»Niemand hat bei Ihnen Mutterstelle vertreten?«

»Mich hat es nie danach verlangt. Eine Mutter läßt sich nicht ersetzen, nicht wahr?«

»Ja«, sagte sie und dann nach kurzem Schweigen: »Aber das Mädchen, ist sie wirklich jünger als Sie?«

»Nicht an Jahren, aber sonst.« Er zuckte die Schultern ein wenig. »Trotzdem ist sie recht intelligent, aber ich bin zu alt für sie, bin zu alt für mich, bin sogar eine Last für mich.«

Sie lachte. »Na, hören Sie mal!«

»Doch, es stimmt«, erwiderte er ernst. »Mich interessiert so vieles, nur nicht Menschen. Ich möchte so vieles tun. Ich habe keine Zeit für eine Ehe usw. Und das gerade möchte das Mädchen.«

»Liebt sie Sie?«

»Sie behauptet es.«

»Und Sie?«

»Ich? Das Zusammensein mit einem jungen Mädchen erregt mich wie jeden normalen jungen Mann. Aber mein älteres Ich weiß es besser. ›Du wirst dich mit ihr langweilen‹, sagt es zu mir. Bin ich verrückt?«

»Nein. Nur klug.«

»Ich könnte mit weniger Klugheit auskommen.«

»Sagen Sie das nicht. Sie ist Ihnen gegeben worden, damit Sie etwas vollbringen.«

»Was?«

»Was immer es sein mag, etwas, das Sie vollbringen möchten.«

»In die Geheimnisse des Universums eindringen!« Er beugte sich vor, stützte die Ellbogen auf den Tisch und strahlte sie an. Und sie fühlte sich getröstet, sogar in gehobener Stimmung. Aus einem Grund, über den sie erst gar nicht nachdenken wollte.

»Ich muß morgen in aller Frühe aufbrechen«, sagte er unvermittelt, und ebenso unvermittelt ging er ans Klavier und begann zu spielen.

Es schneite wieder, als er am nächsten Morgen das Haus verließ. Der graue Himmel und der Berg waren noch in dichten Nebel gehüllt. Der Winter ließ sich an der Ostküste nieder, auch in Philadelphia schneite es, wie das Radio gemeldet hatte.

»Wie ungern gehe ich aus diesem warmen Haus fort!« sagte er. Er stand an der Tür in seinem Sportmantel, dessen Kapuze herunterhing.

»Sie haben Ihre Skier im Keller gelassen. Das bedeutet, daß Sie wiederkommen«, sagte sie.

»Ja. Aber ich meine: heute.«

»Ja, heute«, wiederholte sie.

Sie konnte ihm nicht sagen, was sie dachte, was sie jedesmal dachte, wenn es schneite. Arnold unter dem Schnee liegend! Natürlich hatte sie sich jetzt daran gewöhnt, das heißt, wenn sie sich überhaupt je daran gewöhnen konnte. Und warum mußte es der Schnee sein? Im Frühling konnte sie sein Grab ohne Schmerz betrachten, und im Herbst machten die leuchtenden Blätter, die von einem Ahorn dicht neben dem Grab herabfielen, den Friedhof fast heiter. Aber Schnee? Das

Trostlose und Endgültige seines Todes war ihr beim ersten Schnee bewußt geworden, und sie war in diesem Haus allein gewesen. Sie hatte an dem großen Fenster gestanden, sich in die Knöchel ihrer zusammengeballten rechten Hand gebissen, und Tränen waren an ihren Wangen hinuntergelaufen. »Ach, Arnold, du liegst allein unter dem Schnee!« Etwas von dieser Trostlosigkeit überfiel sie jetzt wieder. Da war ein Fremder in ihr Haus eingekehrt und hatte mit seiner Jugend die dunklen Schatten vertrieben, aber er war für sie kein Fremder mehr, war es nie gewesen, konnte es nie sein. Etwas verband sie miteinander, etwas mehr als Musik. Aber was? Er war heute morgen sehr aufgeräumt gewesen, fast, als wäre er froh, wieder seines Weges ziehen zu können, bis zu dem Augenblick, da er vor ihr stand und sie etwas wie Bestürzung und Überraschung in seinen Augen sah.

»Ja, ich mag Sie«, sagte er, als habe er eine Entdeckung gemacht.

»Das höre ich gern«, sagte sie, »und natürlich kommen Sie wieder. Es fragt sich nur, wann?«

»Ich melde mich.« Er blickte sie an, und dann plötzlich wandte er sich ab, ging zur Tür und schloß sie energisch hinter sich. Einen Augenblick starrte sie auf die geschlossene Tür. Rings um sie war es still und leer.

»Die Sonnenuntergänge sind immer am schönsten, wenn du hier bist«, sagte Edwin.

Sie saß an dem kleinen runden Tisch vor dem hohen Fenster seines großen quadratischen Wohnzimmers. In der Ferne hoben sich steile Berggipfel vom glühenden westlichen Himmel ab. Es war ihr gewohnter Platz, wenn sie abends in diesem großen alten Haus war, und sie versäumte selten den Sonnenuntergang, wenn der Himmel klar war. Heute, am zweiten Tag ihres Besuches, war er es gewesen. Sie hatte viele Stunden mit »deinem alten Philosophen«, wie er sich selber nannte, verbracht, bis ihn vor einer Stunde die Müdigkeit übermannt hatte, wie das manchmal geschah, und er hinaufgegangen war, um zu schlafen. Jetzt war er wieder wach und war zu ihr heruntergekommen.

»Der Sonnenuntergang ist immer am schönsten, wenn es geschneit hat«, sagte sie.

Sie spürte seine Hände auf ihren Schultern und seine Wange, die sich sanft an ihr Haar preßte.

»Was für ein Trost ist es, wenn ich dich hier habe«, murmelte er.

»Ich bin hier immer glücklich«, erwiderte sie, ohne sich zu rühren, und immer noch zum Himmel hinaufblickend.

Die Farben wechselten jetzt von Purpurrot und Gold zu Rosa und Hellgelb.

»Bleib sitzen«, sagte er, als sie sich erheben wollte. »Ich muß dich etwas fragen.«

»Ja, Edwin?«

Er stand hinter ihr, so daß sie ihn nicht sehen konnte, und seine Hände ruhten immer noch auf ihren Schultern. Sie wandte den Kopf und sah, wie sein Gesicht von einer ungewöhnlichen Zärtlichkeit leuchtete, als er zu ihr herunterblickte.

»Ist es etwas Schlimmes?« fragte sie lächelnd.

»Ich weiß nicht, ob du es so empfinden wirst. Aber nein – du wirst es verstehen. Ich glaube es jedenfalls. Auf deine Art bist du ein Künstler mit der Ehrlichkeit eines Künstlers.«

»Vielleicht hättest du mich besser darauf vorbereiten sollen.«

Er nahm die Hände von ihren Schultern und setzte sich ihr gegenüber an den kleinen Tisch. Mit seinem weißen Haar, seinem gestutzten Schnurrbart, dem hellen, gesunden Teint und den leuchtend blauen Augen wirkte er vor dem Hintergrund des dunkler werdenden Himmels wie ein schönes Porträt. »Wie kann man so aussehen wie du!« rief sie.

»Wie sehe ich denn aus?«

»Das verrate ich dir nicht. Du bist schon eitel genug.«

»Das heißt – ich bin liebenswert? Für dich, meine ich.«

»Natürlich. Und du weißt das. Jedesmal, wenn du mich das fragst, sage ich ja.«

»Ach, aber ich muß fragen«, jammerte er.

»Damit ich Bekennermut habe!«

Sie neckten sich wieder einmal, aber es war ein Körnchen Wahrheit darin, doch darüber hinaus wagten sie sich nie. Oder vielleicht war sie für die Wahrheit nicht bereit und würde es nie sein. Was sie für ihn empfand, war ein ganz anderes Gefühl als die Liebe, die sie Arnold geschenkt hatte, aber jene Liebe hatte geendet. Der Tod hatte ihr ein Ende gemacht, und plötzlich war eine Weile niemand da, den sie lieben konnte. In den langen Monaten, in denen sie wußte, daß er sterben mußte, hatte sie über die Liebe nachgedacht.

Würde die Liebe weiterleben, nachdem der Geliebte tot war? Konnte eine so starke Macht nur aus der Erinnerung leben? Sie wußte jetzt, sie konnte es nicht. Die Gewohnheit der Liebe wurde zur Notwendigkeit zu lieben und blieb in ihr wie ein eingedämmter Fluß. Jetzt floß er wieder, kein reißender Strom, sondern tastend und sanft jenem Mann entgegen, der ihr gegenübersaß und dem Sonnenuntergang den Rücken drehte. Er begann in seiner nachdenklichen Art zu sprechen, wobei seine Augen sie unverwandt anblickten.

»Die Notwendigkeit, zu lieben und geliebt zu werden, währt, bis wir unseren letzten Atemzug tun, und aus der Notwendigkeit kommt die Kraft. Sie ist in dir, sie ist in mir. Wie kann das sein? fragst du vielleicht. Weil, mein Kind, meine einzige Liebe, die Liebe den Geist und der Geist das Leben erhält. Wenn die Liebe gegenseitig ist, dann können die zwei, die einander lieben, lange leben. Aber selbst wenn sie einseitig ist, gibt sie dem, der liebt, Kraft. Es ist herrlich, geliebt zu werden, aber um lieben zu können, muß man Kraft haben. Ich liebe dich. Darum bin ich stark. Wie alt ich auch bin. Meine Kraft, zu lieben, erhält mich. Wie glücklich bin ich, daß ich jemanden habe, den ich liebe, denn ich bin anspruchsvoll, meine Liebe! Nicht jede Frau wird geliebt – wenigstens nicht von mir.«

Sie spürte eine ihr ganz neue Verlegenheit, denn in diesem Augenblick war etwas neu an ihm. Entweder kam es von dem

Licht des Himmels hinter ihm oder einem Licht in ihm: Er war im Augenblick verwandelt.

Sein Gesicht war um Jahre jünger, seine Augen strahlten, und seine Wangen waren leicht gerötet. Impulsiv beugte er sich zu ihr hinüber.

»Es darf keine Zurückhaltung zwischen uns geben. Ich will dich ganz, und ich will, daß du dich mir ganz gibst.«

»Was meinst du damit, Edwin?« fragte sie. Sein Blick hielt sie gefangen, und seine Hände ergriffen ihre mit einer unvermuteten Kraft.

»Darf ich heute nacht in dein Zimmer kommen?« fragte er unvermittelt, als risse er jäh eine Barriere ein.

Die Frage hing zwischen ihnen, unglaublich und doch wirklich. Er hatte gesprochen. Daran gab es nichts zu deuteln, und eine Frage verlangte eine Antwort. Sein immer noch auf ihr ruhender Blick zwang sie dazu. Während sie noch schwieg, sagte er, diesmal sanft wie zu einem Kind:

»Wir haben beide einen Körper, mein Liebling, durch ihn allein können wir Liebe ausdrücken. Wir sprechen natürlich, aber Worte sind nur Worte. Wir küssen, ja, aber ein Kuß ist nur eine Berührung der Lippen. Nur durch den ganzen Körper kann die heilige Botschaft übermittelt werden. Und wofür nähren wir den Körper mit Speise und Trank? Wofür schlafen wir und bewegen uns, wenn nicht, um einander Liebe zu schenken?«

Als sie, von plötzlicher Schüchternheit übermannt, zögerte, lachte er leise.

»Hab keine Angst, mein Kind! Ich bin schon seit zehn Jahren impotent. Ich möchte nur still im Dunkel der Nacht neben dir liegen und wissen, daß wir endlich eins sind und uns nie wieder trennen, auch wenn wir nicht beieinander sind.«

Endlich fand sie die Sprache wieder. Sie hörte sich Worte sagen, die so unglaublich waren wie die, die er gesagt hatte, dennoch sagte sie sie.

»Warum nicht?«

Sie trennten sich wie üblich nach dem späten Abendessen, sagten sich vor dem Butler Henry förmlich gute Nacht, und es war so sehr wie immer, daß sie fast glaubte, sie habe sich die Szene bei Sonnenuntergang nur eingebildet. Und doch wußte sie, daß es nicht so war.

Denn mit einem Instinkt, der lange geschlummert hatte, suchte sie jetzt in ihrem Zimmer unter ihren Nachtgewändern, bis sie ein besonders kokettes fand. Am Tage trug sie schlichte Jackenkleider, die ihr besonders gut standen, aber nachts trug sie, seit sie allein war, jene zarten, erlesenen Gewänder, die Arnold nicht gemocht hatte. Pyjamas ständen ihr besser, hatte er gesagt, und darum hatte sie sie bis zu seinem Tod getragen. Aber dann – und wer konnte das verstehen? – gleich am Tage nach seinem Begräbnis war sie in den elegantesten Laden in der Stadt gegangen und hatte ein Dutzend Nachtgewänder gekauft. Gebilde aus Spitze und Seide, und obwohl ganz allein, schmückte sie sich für die Nacht mit ihnen.

Und so tat sie es auch jetzt. Nach dem Bad vor dem Spiegel stehend, bürstete sie ihr langes blondes Haar, flocht es wie immer zu einem Zopf, stieg in das hohe alte Bett, als würde nichts geschehen, und lag dort mit klopfendem Herzen, hin und her gerissen zwischen Hoffnung und Angst. Sollte sie schlafen – konnte sie schlafen? Während sie noch darüber grübelte, versank sie, ohne daß sie es merkte, in einen leichten Schlummer. Seine Stimme weckte sie. Mit einer brennenden Kerze in der Hand beugte er sich über sie.

»Ich habe angeklopft, Liebste, aber es kam keine Antwort, und darum bin ich hereingekommen, in der Hoffnung, dich so schön im Schlaf zu sehen, wie ich dich in den letzten fünf Minuten gesehen habe. Jetzt weiß ich, was Schlaf mit deinem lieben Gesicht macht. Du lächelst fast.«

Er stellte den Leuchter auf den Nachttisch, legte sich neben sie, als wäre das schon eine alte Gewohnheit, schob seinen rechten Arm unter ihren Kopf und hob sie an seine Schulter.

»So ist es für uns beide bequem, nicht wahr? Und wir sind,

wie wir es sein sollen, Mann und Frau, die in gegenseitigem Vertrauen Seite an Seite liegen. Ich werde dich nicht bitten, mich zu heiraten, meine Liebe. Es wäre nicht fair gegen dich. Ich bin zu alt dafür.«

»Und wenn ich dich darum bäte?« fragte sie.

»Ach, das wäre etwas anderes«, antwortete er.

Aber nein, dachte sie, sie würde das nie tun. Eine Ehe? Es verlangte sie nicht danach. Sie würde dann nur an Arnold denken, Ihre Verbindung mit Edwin sollte ganz frei von Erinnerung sein.

Plötzlich warf er die Decken zurück und setzte sich auf, um sie zu betrachten. »Was ist das für ein reizendes Nachthemd, das du anhast, dieses hauchdünne, zarte Gewebe!«

Sie genoß seine Freude. »Gefällt es dir?«

»Sehr, aber…«

Er verstummte, und sie spürte, wie seine Hände geschickt die Spitze von ihren Schultern, ihren Brüsten und ihren Schenkeln schoben, bis das Nachthemd zu ihren Füßen lag.

»Gesegnet seien unsere Körper, denn sie sind die Liebeswerkzeuge«, flüsterte er.

Sie antwortete nicht, ließ ihn aber gewähren, nur darauf lauernd, ob sie Ekel empfinden würde, aber sie empfand keinen. Nichts, was sie je erlebt hatte, konnte sich mit seinem Takt, seiner Zartheit, der Behutsamkeit und Sicherheit, mit der er sie berührte, messen. Die Philosophie der Liebe! Die Worte fielen ihr plötzlich ein. Was dies auch war, es war nicht nur etwas Körperliches. Dann zog er seinen Morgenrock aus und legte sich wieder neben sie.

»Jetzt kennen wir einander«, sagte er. »Von nun an können wir einander nie fremd sein.«

Sie lagen eng umschlungen dort im Dunkel, umarmten sich leidenschaftlich und leidenschaftslos. Der hoch am Himmel stehende Mond schien durch das große Fenster, und sie sah seinen Körper, der selbst im Alter noch schön war: die geraden Schultern, die weiche Brust, die schlanken, starken Beine. Er hatte ihn gepflegt und wurde jetzt dafür belohnt. Und wie viele Frauen hatten diesen Körper geliebt? Es war unmöglich, daß eine solche Schönheit des Geistes und Körpers sich nicht oft im Liebesakt vereinigt hatte, aber sie spürte keine Eifersucht. Dies war ihre Stunde, ihre Nacht. Und es stimmte, jetzt, da sie sich kannten, konnten sie sich nie wieder trennen.

»Ja«, sagte er laut.

»Was, mein Liebster?«

»Ja, ich liebe dich.«

Er seufzte tief und zog sie an sich. »Ich danke Gott«, sagte er. »Ich habe ihn nie gesehen, aber ich danke ihm. Noch einmal vor dem Ende zu lieben und geliebt zu werden! Was kann ich mehr erbitten?«

Gleich darauf schlief er ein, aber sie blieb wach, lag immer noch in seinen Armen und dachte daran, wie seltsam es war, daß sie in diesem Zimmer, in seinem Hause, in Edwins Armen gelegen hatte. Sie bereute es nicht im geringsten. Was er gesagt hatte, war wahrhaftig und richtig. Und dennoch seltsam. Plötzlich vergaß sie, wo sie war, und ihre Gedanken gingen zu Jared Barnow. Würde er je wiederkommen? Und warum sollte er wiederkommen? Ach, es war ihr gleich, ob er wiederkam oder nicht. Im Mondlicht schimmerte Edwins Profil wie weißer Marmor. Die Schönheit seines Körpers und der Glanz seines Geistes erfüllten sie mit neuer Ehrfurcht.

Es war eine Ehre, von diesem Mann erwählt zu werden, diesem berühmten Mann, den sogar heute noch große Männer und Frauen aus der ganzen Welt aufsuchten. Und wenn ihre stille Liebe sein Leben nur um einen Tag verlängern könnte, seinem Körper Kraft geben, seine Gedanken in Worte zu verwandeln vermochte, war nicht auch das eine Art Freude?

Am nächsten Tag kehrte sie in ihr Haus im Gebirge zurück und wartete auf das Wochenende. Es schneite Tag und Nacht, bis das Haus an der Nordseite fast bis zum Dach im Schnee versank. Sam, der Scheite brachte, grub sich seinen Weg zur Hintertür.

»Wie können Menschen, die hier zum Wochenende Ski laufen wollen, nur hergelangen?«

Er grinste. »Sie werden kommen, weil die Straßen freigeschaufelt sind. Die Leute hier wissen, Schnee ist ihr Brot und ihre Butter.«

Beruhigt wartete sie auf das Wochenende. Dann würde er kommen. Jared Barnow - sie sagte seinen Namen vor sich hin und erschrak. Wie konnte sie an ihn denken, nach dem, was sie mit Edwin erlebt hatte? Sie forschte in ihrem Inneren nach Erinnerungen, weniger an Schuld als an Ekel. Aber es gab keine. War sie auf weitere Liebeserlebnisse aus? Und auf welche Art von Erfüllung? Und was hatte Edwin mit Jared zu tun und warum Fragen stellen, zumal wenn sie keine Antworten hören mochte? Sollte das Leben sie führen, wohin es wollte! Sie ließ sich treiben. Wußte nicht, auf wen, auf was sie wartete. Fragte nicht danach.

»Ich finde, Sie passen gar nicht in dieses Haus«, sagte Jared.

Er war am Freitagabend gekommen, so als habe sie ihn erwartet - sie hatte ihn erwartet und doch wieder nicht erwartet, hatte gehofft, er werde kommen, und dann wieder, er würde nicht kommen.

»Du mußt im ersten Jahr vorsichtig sein«, hatte Amelia gesagt - Amelia, ihre alte Freundin aus der Kindheit, deren Haus in Philadelphia neben ihrem Elternhaus stand und die noch immer dort wohnte, unverheiratet und allein inmitten einer Schar geerbter Dienstboten. Es war noch nicht eine Woche nach Arnolds Tod, und Edith hatte noch nicht vermocht, seinen Namen auszusprechen, aber Amelia war ohne Takt und sagte immer, was sie wollte. Sie waren oben im Wohnzimmer, wo sie und Amelia einst Papierpuppen ausgeschnitten, Platten gesammelt, Kleider entworfen und sich kurz vor ihrer Hochzeit noch einmal getroffen hatten.

»Was meinst du, Amelia?« hatte sie gefragt.

Amelia hatte die Schultern gezuckt. »Ich spreche natürlich nicht aus Erfahrung, aber ich habe gehört, wie Mama nach Papas Tod - ich war damals erst drei Jahre alt - sagte, sie sei so einsam, daß sie versucht sei, jeden Mann zu heiraten, der ihr einen Antrag mache. Nachdem sie das Jahr durchgestanden hatte, wußte sie, daß sie sich gar nicht wieder verheiraten wollte.«

»Ich möchte mich auch nicht wieder verheiraten«, hatte sie gemurmelt. So gern sie auch Amelia um sich hatte, sie hatte es nie fertig gebracht, ihr etwas anzuvertrauen, zumal da Amelia, die recht schlichten Gemüts und zu derb war, soweit sie wußte, nie verliebt gewesen war. Ihre taktlosen Bemerkungen waren ihr aber im Gedächtnis geblieben, und als sie jetzt Jared antwortete, erinnerte sie sich an sie.

»Wohin passe ich denn?« fragte sie.

»In ein großes schönes Haus irgendwo«, antwortete er prompt, als hätte er schon drüber nachgedacht. »Ich sehe Sie umgeben von Dienstboten. Ich finde es schrecklich, daß Sie hier allein sind. Ich möchte nicht, daß Sie mir mein Frühstück bereiten. Ich mache mein Bett selber, denn es wäre mir ein unerträglicher Gedanke, wenn Sie es täten. Nur wenn Sie am Klavier oder im Feuerschein am Kamin sitzen, habe ich das Gefühl, Sie so zu sehen, wie Sie wirklich sind.«

Sein Ernst rührte sie. »Vielen Dank«, sagte sie. »Sie wissen gar nicht, wie sehr Sie mir helfen. Ich weiß, ich muß in das große Haus zurück, aber ich hatte bis jetzt nicht den Mut. Ich bin nach meines Mannes Tod hergekommen und habe die Rückkehr immer wieder aufgeschoben, weil ich mich vor dem Alleinsein fürchtete und…«

Er unterbrach sie. »Ich komme zu Ihnen, ich meine – ich komme hin und wieder wenigstens auf ein Wochenende, wenn ich das darf.«

»Natürlich«, sagte sie. »Es rührt mich sehr, aber Sie dürfen um keinen Preis denken, es sei notwendig. Wenn ich erst dort bin, werde ich mich nach ein bis zwei Tagen wieder eingelebt haben. Nebenan wohnen Freunde von mir. Mein Mann und ich sind in der Nachbarschaft aufgewachsen. Es stand sogar zur Debatte, ob wir in seinem Elternhaus oder meinem wohnen würden. Aber in meinem war niemand – mein Vater ist bald nach meiner Heirat gestorben, und meine Mutter ist schon längst tot. Ich war das einzige Kind, und darum erbte ich alles.«

Sie sprach hastig, versuchte alles auf einmal zu erklären, ohne recht zu wissen, was sie eigentlich erklären wollte. Er hörte aufmerksam zu, bis sie verstummte.

»Herrlich«, sagte er. »Dort möchte ich Sie sehen, in einem Haus, das Ihnen gehört, das der richtige Rahmen für Sie ist, während dieses - nein!«

Und dann, als ob die Frage damit geklärt sei, ging er ans Klavier und begann eine Polonaise von Chopin zu spielen, und sie ließ sich in das tiefe Sofa vor dem Kamin sinken und lauschte hingerissen seiner neuen Deutung einer vertrauten Musik. Seine Leidenschaft nahm dem Spiel auch den leisesten Anflug von Pathos, das dieser Musik eigen war, und machte sie statt dessen zu einer triumphalen Bejahung des Lebens.

»Und was hätte Chopin dazu gesagt?« fragte sie, als er so unvermittelt, wie er begonnen, mit dem Spiel aufgehört hatte und jetzt neben ihr stand und sie ernst anblickte.

»Ich spiele jede Musik auf meine Weise«, antwortete er, ohne den Blick von ihr abzuwenden.

Und sie lächelte, halb schüchtern, halb erschrocken. Sie kannte ihn nicht. Er war immer noch ein Fremder. Und um so gefährlicher war die starke Anziehung, die von ihm ausging. Sie hätte ihn gern gefragt, was er dachte, wagte es aber nicht.

»Ich möchte, daß Sie morgen mit mir Ski laufen!«

Ihre Antwort kam wie aus der Pistole geschossen: »Das ist ganz unmöglich!«

»Warum?«

»Nun, erstens habe ich keine Skier.«

»Die können wir mieten.«

»Außerdem bin ich seit Jahren nicht Ski gelaufen.«

»Das spricht nur dafür - und wahrscheinlich ist dies der letzte gute Schnee des Jahres.«

»Es ist kein guter Schnee. Sam sagt, die Hänge seien vereist - der Schnee schmilzt am Tage in der warmen Sonne und friert dann nachts.«

»Es könnte heute nacht schneien. Über dem Gipfel des Berges sind Wolken.«

»Und der Mond scheint!«

»Reden wir morgen früh weiter darüber.«

»Meine Antwort wird die gleiche sein.«

»Nicht, wenn es in der Nacht schneit – nein, sagen Sie nichts, ich lasse das nicht zu.«

Er legte ihr die Hand auf den Mund und ließ sie dort liegen, bis sie sie, laut lachend, fortzog.

»Gott, was für einen weichen Mund Sie haben«, rief er verwundert.

»Ich hätte Sie in die Hand gebissen, wenn sie nicht so hart wäre«, antwortete sie. »Und ich will nicht Ski laufen.«

»Hören Sie auf!« rief er. »Sonst fange ich wieder von vorn an. Ein Nein als Antwort lasse ich nicht gelten.«

»Aber ein Ja werden Sie nicht von mir hören«, entgegnete sie.

»Nun, warten wir bis morgen.«

Verängstigt stand sie auf. Er blickte sie fest an. Was führte er im Schilde? Sie trat einen Schritt zurück, und er schüttelte den Kopf.

»Ich kann's einfach nicht glauben«, sagte er.

»Was?«

»Daß Sie schon so alt sind.«

»Sie müssen es glauben.«

Er schüttelte wieder den Kopf, dann plötzlich griff er nach ihrer Hand, nahm sie, drehte sie um und küßte die Handfläche. »Ich werde es nie glauben.«

Sie blieb stehen, wehrte sich nicht, blickte erstaunt auf die Hand, die er geküßt hatte. Dann ließ er die Hand los.

»Gute Nacht«, sagte er und ging zur Tür seines Zimmers. Dort blieb er stehen. »Ich werde um Schnee beten.« Er verschwand hinter der Tür.

In der Nacht schneite es. Sie wachte nach ein paar Stunden ruhelosen Schlafes auf, erhob sich und zog den goldfarbenen

Vorhang vor der Glastür, durch die man den Berg sah, auf. Das Licht ihrer Nachttischlampe spiegelte sich in einem Schleier aus weichen weißen Flocken. Die Terrasse draußen war bereits ganz verschneit.

Sie würde es nie fertigbringen, seiner Entschlossenheit zu widerstehen, und ihm schon nachgebend, ging sie in ihr Bett zurück und schlief ein.

»Meine Gebete werden immer erhört«, erklärte er morgens am Frühstückstisch.

»Aber ich habe keinen Skianzug«, sagte sie.

»Um so besser! Wir werden Sie in dem Skiladen ausstaffieren lassen und uns auf den Weg machen. Kommen Sie, beeilen Sie sich! Die Sonne steigt schnell. Es sind fast zwanzig Zentimeter Schnee gefallen, aber…«

»Sie sind wirklich sehr autoritär.«

»Das ist so meine Art«, gab er heiter zu.

Noch während er das sagte, stand er auf, räumte den Tisch ab und begann, das Geschirr zu spülen, abzutrocknen und wegzustellen, während sie ihn dabei amüsiert beobachtete und ihren Kaffee austrank.

»Sie können das sehr gut«, sagte sie.

»Ich habe schon in der ganzen Welt gecampt. Im vorigen Jahr war ich im Himalajagebiet.«

»Was haben Sie dort gemacht?«

»Kosmische Strahlen studiert. Haben Sie schon einmal von einem Mann namens Tesla gehört?«

»Natürlich. Er wollte die Erde elektrifizieren, nicht wahr, und eine nie versiegende Quelle elektrischen Stroms schaffen.«

»Was Sie alles wissen!«

»Ich bin meines Vaters Tochter. Er hielt Nikola Tesla für einen sehr viel größeren Wissenschaftler als Edison. Er schrieb sogar Artikel über Tesla – und machte ihn mit verschiedenen Millionären bekannt, die für wissenschaftliche Experimente Geld stifteten.«

»Wir werden heute abend am Kamin über Tesla sprechen müssen, aber jetzt wartet der Berg.«

Er trieb sie zur Eile, war ungeduldig und unerbittlich, und eine halbe Stunde später waren sie in dem Skiladen, wo er das Neueste an Skikleidung zu sehen verlangte und taub gegen ihre Einwände war.

»Hauteng«, befahl er, »das ist das Richtige für ein Wetter wie heute. Man hat das Gefühl, man habe nichts an. Es paßt sich dem Körper genauso an wie die eigene Haut.«

Er musterte sie kritisch, als sie aus der Ankleidekabine in dem enganliegenden Anzug kam, der sie vom Hals bis zu den Fußknöcheln bedeckte. Aber er bemerkte eine kleine Falte an ihrer Taille.

»Sie können eine Nummer kleiner nehmen«, sagte er. »Sie haben die Taille eines jungen Mädchens.«

Er schickte sie wieder in die Kabine, und sie schlüpfte in einen anderen Anzug und zeigte sich dann wieder, um von ihm begutachtet zu werden.

»Ausgezeichnet«, sagte er. »Und jetzt brauchen wir noch etwas Wärmendes. Lange Unterwäsche trägt man heutzutage nicht mehr. Man zieht eine Art Raumanzug darüber... Und die Skier - sie sind auch anders - aus Plastik und Glaswolle - für jede Art von Schnee geeignet, Pulverschnee oder verharschten Schnee oder was für welchen auch immer. Und Stiefel bitte, Fräulein«, sagte er zu der erstaunten Verkäuferin. »Außen Leder und innen Schaumgummi und nur eine Schnalle, obwohl meiner Meinung nach der vollkommene Stiefel noch nicht erfunden ist. Vielleicht werde ich ihn eines Tages erfinden.«

Endlich war sie ›startbereit‹, und sie bestiegen den Lift. Es hatte aufgehört zu schneien, aber der Himmel war wieder bleigrau, und sicher würde noch mehr Schnee fallen, doch vielleicht erst gegen Abend. Den ganzen Tag liefen sie Ski, und sie war kindisch stolz darauf, daß sie's noch so gut konnte wie einst. Er lobte sie, aber nicht ohne Kritik.

»Ganz stimmt es bei Ihnen noch nicht - Sie müssen dreierlei auf einmal tun. Den Stock in den Schnee stoßen, das Gewicht richtig verteilen, den führenden Ski ein wenig drehen, aber mit beiden Skiern im Schnee bleiben. Das Gewicht ganz leicht verlagern.«

Er zeigte ihr eine Reihe geschickter Schwünge, und sie sah, er war im Skilaufen ein ebenso großer Könner wie am Klavier. Den ganzen Tag unterrichtete er sie weiter, und sie bemühte sich, sich zu vervollkommnen, ihren Körper den neuen Forderungen anzupassen.

»Ihr Queren«, sagte er, »ist noch etwas unbeholfen. Achten Sie nicht auf Ihre Schultern, auf Ihre Hüften müssen Sie achten – dann schaffen Sie das Queren.«

Sie übte es immer wieder, und erst als die Sonne unterging, merkte sie, wie erschöpft sie war, und auch da war es er, der das als erster erkannte.

»Ich habe zuviel von Ihnen verlangt. Warum muß ich immer ein so verdammter Perfektionist sein? Sie laufen sehr schön Ski, und ich wollte nur noch mehr aus Ihnen herausholen.«

Sie protestierte. »Aber ich bin auch eine Perfektionistin, und ich schätze das.«

Er legte seinen Arm um ihre Schulter: »Guter Kamerad. Wir wollen jetzt nach Hause gehen und uns vor das prasselnde Feuer setzen.«

Und sie taten es. Er grillte die Steaks auf dem Rost des Kamins, während sie in der grünen Schüssel aus burmesischem Teakholz den Salat bereitete.

Sie aßen stumm, danach stellte er das Radio an, und sie lauschten, ohne ein Wort zu sagen, aber der Schlaf übermannte sie.

»Ich muß ins Bett«, murmelte sie mit halb geschlossenen Augen.

»Ich auch«, gestand er.

Sie standen auf, blieben zögernd stehen, und einen Augenblick glaubte sie, er werde sie küssen. Statt dessen reckte er sich und trat einen Schritt zurück.

»Gute Nacht, liebe Freundin«, sagte er.

Sie antwortete nicht darauf, konnte es auch gar nicht, denn sie brauchte ihre ganze Kraft, um nicht die Beherrschung zu verlieren. Sie wollte nicht den Kuß herausfordern, denn wohin das führen konnte, daran wagte sie gar nicht zu denken.

»Gute Nacht«, sagte sie und wankte schon halb schlafend zu ihrer Tür.

In der Nacht weckte sie der Regen, der auf das Dach trommelte. Das bedeutete, daß es mit dem Schnee und dem Skilaufen vorbei war. Morgen würde er fort und sie wieder allein sein. Das Alleinsein dünkte sie jetzt unerträglich. Sie würde wieder nach Philadelphia zurückkehren müssen.

Als sie am Morgen zum Frühstück aus ihrem Zimmer kam, regnete es immer noch.

Jared hatte schon den Tisch gedeckt, Orangensaft wartete, der Speck war knusprig braun gebraten, und er drehte ein Omelett in der Pfanne um.

»Der Himmel ist grausam«, fluchte er, »aber vielleicht ist das gut. Ich muß ins Laboratorium zurück. Ich wollte mir noch einen Tag stehlen, rang mit meinem Gewissen, aber jetzt ist das nicht mehr nötig. Sind Sie noch müde?«

»Etwas... nein, nicht müde. Ich habe nur einen Muskelkater.«

»Nun kann uns nichts mehr in Versuchung führen.«

Sie aßen wieder stumm, und sie fragte sich, ob er absichtlich auf der Hut war. Sie hatte ihn schließlich nicht geküßt. Im Gegenteil! Aber sie waren beide an diesem grauen Morgen kühl und förmlich.

»Werden Sie noch lange bleiben?« fragte er, als er sich nach dem Frühstück zum Aufbruch rüstete.

»Nein, ich werde wahrscheinlich schon morgen das Haus verlassen«, antwortete sie, und immer noch ein wenig verärgert fügte sie hinzu: »Ich werde wahrscheinlich die Reise ein paar Tage unterbrechen und einen alten Freund, Edwin Steadley, besuchen.«

Er hörte sich das an, ohne eine Miene zu verziehen. »Nun, leben Sie wohl«, sagte er und dann, nicht gerade liebenswürdig: »Natürlich sehen wir uns wieder.«

»Warum auch nicht?« sagte sie.

»Wie es nun einmal im Leben ist«, sagte Edwin, »ich kann nicht mehr sehr lange leben. Ich komme nicht aus einer Familie, deren Angehörige alt geworden sind, und das scheint, was Leben und Tod angeht, zu zählen. Ich lebe schon länger, als meine Eltern haben leben können. Meine Mutter starb mit vierundsechzig, sie hat meinen Vater um drei Jahre überlebt. Er war fünf Jahre jünger als sie. Ihre Beziehung war seltsam. In mancher Hinsicht war er so etwas wie ihr Sohn.«

»Das würde mir nicht gefallen«, sagte sie entschieden.

»Ach, das kommt nur daher, weil du einen so alten Liebhaber hast. Ich könnte fast dein Großvater sein. Aber die Wahrheit ist, mein Kind, daß junge Männer eine Frau nicht wirklich zu lieben verstehen. Ein junger Mann denkt zuerst daran, eine Frau zu besitzen – das heißt, sie zu schwängern. In meinem Alter weiß ein Mann, daß das unmöglich ist, und darum liebt er die Frau selbstlos. Er betrachtet sie entzückt, so wie ich dich betrachte. Er schenkt ihr Freude, sofern sie bereit ist, sich von ihm berühren zu lassen, was er meisterlich beherrscht, aber bei alldem denkt er nur an sie. Meine Liebe, im Licht des Mondes, der wie durch einen himmlischen Zauber auf dein Bett scheint, gleicht dein schöner Körper einer Statue aus hellem Gold. Wie glücklich muß ich mich preisen, daß ich so in dein Privatgemach eingelassen werde!«

»Ich kann nicht verstehen, wie das gekommen ist«, sagte sie, durch den Schleier ihres blonden Haares, das ausgebreitet auf dem Kissen lag, zu ihm aufblickend.

»Ich hatte den Mut, dich darum zu bitten«, antwortete er.

»Du hast deiner sehr sicher darum gebeten«, sagte sie lachend. »Dir fehlt es wirklich nicht an Mut. Aber wie konnte ich den Mut haben, dazu bereit zu sein, und wie kommt es, daß ich es gar nicht als merkwürdig empfinde und schon gar nicht als ein Unrecht, daß du hier bist? Ich habe noch nie einen Liebhaber gehabt. Warum dann jetzt?«

»Weil es dich verlangt, alles zu geben und alles zu nehmen«, sagte er.

»Und warum schäme ich mich nicht im mindesten?« fragte sie ehrlich verwundert.

»Wir sind eins«, erwiderte er. »Erst waren wir innerlich eins, und dann wurde es notwendig, daß wir auch in allem anderen eins wurden.«

»Und wird das so bleiben?«

»Bis ich die Nähe des Todes spüre. Wenn der Augenblick kommt, werde ich es dich wissen lassen. Versuche nicht, mich aufzuhalten oder mich zu trösten. Ich muß mich darauf vorbereiten, allein hinüberzugehen. Ich werde alle meine Kraft dafür brauchen. Darum...«

Er verstummte so lange, daß sie ihn gerührt in ihre Arme schloß.

»Hast du Angst?«

Aber er wollte kein Mitleid, nicht einmal liebevolles Mitleid. Er befreite sich von ihr, beugte sich über sie, strich ihr das lange Haar aus der Stirn und blickte ihr in die Augen. Die Flamme der Kerze auf dem Nachttisch flackerte in einem leichten Wind, der durch das Fenster hereinwehte, so daß Licht und Schatten auf ihrem Gesicht spielten.

»Ich habe keine Angst«, sagte er, »aber ich muß dir etwas sagen, und ich will es dir jetzt sagen, da ich das, was ich empfinde, noch zu sagen vermag. Wer weiß, wie es sein wird, wenn das Ende näherrückt? Ich werde vielleicht vor Schmerz benommen oder ohnmächtig sein. Der Tod kann mich plötzlich überfallen und mir keine Zeit lassen. Sag mir, meine Liebste, bist du jetzt, in diesem Augenblick, ganz gelöst? Wir sind allein in meinem alten Haus. Ich habe die Haushälterin nach Hause geschickt – irgend jemand in ihrer Familie hat Geburtstag –, und Henry ist für ein paar Tage auf Urlaub. Niemand ist unter diesem Dach außer uns beiden. Wir werden vielleicht nie wieder so ganz allein sein. Darf ich dir sagen, was dir zu sagen mich drängt und was du, solange du lebst, nicht vergessen sollst?«

»Sag es mir.«

Er legte sich neben sie, berührte sie aber nicht, sondern

nahm nur ihre linke Hand und drückte sie mit beiden Händen auf seine Brust. Aus einem unerklärlichen Impuls hatte sie, als sie sich heute abend wusch, den Trauring abgezogen, und jetzt merkte er es.

»Du hättest ihn nicht abzulegen brauchen, meine Liebste«, sagte er und führte ihre Hand an seine Lippen.

»Ich weiß nicht, warum ich es getan habe«, antwortete sie verwirrt.

»Ein Gefühl«, sagte er.

»Ein Schuldgefühl?«

»Nein, Ehrgefühl, das aber ganz überflüssig ist. Liebe ist nie sündig. Sie kommt zu uns, und woher und wann auch, sie ist immer willkommen. Eine Liebe verdrängt nicht eine andere. Jede Liebe macht reicher.«

»Aber hätte ich deine Liebe annehmen können, wie ich es tue, wenn...?«

Sie hielt inne, und er beantwortete die unausgesprochene Frage.

»Wenn Eloise, meine Frau, und Arnold, dein Mann, noch lebten? Ich hätte sie anders ausgedrückt, und du hättest sie angenommen. Wir lägen jetzt hier nicht nackt im Mondlicht. Es wäre nicht notwendig gewesen, wie es für mich jedenfalls jetzt notwendig ist und wohl ebenso für dich, sonst hättest du mich nicht zu dir kommen lassen. Aber so wie es ist – für mich, weil ich die Nähe des Todes spüre, für dich, weil der Tod wie ein Blitz in dein Haus eingeschlagen hat – verlangt es uns nach einem körperlichen Kontakt, ehe der endgültige Abschied kommt, wie er kommen muß, meine Liebste. Darum laß mich sagen, was ich sagen möchte.«

»Sag es mir...«

Er holte tief Atem, schloß die Augen und begann, ihre Hand immer noch mit beiden Händen an seine Brust pressend:

»Ich möchte dir sagen, wie ich dich liebe, möchte es dir jetzt sagen, da ich noch lebe, da mein Kopf klar ist, da mein Herz schlägt, da ich sprechen kann. Ich liebe dich! Ich habe dich immer geliebt. Ich habe dich schon geliebt, ehe ich dich kannte, ehe wir uns zum erstenmal begegnet waren. Ich liebte dich, weil ich wußte, welche Art von Frauen ich immer lieben würde, immer lieben mußte, und als ich dich sah, wußte ich, du warst die. Natürlich liebe ich deinen Körper, denn er gehört dir und entzückt mich. Aber ich liebe deinen Körper, weil dein Geist in ihm wohnt, weil dein unvergleichlicher Verstand in deinem schönen Schädel haust, weil deine Seele von deinem Herzen nicht zu trennen ist. Ich kann mir deinen Körper ohne das, was dein Wesen ausmacht, nicht vorstellen. Aber ich kann es mir ebensowenig in einem anderen Körper vorstellen. Du bist ganz in dir. Ich liebe alles an dir – dein langes blondes Haar, deine Hände und Füße, deine herrlichen Brüste, deine Taille, deine Schenkel, die Art, wie du gehst und den Kopf trägst. Ich liebe deine Stimme, den Ausdruck in deinen Augen – ahnst du überhaupt, wie deine Seele aus deinen Augen spricht? Nein, antworte nicht! Ich habe noch nicht alles gesagt. Wenn du mich nicht hättest dich lieben lassen – ist dir aufgefallen, daß ich dich nie gebeten habe, mich zu lieben? –, hätte ich mich gefürchtet, allein ins Grab zu sinken. Aber deine Liebe hält mich aufrecht. Ich fürchte nichts. Ich gehe mit festen Schritten auf das Unbekannte zu, denn ich trage in meinem Herzen meine Liebe zu dir. Tod, wo ist dein Stachel, Hölle, wo ist dein Sieg?«

Seine Stimme verhallte im Dunkel. Er führte ihre Hand an seine Lippen und hielt sie dort fest, aber sie zog sie behutsam fort, richtete sich auf, nahm seinen Kopf in ihre Hände und küßte ihn auf den Mund.

»Es ist eine Ehre für mich«, sagte sie, »zeit meines Lebens wird es eine Ehre für mich sein. Ich werde es nie vergessen – niemals!«

Sie war wieder zu Hause. Sie hatten sich leichter getrennt als sonst, sie und Edwin. Was sie besaßen, war ewig. Alle Ungeduld war dahin. In ihrem tiefsten Inneren waren sie eins, und dieses Einssein wurde durch seine Briefe noch bestätigt.

»Ich werde dir schreiben, wann immer mir danach ist«,

hatte er beim Abschied gesagt. »Aber du brauchst dich nicht zu einer Antwort verpflichtet fühlen. Es tut mir gut, meine Gedanken niederzuschreiben, sie in meinen Briefen an dich sozusagen zu kristallisieren. Ich habe das Gefühl, sie bleiben, wenn ich sie dir mitteile. Wenn mir etwas passiert, wenn ich eines Morgens nicht erwache, bleibt das Wesentliche von mir immer bei dir. Aber schreib du mir nur, wenn du magst.«

Und damit begann er fast täglich einen Brief zu schreiben. Sie empfing diese Briefe, ohne auch nur zu versuchen, sie zu beantworten, verschlang sie, und wenn es sie drängte, ihm zu schreiben, schrieb sie am Tag oder in der Nacht, was ihr gerade in den Sinn kam, ob es sich auf seine Briefe bezog oder nicht. Er schrieb:

»Es erstaunt mich, daß mich, je mehr ich über den Tod nachdenke, desto mehr eine neue Zuversicht erfüllt, die Zuversicht, daß das Leben über den Tod hinaus währt. Das mag vielleicht Wunschdenken sein, und doch glaube ich es nicht. Oder aber die Liebe mag es mir eingegeben haben – dank Dir, mein Liebstes. Ich glaube, die Vorstellung, der Tod sei etwas Endgültiges, ist wider alle Vernunft, darum moralisch falsch, darum unmöglich. Ich behaupte, sie ist unmöglich, weil ich jetzt an die Unsterblichkeit glaube. Nicht um meinetwillen behaupte ich das, sondern um Deinetwillen, die ich als das Vollkommene liebe; es ist moralisch falsch, daß das Vollkommene zu Staub wird. Der ganze Mensch kann nicht von einer vorübergehenden Manifestation abhängig sein, dem Körper, einem Kompositum aus Wasser und einer Handvoll Chemikalien. Die Liebesfähigkeit muß einen Sinn haben, muß eine Verheißung enthalten. Ohne Liebe ist es leicht, zu glauben, daß der Tod endgültig ist, aber mit ihr – unmöglich! Der Wille allein, zu glauben, fordert Dauer.«

Sie antwortete darauf:

»Hier ist es Frühling. Die alten Ahornbäume, die mir als Kind schon so alt wie die Ewigkeit erschienen, haben einen zarten, grünen Schleier. Überall in meinem Hause stehen die ersten Rosen. Der Gärtner hat sich auf wenige Blumen spezialisiert, und Rosen gehören dazu. Inmitten all dieser Farbe und Pracht ist Dein Brief wie Musik, oder vielleicht besser gesagt, eine Stimme, die die Verheißung des unsterblichen Frühlings in Worte faßt. Nach dem harten Winter beginnt im Frühling wieder das Leben. Was mich betrifft, ich bin müßig, freue mich nur, denke kaum, bin zu faul, um auch nur Freunde zu besuchen. Sie besuchen mich. Ich dulde sie freundlich, aber ohne Begeisterung. Ich bin in mir selbst glücklich.«

Das war nicht ganz die Wahrheit, wurde ihr, schon als sie den Brief zuklebte und abschickte, bewußt. Inmitten des geregelten täglichen Lebens spürte sie eine heimliche Unruhe, einen Zweifel, dem sie aber nicht nachging. Die Luft war noch kühl. Kein Wind, kein Regen trübte ihre Klarheit. Noch nie war ihr das Haus so behaglich vorgekommen, der Garten so verwunschen. Der Rasen war bereits zum erstenmal gemäht, die Büsche waren beschnitten, und die Bäume hatten schon Knospen und Blätter. Doch in dieser ihr so vertrauten Umgebung wartete sie auf etwas mehr und war sich sogar dessen bewußt.

Sie hatte einen kurzen Brief von Jared Barnow bekommen, in dem er sich bei ihr bedankte, daß sie ihn in ihr Haus aufgenommen hatte. Sie hatte ihn nicht beantwortet. Warum auch? Eine zufällige Gastfreundschaft, ein konventioneller Dank, eine beiläufig ausgesprochene Einladung, das halbe Versprechen, sie anzunehmen – das war alles. Sie mußte sich über sich selbst klar werden. Es gab kein Ausweichen vor der Einsamkeit, und jemand, der nur hereinschneite, konnte sie nicht mildern. Sie mußte sich selber beschäftigen, zuerst einmal mit dem Haus. Es gehörte jetzt ihr allein. Es konnte verändert, verbessert, erneuert werden. Schließlich mußte ein Haus sich mit den sich wandelnden Generationen verändern, der Rahmen für eine neue Persönlichkeit werden.

Eine neue Persönlichkeit? Sie – niemand anders! Sie konnte jetzt ein anderer Mensch werden, jemand, den sie noch nicht gekannt hatte, weniger scheu, weniger verschlossen, mehr auf ihr Aussehen bedacht, innerlich bemüht zu wachsen. Arnold war auf seine Art eine Zuflucht gewesen. Im Schutz seines Alters und seines Erfolgs als berühmter Anwalt hatte sie nichts anderes sein wollen als seine Frau, die Mutter intelligenter und leidlich gehorsamer Kinder, eine charmante Gastgeberin, konventionell und korrekt in der konventionellen und korrekten Gesellschaft einer alten, konservativen Stadt. Es hatte sie kaum verlangt, etwas anderes zu sein als das, denn Arnold hatte ihr nichts aufgezwungen, sie hatte nicht an unerfülltem Ehrgeiz gelitten und hatte sich ihres Daseins gefreut. Sie wußte, daß Arnold sie auf seine Art mehr geliebt hatte als sie ihn, aber sie hatte ihn trotzdem geliebt, ohne zu bedauern, ihn geheiratet zu haben, und wahrscheinlich war ihre Beziehung genauso wie die der meisten Menschen in ihrer Welt.

Jetzt aber wurde ihr klar, daß sie vielleicht ein ganz anderer Mensch war, und eine heimliche Neugier verfolgte sie. Angenommen, sie wurde wirklich ein ganz anderer Mensch, angenommen, sie begann zu tun, was sie tun wollte, zu sagen, was sie sagen wollte, dorthin zu fahren, wohin sie wollte. Aber noch hatte sie diese Sehnsüchte nicht, war daran gewöhnt, so zu sein, wie sie war. Hatte sie, fragte sie sich, unerlaubte Wünsche? Manchmal glaubte sie sogar, sie sei unterdrückt, auch wenn sie sich über die Art der Unterdrückung nicht klar war. Das Haus zum Beispiel. Wenn sie nicht wußte, was sie wollte, konnte sie damit beginnen, abzulehnen, was sie nicht wollte. Als sie nachdenklich durch die großen Räume ging, diesen und jenen Gegenstand betrachtend, merkte sie, daß sie nichts von alldem begehrte. Das Haus war ganz und gar nicht das, was sie sich unter einem Haus für sie vorstellte. Großeltern und Eltern hatten es gebaut, es im Geschmack ihrer eigenen Zeit eingerichtet, mit wertvollen, schweren Möbeln, die sich kaum verrücken ließen. Sie würde es verkaufen, nein, verschenken, damit Waisenkinder oder alte, heimatlose Menschen, die es beschützen konnte, wie es sie beschützt hatte, eine Heimat fanden.

Wie wurde man einen solchen Schutz los? Und wo würde man ein neues Haus bauen?

Und was sollte sie bauen, was konnte sie bauen, wenn sie nicht wußte, wer sie war - oder sein wollte?

Für Edwin war sie eine Frau, die er liebte und die, weil er sie liebte, sein Leben verlängerte. Für Jared Barnow war sie nichts, vielleicht nicht einmal eine Bekannte. Plötzlich erinnerte sie sich an ihren Entschluß. Sie würde tun, was sie tun wollte - würde das tun, was sie beschlossen hatte, aber sie mußte es schnell tun, ehe der Entschluß zerrann. Jetzt mußte sie es tun. Sie ging schnell durch drei Zimmer und dann in die dämmrige alte Bibliothek, setzte sich an ihres Großvaters Mahagonischreibtisch und schrieb einen kurzen Brief.

Lieber Jared Barnow,
ich mag mein Haus nicht mehr. Ich habe es satt. Ich möchte mir ein neues Haus bauen, aber was für eins? Hier ist eine Chance, etwas zu erfinden, meinen Sie nicht auch?

Sie suchte seinen Brief mit seiner Adresse und fand ihn. Sie würde ihren in den Kasten werfen, wenn sie zum Lunch zu Amelia Darwent nebenan ging.

Aber vor dem Briefkasten überlegte sie es sich anders. Was würde er denken?

Sie steckte den Brief in ihre Tasche und schloß sie.

»Aber warum ein anderes Haus bauen?« fragte Amelia. Sie saßen in dem ovalen Eßzimmer. Amelia, die das einzige Kind ihrer Eltern gewesen war, wohnte weiter in dem großen alten Haus inmitten von zwanzig Morgen Land, dem, was von den dreitausend Morgen übriggeblieben war, die ihre Vorfahren zu William Penns Zeit als Belohnung für jetzt vergessene Dienste geschenkt bekommen hatten.

Sie war schlank, hatte schon ergrauendes Haar und saß aufrecht an ihrem üblichen Platz am runden Ende des Tisches. Rose, das irische Mädchen, eine verblühte Rose, servierte.

»Weil ich den alten Plunder loswerden möchte«, sagte Edith.

»Du kannst doch nicht weggeben, was du geerbt hast«, erwiderte Amelia. Sie kostete ihre klare Brühe und blickte Rose vorwurfsvoll an. »Sie ist lau!«

»Es kommt daher, Madam, daß Sie nicht gekommen sind, als Sie gerufen wurden«, sagte Rose barsch.

»Na gut…«

Amelia hob ihre Bouillontasse und trank die Brühe, als wäre es Kaffee.

»Und was gibt's danach?«

»Gebratenes Hähnchen, wie Sie gesagt haben, Madam«, antwortete Rose.

»Stellen Sie sie auf den Tisch«, befahl Amelia »und den Salat dazu, und lassen Sie uns allein.«

»Ja, Madam.«

Als Edith mit Amelia allein war, faltete sie den Plan eines Hauses auseinander, obwohl sie noch gar nicht wußte, wo sie es bauen wollte.

»Ich habe einen jungen Mann kennengelernt…«

»Aha«, sagte Amelia triumphierend. »Das habe ich mir doch gedacht. Du siehst zehn Jahre jünger aus. Keine Kosmetik kann einen jungen Mann ersetzen, hat man mir jedenfalls gesagt.«

»Amelia, du bist ekelhaft«, sagte sie streng.

»Meine Liebe, sind wir nicht immer ehrlich zueinander gewesen?« fragte Amelia. »Du siehst unnatürlich schön aus, seit du aus Vermont zurück bist.«

»Bitte, hör auf, Amelia.«

»Hab dich doch nicht so, Edith!«

Die beiden Frauen blickten einander über die niedrige silberne Schale hinweg an, die mit kleinen rosa Treibhausrosen gefüllt war. Amelias schwarze Augen lachten, und Edith wandte ihre blauen ab.

»Ich weiß nicht, warum ich nicht längst mit dir gebrochen habe, Amelia Darwent.«

»Weil du weißt, daß ich nie jemandem weitersage, was du mir sagst, Edith Chardman!«

»Es gibt da gar nichts zu sagen«, sagte Edith, streckte die

Hand aus und berührte eine Rose. »Warum sind deine Rosen immer schöner als meine?«

»Guten Appetit«, sagte Amelia. »Was hat denn der junge Mann mit dem Haus zu tun?«

»Nichts«, erwiderte Edith und nahm sich ein Hähnchen. »Außer, daß ich ihn um Vorschläge bitte«, fügte sie hinzu. »Aber das hat nichts zu sagen.«

»Dann wollen wir gar nicht über ihn sprechen«, entgegnete Amelia. »Sprechen wir über dich. Meine Liebe, wie wirst du dir die Zeit vertreiben?«

»Mit dem Bau des Hauses natürlich.«

»Aber wo wirst du's bauen?«

»Irgendwo – am Meer.«

Sie improvisierte, während sie darüber sprach. Sie hatte nicht an ein Haus am Meer gedacht, aber in dem Augenblick, da sie es aussprach, wußte sie, daß es das war, was sie seit Jahren immer wieder begehrte.

Sie hatte sogar vor langer Zeit einmal mit Arnold darüber gesprochen, aber er hatte nichts davon wissen wollen. »Man hört da die Brandung die ganze Nacht. Wir würden nicht schlafen können.«

»Du würdest nicht schlafen können«, hatte sie erwidert. »Mich würden die Wellen einlullen.«

»Du kannst überall schlafen«, sagte er mit seinem nicht unfreundlichen und dennoch ironischen Lächeln. Er war immer der überlegene Mann, eine Haltung, die sie darauf zurückführte, daß er englische und deutsche Vorfahren hatte. Ein englischer Urgroßvater hatte ein deutsches Mädchen geheiratet, und die Umgebung hatte dieses Erbe noch verstärkt. Er war nicht einmal von der Auszeichnung beeindruckt gewesen, die sie in ihrem letzten Jahr in Radcliffe bekommen hatte. Es würde eine Zeit dauern, bis sie sich von dem atmosphärischen Druck ihrer Ehe erholte.

Als habe sie diese Gedanken erraten, sagte Amelia: »Weißt du, Edith, du machst mich neugierig.«

»Warum?« fragte sie.

»Arnold hatte dich so fest in der Hand.« Amelia salzte und pfefferte ihren Salat kräftig. »Ich werde dich beobachten, liebevoll natürlich, denn ich liebe dich sehr, nur um zu sehen, wie du aufblühen wirst – ich zweifle nämlich nicht daran, daß du aufblühen wirst, meine Liebe, wo du so bezaubernd aussiehst. Es gibt junge Männer, die Frauen über vierzig bevorzugen. O ja, es gibt sie – mach nicht ein so überraschtes Gesicht!«

»Mache ich ein überraschtes Gesicht?«

»Ein entsetztes vielleicht«, sagte Amelia.

Einen Augenblick überlegte sie, ob sie Amelia, der alten Freundin, anvertrauen solle, daß sich ihre Beziehung zu Edwin ganz unvermutet gewandelt hatte. Aber sofort entschied sie sich dagegen.

Sie hatte sich nie jemandem anvertraut, und außerdem war sie sicher, daß Amelia die Art dieser Beziehung gar nicht würde begreifen können. Amelia würde lachen oder spöttische Bemerkungen über geile alte Männer machen, Bemerkungen, die gewiß auf die meisten alten Männer zutrafen, aber nicht auf einen so intelligenten, so gebildeten und klugen wie Edwin Steadley. Für Amelia war Liebe nur Sex. Statt sich ihr anzuvertrauen, antwortete Edith ausweichend:

»Ich glaube nicht an große Veränderungen in mir.«

Kaum hatte sie das ausgesprochen, da war ihr klar, was für eine ungeheuerliche Lüge es war, denn es blieb unglaublich, daß sie sich mit Edwin eingelassen, daß sie ihm sogar erlaubt hatte, in ihr Bett zu kommen, wodurch sie ihre Befreiung von den vergangenen Jahren dokumentierte, in denen sie außer mit ihrem Mann mit niemandem intim zusammengewesen war. Und es ließ sich niemandem erklären – nicht einmal sich selbst konnte sie es erklären –, warum das Liebesspiel mit Edwin, das sie zugleich als eine Erfüllung und Nichterfüllung empfand, keine Untreue gegen den lebenden oder toten Arnold war.

»Jedes Liebeserlebnis«, hatte Edwin eines Nachts im Dunkeln gesagt, »lebt aus sich. Es hat nichts mit dem zu tun, was vorher gewesen ist oder danach sein wird. Die Liebe ist geboren, sie geht ihren eigenen Weg, eine Welt ohne Ende, etwas, das sich in Lebenskraft verwandelt.«

»Ich bezweifle, daß ich je einen anderen lieben werde«, hatte sie geantwortet. In jenem Augenblick hatte sie den schönen alten Mann von ganzem Herzen geliebt. Noch nie war sie einem so reinen Geist wie seinem begegnet – es war etwas ganz Erstaunliches. Sie hatte auch Arnold geliebt, aber er hatte im Grunde aus zwei Menschen bestanden, einem klugen, wenn auch nicht schöpferischen, entschlossenen, berechnenden, selbstsicheren, den sie bewunderte und dem sie vertraute, und einem schweigsamen, der sie besitzen wollte, der regelmäßig und ohne Präliminarien in ihrem Schlafzimmer erschien, um seinem stärksten Trieb zu frönen. Sie konnte sich nicht vorstellen, daß sie nachts mit Arnold über Tod und Leben sprach und daß sie sich darin verstanden, denn für Arnold stand es fest, daß mit dem Tod alles zu Ende war.

»Ich sehe schon eine Wandlung in dir«, sagte Amelia jetzt und tauchte ihre Finger in eine mit Wasser gefüllte Schale aus venezianischem Glas.

»Wieso?«

Amelia steckte sich eine lange, dünne Zigarre an und erwiderte:

»Nun, du bist weniger gehemmt, das sieht man selbst an deinem Gang.«

»Ich glaube, ich war mir immer unbewußt bewußt, Arnolds Frau zu sein.«

»Er kritisierte dich zuviel.« Man merkte an Amelias Ton, daß sie Arnold nicht gemocht hatte.

»Nicht eigentlich. Er war immer sanft zu mir.«

Amelia lachte. »So sanft wie Eisen!«

»Ja, vielleicht brauchte ich Eisen«, antwortete Edith milde.

Sie merkte, daß sie Amelia nicht so schätzte, wie sie es geglaubt hatte, oder vielleicht kam es daher, daß jetzt, da sie allein lebte und Arnold sie nicht mehr trösten konnte, Amelia auf sie aggressiv und erdrückend wirkte. Sie durfte nicht, ging es ihr durch den Kopf, als Amelia ihr in den Salon voranging, in den Fehler verfallen, sich mit Freundinnen einzulassen, die sich nur für sich selbst interessierten. Sie mußte sich eine geistige Aufgabe stellen, mußte eine individuelle Tätigkeit entdecken, für sich allein. In diesem Augenblick schien ihr, daß das Haus, das sie für sich allein bauen wollte, die unmittelbare Antwort war. Aber was für eine geistige Aufgabe, was für eine individuelle Tätigkeit? Sie blieb noch eine halbe Stunde bei Amelia und war trotz allem die liebenswürdige, taktvolle Frau wie immer, die Arnold so bewundert und geliebt hatte.

»Meine Liebe«, hatte er mehr als einmal gesagt, »es ist angenehm, mit einer stillen und heiter-gelassenen Frau zusammenzuleben.«

Wenn sie die Zeit dazu hätte, dachte sie, würde sie solche Bemerkungen vermissen. Aber jetzt ersetzten sie Edwins Briefe, die fast täglich kamen. Arnolds Briefe – sie hatte nur wenige bekommen, denn sie waren immer nur kurz voneinander getrennt gewesen – hatten Edwins so gar nicht geglichen.

»Ich muß jetzt wirklich gehen, Amelia«, sagte sie.

»Warum hast du's denn so eilig?« fragte Amelia.

Sie lächelte Amelia wie abwesend an, als sie sich erhob.

»Es gibt immer etwas zu tun«, sagte sie vage und ging.

Das neue Haus ergriff jetzt Besitz von ihr. Sie war froh, daß sie den Brief an Jared nicht abgeschickt hatte. Denn wenn sie es getan hätte, hätte das Haus ihr schon nicht mehr allein gehört. Sie hatte gleich, nachdem sie von dem Lunch bei Amelia zurückgekommen war, den Brief aus ihrer Tasche genommen und zerrissen. Auch wenn das Haus noch nicht existierte, sie lebte bereits darin. Am nächsten Morgen, als sie in der Bibliothek am Schreibtisch saß, wartete sie nicht gerade ungeduldig auf die Post. Als der Diener sie ihr brachte, sah sie obenauf einen dicken Brief und erkannte sofort Edwins überraschend feste Schrift, aber sie öffnete ihn nicht wie sonst sofort. Statt dessen zeichnete sie den Flügel des neuen Hauses, der jetzt auf einem großen Blatt Papier Gestalt annahm. Erst dann riß sie ihn auf.

»Meine Liebe«, begann er, als führe er ihr Gespräch fort, »ich habe erkannt, daß der Tod wenigstens einen bedeutsamen Nutzen hat. Ohne ihn gäbe es keinen menschlichen Fortschritt. Das Leben ist nie statisch, und darum schreitet es unvermeidlich von der Jugend zum Alter fort. Aber die Alten werden zu weise, zu klug, und darum muß das Leben immer wieder in den Jungen beginnen, wenn es einen Fortschritt geben soll. Denn die Jungen wissen nicht genug, um klug zu sein, und so versuchen sie das Unmögliche – und erreichen es, Generation um Generation. Du siehst, ich suche Entschuldigungen für das Sterben. Ich gebe es zu. Wenn Du nicht hier bist, habe ich selber das Gefühl, zu sterben. Ich müßte sterben. Es ist an der Zeit, aber ich hänge an Dir, meine Liebste. Ich verlängere mein Leben durch Liebe, und dennoch, wenn ich es genauer überlege, ist mir klar, daß ich sterben muß, damit mein Leben ein Ganzes ist. Und das ist es nur, wenn es für mich ebenso ein Ende wie einen Beginn gibt. Wenn ich sage: ich, dann meine ich damit den Menschen. Nein, ich irre mich. Seit Du mir die Tür Deines Schlafzimmers geöffnet hast, bin ich wider alle Vernunft anders als die anderen. Die Zeit ist für mich das Kostbarste geworden. ›Du mußt lange genug leben, um sie noch einmal sehen zu können‹ – das sage ich meinem Körper jeden Abend, wenn ich mich schlafen lege. Ich muß noch leben, obwohl der Tod ungeduldig wartet.«

Sie las den Brief aufmerksam bis zum Ende. Darauf faltete sie ihn zusammen, steckte ihn in den Umschlag, schob ihn in ein Geheimfach und schloß es ab. Dann nahm sie ihren Zeichenstift wieder in die Hand.

Wie Edwin geschrieben hatte, man mußte leben, und auch sie mußte leben, und was war da logischer, als daß sie das Haus haben mußte, in dem sie wohnen wollte? Denn ihr war klar, daß sie dieses Haus nie besessen hatte. Das riesige Haus hier mit seinen zweiundzwanzig großen Zimmern war nur das Haus, in dem sie geboren war und in dem sie und Arnold mit ihren beiden Kindern gewohnt hatten.

Auch das Haus in Vermont war nicht für sie allein gebaut

worden. Nein, sie wollte ein Haus haben, in dem nur Platz für sie allein war. Sie konnte zu Edwin fahren und würde es tun, wann immer sie es wollte, aber er konnte nie zu ihr kommen, und darum bedurfte es für ihn keines Raumes in dem neuen Haus. Sie würde gelegentlich bei ihm einkehren und wieder verschwinden. Ihre Kinder hatten ihre eigenen Häuser, in denen sie sie, wenn es sie danach verlangte, besuchen konnte, und sie brauchten auch keinen Platz in ihrem Haus. Mußte es dort überhaupt ein Gästezimmer geben? Ihre Gedanken gingen zu dem Abend zurück, als Jared Barnow im Schnee vor ihrer Tür gestanden hatte. Und wenn er nun wiederkäme? Aber wenn er nie wiederkäme, wäre ein Zimmer für ihn Verschwendung. Außerdem war da immer dieses riesige Haus mit seinen schönen, unbewohnten Zimmern, und sie würde einfach hierher zurückkehren, um ihn zu empfangen. Damit war der Fall erledigt: Sie würde kein Gästezimmer brauchen. Das Haus würde nur für sie da sein. Statt eines Gästeflügels würde sie einen Garten haben.

Etwa eine Woche später läutete kurz vor Mitternacht das Telefon. Sie hatte seit ihrem einsamen Abendessen um acht Uhr bis jetzt unentwegt Einzelheiten in den Plan des neuen Hauses eingezeichnet. Obwohl sie allein in ihm wohnen würde, würde es nicht nur ein paar Zimmer haben.

Sie wollte eine Bibliothek, ein Musikzimmer und vor allem einen Meditationsraum, durch dessen halbrunde Fenster man auf das Meer blickte. Sie konnte sich noch nicht vorstellen, wie sie diesen Raum einrichten würde, aber wenn die Zeit kam, würde sie es wissen. Und natürlich mußte das Haus auch ein Schlafzimmer, ein Eßzimmer und eine Anrichte haben; das Eßzimmer mußte zum Garten hin liegen, und vom Schlafzimmer aus mußte sie die Sterne sehen können.

Ganz in diese Pläne vertieft, hörte sie das gedämpfte, beharrliche Läuten des Telefons. Ihre Tochter wahrscheinlich, die sich lange vor Arnolds Tod verheiratet und angewöhnt hatte, spät abends anzurufen, weil sie annahm, daß ihre Mutter ein reges gesellschaftliches Leben führte, während sie in

Wirklichkeit wie eine Einsiedlerin lebte und das damit entschuldigte, daß sie Arnolds Tod noch nicht verwunden hatte.

Aber es war nicht Millicents helle, silberne Stimme, die sie vernahm, sondern eine ganz andere, ein ungestümer Bariton, der, wie sie sofort erkannte, Jared Barnow gehörte.

»Es ist schon entsetzlich spät, und ich muß mich darum entschuldigen, aber mein kleines Flugzeug mußte notlanden – irgend etwas am Motor ist nicht in Ordnung –, und da ist mir eben eingefallen, daß diese Stadt, die für mich immer ein Anhängsel des Flughafens war, in Wirklichkeit der Ort ist, wo Sie leben. Ich könnte mir ein Zimmer in einem Hotel nehmen, andererseits...«

Er verstummte, und sie sagte schnell:

»Natürlich kommen Sie her! Haben Sie schon zu Abend gegessen?«

»Ja, in einer anderen Stadt. Ich muß morgen in New York sein, aber ich möchte mein Flugzeug nicht hier zurücklassen, ehe ich weiß, was damit ist. Ich mag es nicht, wenn fremde Pfuscher daran herumfummeln.«

»Dann kommen Sie. Sie nehmen sich natürlich ein Taxi – der Fahrer wird den Weg wissen. Haben Sie die Adresse?«

»Glauben Sie, ich könnte sie vergessen? Ich komme. Sie sind doch wohl noch nicht im Bett?«

»Ich sitze hier züchtig gekleidet in meiner Bibliothek.«

Er lachte und hängte ein.

Sie blieb noch ein paar Augenblicke in Gedanken versunken sitzen. Es hatte sich in diesem enttäuschenden Frühsommer sehr abgekühlt, und sie hörte Regen gegen die großen Glastüren prasseln, die auf die Ostterrasse führten. Im Kamin lagen wie immer Scheite, und sie stand auf und strich ein Streichholz an. Nein, entschied sie, sie würde sich nicht umziehen. Sie hatte sich dieses Gewand selber ausgesucht; es war aus weicher grüner Seide und bequem. Zu ihrer neuen Unabhängigkeit gehörte es, daß sie sich ihre Kleider selber aussuchte. Arnold hatte Grün nie gemocht, ihre Lieblingsfarbe, die Farbe des Lebens, des Frühlings und der Jugend.

Und dann ging sie, um damit ihre neue Gleichgültigkeit zu zeigen, wieder zu dem Schreibtisch, auf dem der Plan ihres Hauses Gestalt annahm, und begann zu arbeiten, als habe er gar nicht angerufen.

Trotz ihrer heimlichen inneren Erregung, die sie krampfhaft unterdrückte, war sie so darin vertieft, daß sie, als er eine knappe Stunde später in der Tür der Bibliothek erschien, wohin man ihn auf ihre Weisung hin geführt hatte, ganz vergaß, wieviel Zeit seit ihrer letzten Begegnung verstrichen war.

»Wie schön, Sie zu sehen!« rief er und streckte ihr beide Hände entgegen.

»Vielen Dank, daß Sie an mich gedacht haben, als Sie notlanden mußten«, sagte sie, sich wohl bewußt, daß er ihre Hände drückte, daß seine dunklen Augen auf ihr ruhten, daß er strahlend lächelte. Er war größer, jünger, kultivierter, als sie ihn in seiner Skikleidung in Erinnerung hatte. Er legte den Arm um ihre Schultern, als sie zu den Sesseln am Kamin gingen, und sie machte sich sacht von ihm los und merkte entsetzt, daß sie nicht wußte, wie sie sich verhalten sollte, daß seine Berührung allein sie verwirrt hatte. Wie töricht von mir, dachte sie, als ob eine solche Geste heute eine Bedeutung hätte! Sie setzte sich ihm gegenüber, und da ihr nichts einfiel, was sie sagen konnte, sagte sie nichts, sondern lächelte ihn an, worauf er begann:

»Ich muß sagen, dies ist der richtige Rahmen für Sie. Ich liebe diese großen alten Häuser. Es gibt nicht mehr viele davon. Ist es für Sie hier einsam?«

Sie schüttelte den Kopf. »Ich habe genug zu tun.«

»Was zum Beispiel?«

Sie war aber nicht bereit, ihm von dem neuen Haus zu berichten, und darum antwortete sie leichthin: »Ach, ich musiziere, besuche Freundinnen, lese Bücher oder bin darum bemüht, mir ein neues Leben zu schaffen.«

»Keine guten Werke?«

»Mein Mann war an einigen interessiert, aber ich bin es nicht.«

»Ich kann Sie mir auch nicht als eine milde Gaben verteilende Dame vorstellen.« Sie lenkte das Gespräch auf ein anderes Thema, und das war nicht schwer, denn er starrte ins Feuer, als ob er sie ein paar Augenblicke vergessen hätte, und sie wollte nicht vergessen werden.

»Sagen Sie mir, was Sie jetzt tun! Für mich waren Sie bisher nur der Skiläufer.«

Er wandte sich ihr wieder zu. »Ich? Nun, ich bin hergekommen, um einen Mann aufzusuchen, der nicht sehr weit weg von hier wohnt - ein Wissenschaftler, ein Techniker, der davon träumt, die Disziplinen zu kombinieren, um sie auf medizinische Probleme zu konzentrieren. Ärzte, zumal Chirurgen, sind ungeheuer altmodisch in technologischer Hinsicht. Sie benutzen weiter antiquierte Instrumente - man hält das kaum für möglich - nun, der Gedanke, die medizinischen, vor allem die chirurgischen Instrumente durch neue technische Methoden zu verbessern, fasziniert mich. Ich bin so etwas wie ein Idealist, möchte ich sagen. Mich befriedigt die Vorstellung, daß eine Erfindung von mir ein Menschenleben retten könnte, statt einem Multimillionär noch mehr Geld einzubringen - oder jemanden auf der anderen Seite der Welt durch eine Bombe zu zerfetzen.«

Sie war nicht darauf vorbereitet, plötzlich in das eingeweiht zu werden, was er dachte, und es verlangte sie nicht, so zu tun, als verstehe sie, wovon er sprach. Sie konnte sich nur damit gegen die Faszination verteidigen, die von seinem Äußeren ausging, daß sie seinen Geist begriff, seinen regen, glänzenden, vielleicht launischen Geist, wie sie argwöhnte. Sie merkte, daß sie jetzt, wenn auch verschwommen, den wirklichen Mann zu sehen begann, nicht den jungen Skiläufer, der aus dem Schnee in ihr Haus in den Bergen von Vermont kam. Er blickte sich in dem Zimmer plötzlich um, als suche er etwas.

»Haben Sie etwas zu trinken - etwas glühend Heißes? Ich habe mich dort in den oberen Regionen erkältet. In meiner Dummheit habe ich vergessen,eine zweite Jacke mitzunehmen.«

»Natürlich«, sagte sie und drückte auf einen Klingelknopf. »Ich glaube, Weston ist noch nicht hinaufgegangen.«

Ihr alter Diener erschien, und sie sagte, freundlich und kühl zugleich, wie es ihre Art war:

»Weston, Mr. Barnow hat sich erkältet. Können Sie ihm einen heißen Trank bereiten?«

»Gewiß, Madam«, antwortete er.

»Und noch eins, Weston. Das grüne Zimmer ist doch wohl für Gäste bereit?«

»Wie immer, Madam.«

»Decken Sie bitte das Bett für Mr. Barnow auf.«

»Gewiß, Madam. Wird Mr. Barnow zum Frühstück hiersein?«

»Ja – und vielleicht bleibt er noch länger.«

»Sehr wohl, Madam.« Er verbeugte sich tief und entschwand.

»Dies ist der richtige Rahmen für Sie«, sagte Jared noch einmal.

»Ach, Sie kennen mich nicht.«

»Nein? Aber mit der Zeit werde ich's.«

»Wird es die Zeit geben? Sie sind jung und sehr beschäftigt, und ich... habe meine eigenen Träume.«

»Dann träumen Sie gewiß auch von mir.«

Er sagte das so keck und ihrer Zustimmung so sicher, daß sie sich unwillkürlich in sich zurückzog, fast angeekelt, auch wenn sie sich seiner physischen Schönheit von neuem bewußt war. Auch davon wollte sie nichts mehr wissen.

»Sagen Sie mir, was Sie meinten, als Sie vorhin von kombinierten Disziplinen sprachen.«

Er lehnte sich in seinem Sessel zurück, verschränkte die Arme hinterm Kopf und schloß die Augen. Aber dann richtete er sich jäh auf und öffnete sie wieder.

»Was wissen Sie von medizinischer Technik?« fragte er.

»Nichts«, antwortete sie. »Das muß etwas ganz Neues sein.«

»Etwas relativ Neues.«

»Dann erklären Sie es mir möglichst einfach.«

Er lachte. »Einfach ausgedrückt ist es so: Die Mediziner sind in den neuen Disziplinen der Mathematik, Physik und Technik ungewöhnlich rückständig gewesen und sind es noch. Dennoch haben sie es mit lebendigen Wesen zu tun, wissen aber zu wenig von der neueren Forschung, die für sie wichtig ist, um erfolgreich arbeiten zu können. Die Instrumente, von denen sie abhängig sind, um eine genaue Diagnose stellen und Menschen von Krankheiten heilen zu können, sind oft so altmodisch wie überholt. Medizinische Wissenschaftler werden sich dessen bewußt, und an manchen Universitäten gibt es schon Abteilungen für bio-medizinische Technik. Aber die sind meiner Meinung nach bisher weder Fisch noch Fleisch, bilden Männer nur für Berufe aus, die es in ein paar Jahren schon nicht mehr geben wird. Ich habe da andere Vorstellungen, und darüber möchte ich mit diesem Mann sprechen. Er ist ein Pionier auf diesem Gebiet. Ich wünschte, Ihr Vater lebte noch. Ihn würde ich als ersten aufsuchen.«

»Er hätte sie geschätzt«, sagte sie.

»Und ich hätte ihn vergöttert! Keiner der Lebenden heute gleicht ihm. Warum sterben die Großen so jung?«

»Weil sie versuchen, die Welt zu retten.«

»Er war auf dem Wege nach Japan, um den Japanern zu helfen, den Zyklotron wieder aufzubauen, den wir im Weltkrieg zerstört hatten.«

»Ich weiß. Ich habe davon gelesen.«

Es klopfte an die Tür, und Weston erschien mit einem großen dampfenden Becher.

»Grog, Sir«, sagte er mit seiner hohen, alten Stimme.

»Danke«, erwiderte Jared, ergriff den Becher und trank einen Schluck. »Ach, das tut gut. Es wärmt mich durch und durch.«

»Ja, Sir. Gute Nacht, Sir. Gute Nacht, Madam. Es ist alles in Ordnung.«

»Danke, Weston. Schlafen Sie wohl.«

Die Tür schloß sich hinter ihm, und sie schwiegen. Jared trank den Grog, während er mit seinen Gedanken woanders war, wie sie sehen konnte, und sie versuchte nicht, ihn zurückzurufen. Sie beobachtete ihn stumm, während er ins Feuer starrte, bis er den Becher geleert hatte.

Dann setzte er ihn ab und drehte sich, wie um sich zu entschuldigen, zu ihr um.

»Verzeihen Sie, ich bin heute abend kein guter Gast. Wenn mich ein Problem beschäftigt…«

Sie unterbrach ihn. »Ich verstehe das nur allzu gut. Sie sollen nicht denken, Sie müßten mich unterhalten. Ich war selber in Gedanken.«

»Woran dachten Sie?«

Unmöglich, die Wahrheit zu sagen: »An Sie!« Das hätte sie nicht über sich gebracht. Sie stand auf und sagte:

»Ich habe gedacht, Sie sollten zu Bett gehen und sich richtig ausschlafen. Ihr Zimmer ist die erste Tür rechts, wenn Sie die Treppe hinaufkommen. Wenn Sie in der Nacht etwas brauchen, drücken Sie auf den Knopf am Telefon, auf dem W steht. Sie sind dann mit Westons Zimmer verbunden.«

»Was für ein Palast!« rief er. Er hatte sich mit ihr erhoben, und jetzt stand er neben ihr und blickte lächelnd zu ihr hinunter, und sie blickte lächelnd zu ihm auf, nicht wissend, was nun kommen würde. Plötzlich sagte er:

»Haben Sie etwas dagegen, wenn ich Sie küsse?«

Sie schüttelte den Kopf, brachte aber kein Wort heraus. Ein Kuß bedeutete nichts. Ein Kuß war heutzutage gar nichts, war nichts weiter als eine Aufmerksamkeit der Gastgeberin gegenüber. Ach, aber es gehörten zwei dazu, einer, der ihn gab, und einer, der ihn bekam. Sie spürte seine Lippen auf ihrer rechten Wange, und dann drehte er behutsam, ganz behutsam mit seinen beiden Händen ihren Kopf, und sie spürte seine Lippen auf ihren.

»Gute Nacht«, sagte er. »Wann wird gefrühstückt?«

»Wann Sie wollen«, sagte sie so beiläufig, als brenne dieser Kuß nicht wie eine glühende Kohle auf ihrem Mund.

»Wann frühstücken Sie?« fragte er an der Tür.

»Um neun.«

»Du lieber Himmel, was sind Sie für eine Langschläferin!«

Er tat entsetzt, und sie lachte.

»Gute Nacht«, rief sie, als er die Treppe hinaufging.

»Schlafen Sie gut in dem Zimmer. Es war mein Zimmer, als ich noch ein Kind war.«

Sie fand in dieser Nacht stundenlang keinen Schlaf, und als sie am nächsten Morgen erwachte, war es fast zehn Uhr. Ihr erster Gedanke war er, und sie rief in der Küche an. Weston meldete sich.

»Hat Mr. Barnow schon gefrühstückt?« fragte sie.

»Ja, Madam. Punkt acht. Und gleich darauf hat er das Haus verlassen. Er läßt sich bei Ihnen entschuldigen. Er hat Ihnen einen Brief geschrieben, Madam – ich habe ihn für Sie auf den Frühstückstisch gelegt.«

Sie hängte ein und haderte mit sich. Wie konnte sie die letzte Stunde, da er da war, verschlafen haben? Sie duschte in aller Eile, zog sich an, setzte sich dann an den Tisch in dem sonnigen Frühstückszimmer und fand seinen Brief unter ihrem Teller.

»Ich bedaure sehr, daß ich auf so unhöfliche Art aufbrechen muß, aber der Mann, den ich aufsuchen wollte, hat mich in aller Frühe angerufen. Ich soll ihn um neun in seinem Laboratorium treffen. Ich werde es kaum schaffen. Mein Flugzeug wird um zwölf wieder startbereit sei. Ich werde demnächst wieder bei Ihnen angeflogen kommen. Ich schreibe Ihnen hier meine Telefonnummer auf und danke Ihnen noch einmal für alles. Es war herrlich, Sie wiederzusehen! Jared.«

Sie betrachtete die Handschrift. Es war eine große, energische Schrift.

Langsam wurde es Hochsommer. In diesem ersten Sommer seit Arnolds Tod – er war im vorigen Herbst gestorben – ließ sie sich treiben, aber ihre Tage waren nicht leer. Es schien ihr sogar, daß sie nie so sehr die berauschende Luft, die strahlende Sonne, die Pracht der Blüten und Blätter genossen hatte.

Da das Trauerjahr noch nicht um war, konnte sie alle Einladungen, die sie nicht annehmen wollte, ablehnen und nur die annehmen, die sie nicht ablehnen wollte. Ein- oder zweimal wöchentlich aß sie mit alten Freunden von sich oder Arnold auswärts zu Mittag, und an den übrigen Tagen räumte sie Arnolds persönliche Dinge, seine Anzüge, seine Pfeifen, seine Papiere fort. Auch nahm sie ihre Musik wieder auf, und zwar so ernsthaft, daß sie täglich mehrere Stunden am Flügel saß, während sie weitere Stunden mit Lesen verbrachte.

Es begann ihr jetzt erst aufzugehen, wie sehr Arnold ihr Leben beherrscht hatte, nicht absichtlich, sondern ganz natürlich, und es war immer ein mildes Regiment gewesen, aber vielleicht hatte sie sich auch zu sehr gefügt. Jedenfalls entdeckte sie eine Anzahl kleiner Wünsche, die sie sich erfüllen wollte: bestimmte Kleider, bestimmte Farben, die sie immer hatte tragen wollen und die Arnold zuwider gewesen waren, ein Umräumen der Zimmer, von dem er nichts hatte wissen wollen, da er von Natur gegen jede Veränderung war; selbst bestimmte Speisen, die sie gelockt hatten und von denen er gesagt hatte, sie seien nicht bekömmlich. Jede Freiheit, die sie sich jetzt nahm, erleichterte ihr das Leben, bis sie schließlich ohne Bedenken das tat, was sie tun wollte, während sie in den ersten Monaten nach Arnolds Tod instinktiv und aus langer Gewohnheit sich dagegen gewehrt hatte.

»Du hast dich verändert«, sagte ihr Sohn zu ihr während einer seiner unvermuteten seltenen Besuche. Er lebte mit seiner jungen Frau und ihrem einzigen Kind in Washington, arbeitete in einer Regierungsstelle, von der er später ins Ausland versetzt werden würde. Sie hatte sich nie ganz an seine scheinbar plötzliche Entwicklung von einem strohblonden, recht prosaischen kleinen Jungen zu einem strohblonden, recht prosaischen jungen Mann gewöhnt. Er war ein lieber kleiner Junge gewesen und war jetzt ein lieber junger Mann, rührend geradezu, fand sie in diesem Augenblick, als seine ehrlichen blauen Augen liebevoll auf ihr ruhten. Er war eines Tages Anfang Juli auf der Fahrt nach New York, wo er einen kleineren ausländischen Würdenträger treffen sollte, ›hereingeschneit‹, wie er es nannte.

»Wieso habe ich mich verändert?« fragte sie halb im Scherz.

»Du wirkst ausgeruht – und wieder interessiert.«

»Woran interessiert, Tony?«

»Wie soll ich das wissen? Am Leben wahrscheinlich.«

»Ich lerne, allein zu leben. Weiter nichts.«

Er beugte sich über sie und küßte sie zum Abschied auf die Wange, wobei er auf seine Uhr blickte. »Du brauchst dich nicht einsam zu fühlen. Fay und ich und das Baby können immer für ein paar Tage herkommen. Schade nur, daß Millicent so weit weg wohnt!«

Aber sie lehnte den Vorschlag ab.

»Nein, danke, mein Lieber. Ich muß lernen, mein eigenes Leben zu leben.«

»Nun, laß uns wissen, wenn…«

Und schon war er fort, und sie versank wieder in Indolenz. Sie ging auf die Terrasse vor dem Salon und streckte sich auf einem Liegestuhl aus. Indolent, ja, aber eine produktive Indolenz, sagte sie sich, in der sie sich über das Leben und die Gefühle klar zu werden versuchte – Gefühle, wie sie sie seit ihrer Jungmädchenzeit nicht empfunden hatte. Die Sonne, die warm auf ihre Haut schien, belebte sie und machte sie gleichzeitig träge: eine köstliche Mattigkeit. Und warum, fragte sie sich, träumte sie weiter von einem anderen Haus, ihrem eigenen Haus, wo sie doch hier die Erbin eines so schönen Hauses war? Von dort, wo sie lag, konnte sie den frischgeschorenen Rasen, die gepflegten Sträucher, die hohen alten Bäume sehen und in der Ferne einen stillen Teich, einen Springbrunnen, die Marmorfigur einer Griechin, die ihr Großvater dort hatte aufstellen lassen, als er diesen Besitz erbte.

Immer wieder mußte sie an Jared denken, und die Erinnerung verwandelte sich schnell in eine heftige Sehnsucht, deren sie sich halb schämte. Wenn er nicht so plötzlich gekommen und so plötzlich wieder verschwunden wäre, besessen von seinem Traum, einem Traum, der offenbar nichts mit ihr zu tun hatte – hätte er, kurz gesagt, sie um ihrer selbst willen besucht, mit welcher Absicht auch immer, wäre er dann nicht hier geblieben, hätte er nicht in einem ebenso bequemen Liegestuhl wie dem, in dem sie lag, neben ihr gelegen, von der Sonne gewärmt und von der Schönheit betört? Sie war eine zu erfahrene Frau, um nicht die Gefahr zu sehen, in der sie war; es war sogar mehr als eine Gefahr, denn es war zugleich Wahnsinn. Sie würde sich nie und nimmer in einen Mann verlieben, der Jahre jünger als sie war. Jahre? Jahrzehnte…

»Sie werden am Telefon verlangt, Madam«, sagte Weston an der Tür.

Sie stand sofort auf. Es war natürlich Edwin.

»Meine Liebste«, sagte seine freundliche alte Stimme, »ich kann es nicht mehr ertragen, dich nicht zu sehen. Bist du so sehr anderen verpflichtet, oder darf ich dich fragen,ob du mich besuchen willst? Wie gern würde ich, wenn es möglich wäre, zu dir kommen! Die Beine würden es schaffen, aber mein Herz, ein ausgedienter Motor, ruft:Vorsicht! Ich möchte nicht in deinem Haus plötzlich krank werden. Obwohl es für mich manches Angenehme hätte.«

Sie war auf eine so plötzliche Reise nicht vorbereitet. Es war jetzt noch jemand anderes in ihrem Haus. Andererseits – war es nicht vielleicht ein Schutz dagegen, eine Erinnerung an Alter und Würde, wenn sie Edwin für ein paar Tage besuchte?

»Ich werde es mir überlegen. Wenn ich es einrichten kann…'»

Er fiel ihr ins Wort.

»Du brauchst jetzt nur an dich zu denken und vielleicht ein wenig an mich. Das alte Herz schlägt noch, aber es erinnert mich daran, daß es nicht ewig schlagen wird.«

Sie lachte. »Du solltest dich schämen! Mich so zu erpressen!«

»Natürlich! In der Liebe ist alles erlaubt…«

»Ich rufe dich heute abend an.«

»Ehe du's tust, werde ich nicht schlafen können.«

Und damit trennten sie sich, und sie war wieder allein, und

doch nicht allein, denn in diesem Augenblick wurde ihr bewußt, daß sie vielleicht nie wieder allein sein würde, es sei denn, daß ihre Gedanken nicht mehr um den anderen kreisten. Wie sehr sie aber auch versuchte, an andere Orte, andere Menschen, die Pflichten ihres täglichen Lebens, die Freunde, deren sie viele hatte, an alles, was sie in dieser Stadt, in diesem Haus in all den Jahren erlebt hatte, zu denken, Jared ließ sich nicht verdrängen. In einer jäh in ihr aufsteigenden Angst spürte sie, daß sie fliehen mußte, und was für eine bessere Flucht gab es, als zu Edwin zu eilen und dadurch, daß sie sich ihm widmete, den anderen aus ihren Gedanken zu verscheuchen?

Ohne mit ihrem Entschluß bis zum Abend zu warten, lief sie zum Telefon und rief Edwin an.

»Ich habe alles arrangiert, Edwin«, sagte sie. »Ich komme morgen. Ich fahre selber und bin rechtzeitig zum Abendessen bei dir.«

»Gesegnet sei morgen, Liebste, und gesegnet seist du, daß du dich meiner erbarmst!« Seine Stimme klang heiter vor Freude, und sie schöpfte neue Hoffnung. Es befriedigte sie mehr, jemanden zu trösten, der sie brauchte, als an ihren eigenen Kummer zu denken. Und was war eigentlich ihr Kummer? Was war es anderes, wenn man es beim Namen nannte, als eine beginnende gefährliche Verliebtheit, aller Wahrscheinlichkeit nach die Folge ihres einsamen Lebens?

Denn sie war immer noch nicht bereit, ihr altes Leben mit seinen gesellschaftlichen Verpflichtungen wieder aufzunehmen, ja, nicht sicher, ob sie es überhaupt je wieder tun würde, und in dieser Unsicherheit geneigt, sich neuen Interessen zu widmen, aber bestimmt nicht einem jungen Eindringling, einer Zufallsbekanntschaft, die, wenn man ihr kein Ende machte, ihr ganzes geordnetes Leben bedrohen konnte. Sie mußte darum flüchten, und so verließ sie am nächsten Tag nach einer ruhelosen Nacht in aller Frühe das Haus.

Es war ein guter Gedanke, selber das kleine Kabriolett zu steuern, denn das verlangte Konzentration, die sie davor bewahrte, an das zu denken, vor dem sie floh. Die Geschwindigkeit und der Wind, der ihr Haar verwehte, denn sie hatte das Verdeck des Wagens heruntergelassen, gaben ihr die Illusion einer wirklichen Flucht. Ein paar Tage bei Edwin würden ihr gut tun, würden sie in die Wirklichkeit zurückbringen. Sie würde im Schutz seiner Liebe geborgen sein und ihn lieben, aber still und mit dem seinem Alter und seinem großen Ruhm gebührenden Respekt. Die Liebe sollte sie ehren und nicht erregen – obwohl es vielleicht ein Fehler von ihr gewesen war, daß sie ihm erlaubt hatte, in ihr Schlafzimmer zu kommen. Ja, es war ein Fehler. Sie würde ihm das heute abend sagen.

»Edwin, mein Lieber«, würde sie beginnen, »wir sind beide, du und ich, über das Alter hinaus, da sich unsere Liebe physisch ausdrücken muß. Wenn andere davon wüßten, würden sie es falsch deuten. Es würde sie vielleicht sogar schockieren. Darum wollen wir uns damit begnügen, ein gutes Gespräch zu führen und Seite an Seite zu sitzen. Lieber Edwin…« Hier würde sie eine Pause machen, würde vielleicht seine Hand ergreifen und sie drücken.

Als er sie dann aber in dem dämmrigen Eßzimmer, das nur von Kerzen in antiken silbernen Kandelabern erleuchtet wurde, leidenschaftlich begrüßte, sah sie sofort, daß er sehr schmal geworden war und in seiner Einsamkeit rührend wirkte. Sie nahm sich darum vor, nichts von dem zu sagen, was seine Freude an ihrem Kommen dämpfen konnte, verschob es bis nach dem Essen und dann noch einmal, weil er über das Buch sprechen wollte, das von der Möglichkeit oder Unmöglichkeit eines Lebens nach dem Tode handelte und an dem er gerade schrieb. Er faßte sie unter, als sie vom Tisch aufstanden, und führte sie in den Salon, wo der Abendkühle im Gebirge wegen ein Holzfeuer brannte. Sie setzten sich nebeneinander auf das kleine Sofa vor dem Kamin, und er begann sofort, wobei er ihre linke Hand mit seiner rechten festhielt:

»Man kann seine eigenen Gedanken nicht testen, weißt du,

Liebste – und ich bin mir der Richtigkeit der Philosophie, die mein altes Gehirn produziert, gar nicht sicher. Ist es zu früh für ernste Gedanken?«

»Nicht, wenn es deine sind«, antwortete sie lächelnd.

Er schwieg eine kleine Weile, vielleicht, um seine Gedanken zu sammeln, vielleicht, um von der heiteren Stimmung, in der sie zusammen zu Abend gegessen hatten, zu seinem üblichen philosophischen Meditieren überzugehen. Dann begann er von neuem:

»Du hast einen sehr großen Einfluß auf mich gehabt, Edith, und darum auch auf mein Denken. Ich habe mehrere Kapitel meiner Philosophie, von denen ich geglaubt hatte, sie seien unumstößlich, neu geschrieben. Du hast mich darauf gebracht, wieder über den Tod, seine Endgültigkeit, seinen Sinn nachzudenken. Ich möchte beweisen, daß der Tod nicht endgültig ist. Ich möchte sicher sein, daß ich weiterlebe, weil du weiterlebst. Was die anderen betrifft, sollen sie weiterleben, wenn sie wollen. Es ist meine Unsterblichkeit, die ich beweisen muß – und mir selbst zuerst. Darum habe ich von neuem über den Tod nachgedacht. Ist er ein Ende, oder ist er ein Anfang? Aber was ist mein Ich, das über den Tod nachdenken kann, als wäre es etwas von ihm Getrenntes? Ach, gerade dieses Getrenntsein ist so bedeutsam! Ich betrachte den Tod, als lebte ich nach seinem Kommen weiter, genauso wie ich ihn vor seinem Kommen betrachte. Ich lebe darum weiter, da ich mich danach wie davor betrachten kann. Ist das trügerisch, meine Liebste? Sei offen – ich fordere die Wahrheit! Laß mein neues Verlangen, über das Grab hinaus zu leben, mich nicht auf falsche Pfade führen!«

Der Zauber seiner schönen, immer noch kraftvollen Stimme ließ sie interessiert zuhören. Die Philosophie, wie er sie begriff, war ihr fremd, und obwohl sie im College Unterricht in Philosophie gehabt hatte, hatte sie seitdem genug gelesen, um zu wissen, daß die moderne Philosophie sich sehr verändert hatte.

»Zumindest ist der Tod eine Unterbrechung«, sagte sie.

»Zugegeben«, antwortete er. »Aber nur eine Unterbrechung. Das denkende Ich, befreit von seiner Zeitlichkeit, würde zu seiner nächsten Tätigkeit weiterschreiten. Darüber brauche ich nicht zu sprechen, denn in jeder Tätigkeit würden wir bestimmt einander finden. Es ist der Augenblick des Todes, den ich analysieren muß, wenn eine solche Analyse möglich ist. Ist dieser Augenblick nur ein Bruchteil der Zeit oder ist er – Ewigkeit?«

Als er dieses Wort aussprach, wurde seine Stimme plötzlich leise.

Sie dachte eine Weile darüber nach. »Ich nehme an«, sagte sie schließlich zögernd, denn obwohl sie lange über Arnolds Tod nachgedacht hatte, kam sie sich vor diesem alten Philosophen armselig vor, »ich nehme an, man sollte vielleicht die Definition des Todes dadurch begrenzen, daß wir das eliminieren, von dem wir wissen, daß es das nicht gibt. Wir wissen zum Beispiel, daß der Leib zu Staub zerfällt und nicht bestehen bleibt.«

»Richtig«, rief er triumphierend. »Darum wollen wir den Körper beiseite lassen. Aber das, was bleibt, das Ich – können wir weiter gehen, als zu sagen, daß zumindest die Idee seiner Fortdauer eine Wirklichkeit ist? Oder um es anders zu sagen: Wieviel von der Wirklichkeit ist allein ihre Idee? Nimm die Atomenergie, freigesetzt als Spaltung von Atomelementen. Sie existierte zuerst als eine Idee, nicht wahr? Sie existierte, aber wie lange? Wenn die Idee richtig war, dann war sie bis zu dem Grad wirklich. Wenn sie falsch gewesen war – und Ideen können auf einem Irrtum beruhen und darum falsch und unwirklich sein –, könnte sie nur kurz oder überhaupt nicht existiert haben. Aber könnte sie nicht darum als Idee in sich und für immer existiert haben? Wieder mit anderen Worten: Der Beginn jeder Wirklichkeit ist in einer Idee enthalten.«

»Entspringt einer Idee?«

»Nein. Die Idee ist die erste Wirklichkeit.«

»Die Möglichkeit einer Wirklichkeit«, verbesserte sie.

»Aha. Du hast es begriffen«, rief er beglückt. »Dann ist die Möglichkeit in sich eine Wirklichkeit, nicht wahr?«

Sie überlegte einen Augenblick und antwortete dann: »Aber die Möglichkeit ist nicht Fortdauer!«

»Nein. Aber die Fortdauer wird nicht ganz negiert, solange es die Möglichkeit der Fortdauer gibt.«

Sie lachte. »Wie kommen wir aus diesem Gewirr heraus?«

Er lachte nicht, lächelte nicht einmal. Er wurde sogar sehr ernst, ließ ihre Hand los, die er die ganze Zeit gehalten hatte, und schien ihre Anwesenheit zu vergessen.

»Durch Erkenntnis«, murmelte er. »Wenn die Fortdauer die Wirklichkeit von Raum, Energie, Atomen ist, soll sie uns dann abgesprochen werden, die wir unsere Existenz kennen? Ich lehne diese Absurdität ab.«

Sie lauschte gebannt den Worten und ihrer Logik, und das ging stundenlang so weiter. Als schließlich die Uhr zwölf schlug, hielt er jäh inne.

»Du lieber Himmel, da rede und rede ich, und du hast eine geradezu engelhafte Geduld! Komm ins Bett, meine Liebste!«

Und von seinen Worten noch berauscht, vergaß sie ganz, daß sie es sich anders vorgenommen hatte, und folgte ihm.

In der Nacht spürte sie, daß sie umarmt wurde, und als sie erwachte, sah sie, daß er neben ihr lag. Im Mondlicht erkannte sie sein Gesicht über ihr, überraschend in seiner Schönheit. Das Alter machte die Umrisse des vollkommenen Schädels sichtbar, die noch funkelnden Augen waren stahlblau unter den silbrigen Brauen. Er hatte einen weichen, nicht kleinen, nicht großen Mund. Die Lippen waren wie gemeißelt, und plötzlich spürte sie sie leidenschaftlich und sanft zugleich auf ihren.

»Ich habe meine Geliebte im Schlaf beobachtet«, flüsterte er. »Ach, wie schön bist du im Schlaf, Liebste!«

»Hast du nicht geschlafen?« fragte sie.

»Ich will nicht schlafen«, antwortete er. »Ich will wissen, daß du hier bist - jeden Augenblick will ich es wissen. Du gibst mir die Gewißheit. Ich werde weiterleben. Ich weiß es, weil ich lebe. Da ist diese Substanz im Leben, die nicht sterben kann. Plato war vor langer Zeit schon davon überzeugt. Ich habe das Recht zu leben, meine Geliebte. Es wäre eine zu große Ungerechtigkeit, eine zu unvernünftige Vergeudung, wenn ich sterben müßte - ich oder ein anderer, der leben will. Wir werden weiterleben, weil wir weiterleben sollen. Das ist der große moralische Imperativ.«

In seinen Armen liegend, spürte sie, wie ihre Liebe zu ihm sich wie auf Flügeln emporschwang. Sie betete ihn fast an. Sein kühner, tapferer Geist, die Leidenschaft seiner Natur, sein glänzender, alles durchdringender Verstand erfüllten sie mit Ehrfurcht. Wenn es einen Menschen gab, dem sie vertrauen konnte, er war es. Sie zog ihn an sich, war zum erstenmal die Aktive, küßte ihn auf den Mund und empfand dabei zugleich Wonne und Schmerz. Wonne, weil sie ihn auf eine Art liebte, die sie noch nie erlebt hatte, mit einer reinen Freude, und Schmerz, weil sie in ihrem Körper noch Jahre nach ihm würde leben müssen. Aber jetzt, in diesem kurzen Augenblick, kurz, weil er über die Spanne der Jahre hinaus nicht geteilt werden konnte, fühlte sie sich von jeder anderen Liebe befreit. Sie hatte Arnold geliebt, aber ohne ihn zu vergöttern. Er hätte sich sogar dagegen gewehrt, hätte diese Liebe abgelehnt, weil er sie als hinderlich empfand. Aber Edwin hatte die Größe der Einfachheit.

»Ich liebe dich«, sagte sie. »Du sprichst von Wirklichkeit, und dies ist Wirklichkeit. Ich liebe dich. Ich liebe dich zwar auf eine Art, die ich nicht verstehe, aber ich liebe dich.«

Er nahm diese Versicherung mit großer Ruhe entgegen. »Dann werden wir uns jenseits des Grabes wiedersehen. Die Kraft zu lieben - daß ich dich liebe, ist einfach, mein Liebes, aber daß du mich liebst, gibt mir die Gewißheit. Die Liebe durchdringt alles, was falsch, alles, was vergänglich ist. Die Liebe findet die Wirklichkeit; aus der Liebe kommt die Sehnsucht, ewig zu leben, und die Sehnsucht ist die Verheißung der Unsterblichkeit. ›Wer richtig liebt‹, sagt Plato, ›ist von dem Unsterblichen geboren.‹«

Er ließ sie los, sank auf sein Kissen zurück, tat einen tiefen, friedlichen Seufzer, und gleich darauf schlief er ein.

Am nächsten Morgen fuhr sie nach Hause zurück, und ein paar Wochen vergingen, drei oder vier, vielleicht sogar fünf, denn sie achtete kaum auf die Tage. Es waren friedliche, glückliche Wochen. Amelia war für drei Monate in Europa, und von Jared hatte sie nichts wieder gehört. Sie war für sein Schweigen fast dankbar, denn es gab ihr den Raum, in dem sie mit sich allein leben, sich über sich klar werden, ihre Bedürfnisse entdecken konnte, wenn sie welche hatte, ihre Hoffnung, wenn Hoffnung notwendig war. Freunde kamen zu Besuch, sagten ihr, wie gut sie aussehe, wie froh sie seien, daß sie sichtlich von Arnolds Tod genese. Sie hörte zu, lächelte, schwieg. Sie begann zu begreifen, daß ein neues Ich in ihr erschien. Mit Arnolds Dahingehen war ein Leben dahingegangen, ihr früheres Leben, Kindheit und Jungmädchenzeit, die Zeit, da sie eine junge Frau und Mutter gewesen war. Jetzt mußte alles neu werden; was und wie wußte sie nicht, aber der Grund war in ihr selbst, der Grund und die Quelle. Sie mußte darauf warten, daß das neue Ich sich entfaltete.

Unterdessen arbeitete sie an den Plänen für ihr Haus. Schon am Vormittag, nachdem sie spät gefrühstückt hatte, versenkte sie sich in die Pläne. Sie war eine gute Mathematikerin, und sie verstand mit dem Rechenschieber umzugehen. Sie würde ihr eigener Architekt sein und sich bald auf die Suche nach einem Bauplatz machen. Dann würde sie sich einen Bauunternehmer suchen. Und was würde aus diesem alten Haus werden, in dem sie immer noch lebte? Sollte sie es verschenken? Verkaufen? Aber mit ihm würde sie die Erinnerungen an viele Jahre verkaufen. Auch diese Entscheidung mußte warten.

Sie war sich ihrer eigenen Bestimmung noch nicht sicher. Sie brütete oft und lange über ihr neues Ich, und dieses Brüten trennte sie von der Vergangenheit. Mehr als ein Haus mußte geplant werden. Eine Frau mußte in dem neuen Haus leben. Würde sie allein darin leben?

Eines Morgens saß sie, über das alles nachdenkend, in der Bibliothek und sah ihre Post durch. Immer noch keine Nachricht von Jared, aber er schrieb eben keine Briefe. Wenn er sich melden wollte, würde er telegrafieren oder telefonieren. Doch es war ein Brief von Edwin dabei. Nach der Handschrift auf dem Umschlag war sie sich dessen nicht ganz sicher. Es war eine zittrige Schrift, gar nicht wie die Edwins, stellte sie überrascht fest. Aber der Brief war von ihm, wie sie sah, als sie ihn öffnete. Ein paar kraklige Zeilen.

»Ach, meine Liebste, es ist alles anders geworden. Ich bin sehr krank. ›Morituri te salutant.‹ Ich bin es, der stirbt – ich allein. Ich sterbe, wie ich gelebt habe, in der Zuversicht, daß wir uns wiedersehen…«

Das war alles, keine Erklärung, keine Schilderung seiner Krankheit, nur die Mitteilung, daß er starb. Sie wollte aufstehen, aber da läutete das Telefon plötzlich schrill, und sie blieb sitzen, nahm den Hörer ab und hörte eine Männerstimme.

»Mrs. Chardman?«

»Ja, das bin ich.«

»Hier ist Stephen Steadley. Sie sind eine Freundin meines Vaters. Er hat mich gebeten, es Ihnen mitzuteilen. Er liegt im Sterben. Es handelt sich nur noch um ein paar Tage, vielleicht Stunden.«

»Ich habe seinen Brief vor wenigen Minuten geöffnet, und ich fürchtete schon…«

»Es ist alles getan, was getan werden konnte. Es ist natürlich sein Herz. Wir sind alle hier, meine Brüder, meine Schwester, ich – und die Ärzte.«

»Ist er bei Bewußtsein?«

»Bei vollem Bewußtsein. Der Prozeß des Sterbens interessiert ihn sehr, trotz…«

»Hat er Schmerzen?«

»Ja, aber er will keine Beruhigungsmittel haben. Er möchte wissen, sagt er…«

Ihm brach fast die Stimme, und das machte ihn ihr sympathisch.

»Wissen Sie, wir sind sehr enge – Freunde gewesen«, sagte sie.

»Er liebt Sie über alles. Wir sind alle so dankbar dafür, daß Sie ihm seine Einsamkeit erleichtert haben. Keiner von uns hätte das gekonnt.«

»Er hat mir auch meine erleichtert.«

Das war alles, was sie sagen konnte. Sie konnte nicht fragen: Soll ich kommen? Man hätte sie dazu auffordern müssen. Sie sah ihn, diesen schönen, sterbenden Körper, ausgestreckt im Bett liegen.

»Auf Wiedersehn«, sagte sie leise.

»Auf Wiedersehn?« wiederholte sein Sohn überrascht. »Ach, natürlich, ich benachrichtige Sie sofort.«

Gleich nachdem er gestorben ist, dachte sie, sagte aber nichts. Die Stimme erstickte ihr fast vor Tränen. Sie legte den Hörer auf und saß dort, den Kopf zwischen den Händen, die Ellbogen auf den Schreibtisch gestützt. Sie hatte natürlich gewußt, hatte es immer gewußt, daß dieser Augenblick kommen würde. Aber nun war er gekommen, und sie mußte sich darauf vorbereiten zu hören, daß Edwin entschlummert war. Sollte sie zu ihm finden? Sie konnte sich nicht dazu entschließen. Würde nicht ihre Anwesenheit den Trennungsschmerz noch bitterer machen? Es war besser, sie ließ ihn von seinen Kindern umgeben sterben, in das Unbekannte aufbrechen.

Sie stand auf, fand Haus und Garten unerträglich, stieg in ihr kleines Kabriolett, das sie immer selber steuerte, und fuhr allein ans Meer. An der Küste von Jersey herrschte eine beängstigende Fülle, und darum fuhr sie in nördlicher Richtung weiter nach Southampton. Irgendwo hinter Red Hills würde sie vielleicht ein einsames Kliff am Meer finden und sich dort eine Stelle ausmalen, wo ihr Haus ganz für sich stehen konnte. Um Mitternacht konnte sie zurück sein. Aber warum die Hast? Der Tod würde nicht warten, und sie wußte, sie konnte nicht zu Edwin fahren, um ihn sterben zu sehen.

Bei Sonnenuntergang fand sie die Stelle, die sie suchte. Ein Kliff zwischen zwei Städten und eine leere Fläche darauf. Zweifellos gehörte sie dem Besitzer eines großen Guts, aber sie würde ihn dazu bringen, sie zu verkaufen. Auf der einen Seite des fast von Bäumen verborgenen Kliffs, Bäumen, die vom Tosen der Seewinde verkrüppelt waren, entdeckte sie eine schmale Treppe, die zwischen Felsen zu einem kleinen weißen Strand führte. Die Stufen wurden nicht oft benutzt, denn sie waren mit Laub und Moos bedeckt, aber sie ließen sich benutzen, obwohl sie dem Gedanken widerstand, jetzt hinunterzugehen, denn sie war allein, und wenn sie ausrutschte, würde niemand dort sein, der sie fand, und es wurde bald dunkel, denn die Tage nahmen bereits ab. Sie mußte umkehren.

Es war schon Mitternacht, als sie wieder zu Hause anlangte, und Weston wartete auf sie.

»Man hat angerufen, Madam, und Sie möchten bitte diese Nummer anrufen. Ich habe mir große Sorgen gemacht, Madam, wenn ich mir erlauben darf, das zu sagen, weil Sie so allein unterwegs waren und die Nacht dunkel ist, da der Mond nicht scheint.«

»Ich danke Ihnen, Weston«, sagte sie und ging zum Telefon.

Er verbeugte sich und verschwand, und sie wählte die Nummer und wartete. Kurz darauf meldete sich die gleiche Stimme, die sie am Morgen gehört hatte.

»Mrs. Chardman?«

»Ja, ich bin's.«

»Ich habe schon auf Ihren Anruf gewartet. Mein Vater ist um sechs Uhr gestorben. Er hat zuletzt noch sehr gelitten. Wir waren alle um sein Bett versammelt. Aber eine seltsame Veränderung geht mit ihm vor, eine Verklärung geradezu. Alle Zeichen des Schmerzes sind aus seinem Gesicht gewichen...«

Wieder brach ihm fast die Stimme.

»Er war sehr schön«, sagte sie leise.

Tapfer ließ sich die Stimme wieder vernehmen. »Ja – viel schöner als jedes seiner Kinder. Das Begräbnis findet am Donnerstag statt. Werden Sie kommen?«

»Nein«, antwortete sie schnell. »Ich möchte nicht an ihn als einen Toten denken. Für mich lebt er – ewig.«

»Ich danke Ihnen«, sagte der Sohn und verstummte.

Sie legte den Hörer auf. Auch dieser Teil ihres Lebens, dieses seltsame Zwischenspiel, das sie nie jemandem würde erklären wollen und können, war vorüber. Minutenlang saß sie da und dachte über das Gewesene nach. Sie spürte keine Trauer, fühlte sich nicht verlassen. Sie würde immer für das dankbar sein, was Edwin ihr gegeben hatte. Die Leere ihrer Einsamkeit hatte er mit Liebe gefüllt, einer großzügigen, selbstlosen Liebe, hatte keine Gegengabe verlangt, außer daß sie ihn gelegentlich besuchte. Sie war auch darüber froh, daß die Liebe für ihn fruchtbar gewesen war, ihn zu einer philosophischen Forschung inspiriert hatte, der er sich sonst vielleicht nicht gewidmet hätte. Sie hatte ihm Trost gebracht.

Sie zog ein Fach auf, in dem sie seine Briefe aufbewahrte, griff einen heraus, und es war gerade der, den er ihr erst in der letzten Woche geschrieben hatte.

»Für mich, der dem Tode nahe ist – vielleicht sterbe ich, ehe wir uns wiedersehen, meine Liebste, was Gott verhüten möge –, ist es wichtig geworden, das Problem des Todes zu definieren, bevor ich hoffen kann, es zu lösen. Sind jene, die vor mir gestorben sind, bei Bewußtsein? Auf diese Antwort muß ich warten. Dennoch wage ich, es zu hoffen, denn warum sollte ich sonst die seltsame Bereitschaft spüren zu sterben, die fast einem Willkommenheißen des Todes gleichkommt, als ob ich wünschte, mich von meinem Körper zu befreien, der seine letzte Aufgabe, meine Liebste, in unserer Liebe erfüllt hat. Ohne Liebe muß ich geglaubt haben, daß der Tod ein Ende sei; mit Liebe wird meine Hoffnung sogar noch mehr als Glaube, sie wird Überzeugung.«

Sie ließ den Brief aus ihren Händen fallen, hob den Kopf und lauschte. Im Haus war es totenstill, aber in der Stille glaubte sie eine ferne Musik zu hören.

Zweiter Teil

»Ich glaube, es begann in Asien«, sagte Jared Barnow, »oder, genauer gesagt, in Südvietnam, in dem schrecklichen Krieg dort.«

Er war eines Tages zu Anfang des Herbstes, als sie glaubte, sie habe ihn, ganz versunken in die Pläne ihres neuen Hauses, vergessen, plötzlich aufgetaucht. Sie hatte das Grundstück ausgesucht, zwanzig Morgen auf einem Kliff, und wußte sogar schon, wo das Haus stehen würde, neben einer Gruppe windzerzauster Zedern nämlich. Sie war befriedigt, wenn auch nicht froh, nach Hause gefahren - was hatte ihr jetziges Leben mit Freude zu tun? - und hatte ihn in der Dämmerung auf der Terrasse wartend vorgefunden. Er ging dort nervös auf und ab.

»Niemand wußte, wo Sie waren«, sagte er. »Es ist sehr leichtsinnig von Ihnen. Wenn Ihnen nun etwas passierte! Heutzutage kann das immer vorkommen, und wo sollte ich Sie dann suchen?«

Sie lächelte, verriet ihm aber nichts. »Ich bin gleich wieder da.«

Eine halbe Stunde später blickte sie über den Eßzimmertisch hinweg zu ihm. Über der silbernen Schale mit den Treibhausrosen flackerten Kerzen, und Weston schloß die Glastüren zur Terrasse und verließ den Raum.

»Sie haben mir von jener Zeit Ihres Lebens nie erzählt«, sagte sie.

»Nein.« Er aß einen Augenblick stumm, und sie unterbrach ihn nicht. Dann fuhr er fort:

»Ich glaube nicht, daß ich es Ihnen je erzählen werde. Es gibt Perioden im Leben, die vollkommen hinter einem liegen müssen, außer wenn sie die Gegenwart erklären. Trotzdem werde ich Ihnen...«

Aber er sagte nichts, und sie fragte nicht, sprach statt dessen von kleinen Geschehnissen in ihrem eigenen Leben, einer neuen Sonate, mit deren Studium sie begonnen hatte, und ihren Klavierstunden bei einem berühmten Lehrer. Als sie dann in der Bibliothek waren, um dort den Kaffee zu trinken – »Lassen Sie uns in die Bibliothek gehen«, hatte er gesagt. »Vor dem Salon graut mir« –, und als die Tür sich hinter ihnen geschlossen hatte und sie allein waren, begann er von neuem:

»Dies muß ich doch erzählen, denn es hat mich auf meinen Weg geführt. Es war ein Raketenangriff auf Saigon. Der Feind zielte nie genau, und eine der Raketen fiel auf ein Dorf ganz in der Nähe der Stadt, in der wir stationiert waren. Es war kein schwerer Angriff, er dauerte nicht lange, aber das verdammte Ding fiel auf eine Schar Kinder, die im Staub herumkrochen, um Schokolade aufzuheben, die einer unserer Männer ihnen hingeworfen hatte. Sie lachten und schrien, als…« Er schloß die Augen, biß sich auf die Unterlippe und fuhr dann fort: »Der Mann wurde völlig zerfetzt. Die meisten Kinder hatten nicht das Glück. Sie wurden nur verwundet. Wir hoben die noch Lebenden auf und brachten sie in das Behelfshospital, das wir in dem Dorf errichtet hatten. Es fehlte dort an Ärzten und Schwestern; so war es immer.«

Seine Hände zitterten, als er versuchte, sich eine Zigarette anzuzünden, und er gab es auf. »Es hat keinen Sinn, alle Einzelheiten zu erzählen, aber an jenem Tag stand ich an dem Operationstisch und versuchte, einem Chirurgen zu helfen, der Metallstücke aus dem Gehirn eines Kindes entfernte. Ich war entsetzt – und zornig –, als ich die Instrumente sah, die er benutzte: mit Tischlerwerkzeugen fuhr er in das feine Gewebe! Der Junge starb. Ich war froh darüber. Was konnte das Leben für ihn noch sein? Aber irgendwie richtete sich meine ganze Wut über das, was geschehen war, über das, was geschah, auf die miserablen Instrumente. Zumindest die konnten verbessert werden! Und so wurde – wenn Sie sich das vorstellen können – aus der Wut eine Berufung. Man muß es, glaube ich, so nennen. Es ist ein Anstoß, eine Konzentration, die Kristallisierung eines Ziels auf meinem Gebiet, das immer

Wissenschaft gewesen ist, aber eine praktische Wissenschaft. Ich bin kein reiner Theoretiker. Ich sehe gern, wenn eine Theorie in die Praxis umgesetzt wird. Mein Vater war Ingenieur. Ich habe von ihm den Instinkt geerbt.«

Er stand unvermittelt von seinem Stuhl auf, ging zu der geschlossenen Glastür und blieb dort, den Rücken ihr zukehrend, stehen, als betrachte er den Garten, den man im Mondschein verschwommen sehen konnte. Dann fuhr er fort:

»Es war nicht nur das eine Kind. Es waren Tausende. Die Vietkong benutzten nicht einmal Napalm. Wir taten es, aber wir waren nicht absichtlich grausam, wie es manche unserer vietnamesischen Verbündeten waren. Ich sah, wie ein vietnamesischer Offizier – da war eine Frau in einem Dorf vor Angst wie erstarrt, an die sich zwei Kinder klammerten und die ein drittes in den Armen hielt – die Kinder eins nach dem anderen erschoß und dann sie in den Bauch schoß. Warum? Er war unser Verbündeter – einer von ihnen. Aber ob einer oder tausend spielte keine Rolle. Die Kinder konnten nie schnell genug davonrennen. Bomben, Kugeln, vergiftete Bambusspieße, Granaten, Napalm – das alles. Aber alles schien sich auf jenen kleinen Jungen zu konzentrieren, dessen Gehirn ich sah, als jenes schauerliche Instrument es bloßlegte. Ich stand dicht vor der Entlassung. Ich hatte meine Zeit abgedient. Eine Woche später war ich auf dem Heimweg, aber ich habe es nie vergessen.«

Sie hörte stumm zu, während er sich das vom Herzen sprach. Er offenbarte sich, und dennoch entrückte ihn diese Offenbarung in eine unendliche Ferne. Sie hatte in solcher Geborgenheit, solchem Frieden, so weit weg von der Welt gelebt, die er kennengelernt hatte, daß Edwins Tod und sogar Arnolds jetzt zu etwas Unvermeidlichem, kaum Tragischem wurden. Wie konnte sie diesen jungen Mann trösten? Sie kam sich hilflos vor, wußte nicht, was sie sagen sollte, sagte darum nichts und fühlte sich nur noch hilfloser. Aber plötzlich war es auch, als ob er gar keinen Trost brauche. Er drehte sich entschlossen um und reckte die Schultern.

»Warum habe ich Ihnen das alles gesagt? Ich habe es noch nie jemandem erzählt. Ich bin nach Hause gekommen und habe mit der Arbeit begonnen. Wer könnte sagen, es sei alles sinnlos? Gießen Sie mir bitte noch eine Tasse Kaffee ein.«

Er hielt ihr seine Tasse hin, sie füllte sie, und er setzte sich wieder.

»An was arbeiten Sie im Augenblick?« fragte sie, während sie die silberne Kaffeekanne wieder auf das Tablett stellte.

Er lächelte sie dankbar an und begann dann mit seiner üblichen Begeisterung:

»Um mich zu spezialisieren, weiß ich noch nicht genug. Ich bin an sich Physiker. Jedenfalls habe ich Physik studiert. Wenn ich nicht in Vietnam gewesen wäre und das erlebt hätte, von dem ich immer noch nicht loskomme, gefühlsmäßig jedenfalls, hätte ich in diesem Fach weitergemacht und hätte mich wahrscheinlich immer mehr der Nuklearphysik zugewendet. Aber jetzt habe ich das Interesse am Raum verloren. Ich bin erdgebunden. Wenn ich jedoch meine physikalischen Kenntnisse anwenden will, muß ich gleichzeitig Ingenieur auf biomedizinischem Gebiet sein.«

Er verstummte und runzelte wie abwesend die Brauen. Er hatte sie vergessen, merkte sie halb eifersüchtig, und sie überlegte, ob sie ihn durch einen weiblichen Trick, einen leisen Seufzer, mit dem sie sagte, das verstehe ich nicht, in die Wirklichkeit zurückrufen konnte. Und sie hätte das gewiß getan, wäre sie nicht die Tochter von Raymond Mansfield gewesen, jenes hervorragenden Wissenschaftlers, der so ganz in seiner Wissenschaft gelebt hatte, daß sie, als sie nach dem allzu frühen Tod ihrer Mutter allein mit ihm in diesem großen Haus lebte, nicht nur seinen wissenschaftlichen Jargon zu begreifen gelernt hatte, sondern auch seine Arbeit mit kosmischen Strahlen wirklich verstand, jedenfalls in dem Maß, daß sie ihm beim Messen und Testen der Instrumente helfen konnte. Die bei solchen wissenschaftlichen Arbeiten erforderliche Akribie hatte sie zur Genauigkeit erzogen, die sich in einer manchmal zu weit gehenden Ehrlichkeit ausdrückte.

Diese Ehrlichkeit bewahrte sie jetzt vor einem weiblichen Trick und sie sagte ruhig: »Ich verstehe. Natürlich habe ich die Entwicklung der Technik nicht verfolgt, aber ich erinnere mich an meines Vaters Ärger über seine unvollkommenen Instrumente, wenn er auf Berggipfeln und in Höhlen kosmische Strahlen maß. Er murmelte dann immer vor sich hin: ›Verdammt, warum habe ich nicht einen Kursus in gewöhnlicher Technik genommen?‹«

Jared lachte. »Genau! Nun, die Universitäten planen heute Kurse in biomedizinischer Technik, und ich werde auch...«

Er verstummte.

Sie wartete, und dann fragte sie in dem fast gleichgültigen Ton, in dem sie die ganze Zeit gesprochen hatte: »Und was verstehen Sie eigentlich unter biomedizinischer Technik?«

Er blickte sie überrascht und dann nachdenklich an. »Es geht dabei nicht nur um eine Disziplin, wie ich Ihnen, glaube ich, schon gesagt habe, sondern, wenn man genau sein will, um viele. Wenn ich zum Beispiel nukleare Instrumente entwickle – was ich vielleicht tun werde –, muß ich etwas von elektronischer Technik verstehen, um meine Instrumente herstellen zu können. Aber da ich auf medizinischem Gebiet arbeiten möchte, muß ich mich mehr um Biologie kümmern.«

»Dann sind Sie also so etwas wie ein physikalisch-biologischer Ingenieur.«

»Ja.« Er sah sie plötzlich fragend an. »Das ist ein merkwürdiges Gespräch zwischen einem jungen Mann und einer schönen Frau, nicht wahr?«

»Ich muß da wieder an meine Gespräche mit meinem Vater denken, als ich noch ein Mädchen war.«

»Sie sehen immer noch wie ein Mädchen aus«, sagte er.

Sie spürte, daß seine Augen auf ihr ruhten, und als sie aufblickte, sah sie einen so überraschten Ausdruck in seinem Gesicht, als sähe er sie zum erstenmal. Da sie daran gewöhnt war, daß junge Männer sie plötzlich wohlgefällig betrachteten, wurde sie, obwohl das töricht war, sofort verlegen. Man hatte ihr oft gesagt, sie sei eine schöne Frau, obwohl sie sich selber nicht für schön hielt, sich zu groß, zu mager, vielleicht zu blond fand, jedenfalls alles andere als begehrenswert aussehend. Das hatte sie wenigstens entschuldigend gedacht, als Arnold noch lebte, aber hier war wieder der »Blick«, wie sie es bei sich nannte, ein bisher unwillkommener Blick, wenn auch zu ihrer eigenen Überraschung gar nicht so unangenehm. Sie begegnete dem Blick seiner dunklen Augen nicht im mindesten keck, sondern fast flehend.

»Es kommt wahrscheinlich daher, daß ich zu mager bin«, sagte sie leise.

»Sie sind genau richtig«, antwortete er. »Ich bin froh, daß Sie groß sind und lange Beine haben. Ich liebe das.«

Sie lachte. »Was soll ich jetzt sagen?«

»Was Sie empfinden.«

»Nun, dann, es freut mich, wenn es mich auch überrascht.«

»Hören Sie auf - ich glaube nicht, daß es Sie überrascht.«

Er sah sie herausfordernd an, und sie spürte, wie die Röte in ihre Wangen schoß. Sie war nahe daran, als Selbstschutz sich auf ihr Alter zu berufen, tat es dann aber doch nicht, weil es ihr widerstrebte, auch nur daran zu denken, wie groß der Altersunterschied zwischen ihnen war.

Aber was spielte das eigentlich für eine Rolle? Sie waren zwei Menschen, die zufällig nicht einer Generation angehörten. Mit Edwin und ihr war es das gleiche gewesen. Aber war das nicht doch anders, da er der Mann war?

»Woran denken Sie?« fragte Jared plötzlich.

Sie lachte verlegen. »Hat jemand das Recht, einen anderen das zu fragen?«

»Soll das heißen, daß Sie es mir nicht sagen werden?«

»Ja, das soll es heißen.«

Sie sahen einander halb lächelnd, halb herausfordernd an, und dann stand sie auf.

»Ich danke Ihnen, daß Sie mir von dem Jungen erzählt haben. Ich werde es nicht vergessen. Es erklärt so vieles. Darf ich Ihnen jetzt gute Nacht sagen? Ich bin ziemlich müde.«

Geborgen und allein in ihrem eigenen Zimmer, setzte sie sich an ihren Toilettentisch und betrachtete sich in dem goldgerahmten Spiegel, der darüber hing. Die Frau, die sie darin sah, war eine andere als die, die sie heute morgen, als sie nach dem Duschen ihr Haar bürstete, gesehen hatte, ohne sie wirklich zu sehen. Ihr jetziges Spiegelbild sah, fand sie, strahlend aus, ein lächerliches Wort, als ob sie naiv genug wäre, um zu strahlen, nur weil ein junger Mann nahe daran zu sein schien, sich in eine ältere Frau zu verlieben, die zufällig sie selber war! Sie war älter. Sie hatte, wie sie glaubte, die Reife und Kultur, die eine Frau ihres Alters haben sollte.

Sie hatte einen großen Kreis von Bekannten, wenn nicht Freunden, und sie war daran gewöhnt, daß heutzutage Männer und Frauen, alte und junge, junge und alte, einander liebten. Wie war das zum Beispiel mit ihr und Edwin gewesen? Aber hätte sie diese Beziehung Arnold je erklären können? Vielleicht bestand das Leben nur aus einer Reihe von Erlebnissen, die man sich nicht einmal selber erklären konnte. Und es stimmte, sie sah jetzt um Jahre jünger aus, als sie war, wie sie vor Arnolds Tod oder sogar Edwins Tod nicht ausgesehen hatte. Seit sie allein lebte, war sie tatsächlich wieder so jugendlich wie einst. Vielleicht war das die Folge einer völligen Freiheit, in der sie sich selbst, ihre Zeit und ihre Gedanken nicht mit jemand anderem teilen mußte.

»Und ich werde meine kostbare Freiheit jetzt keinem anderen opfern«, sagte sie zu der Frau im Spiegel. Sie lächelte, und die Frau lächelte zurück. Ja, dachte sie, als sie die Nadeln aus ihrem Haar nahm, sie hatte Jared Barnow genau im richtigen Augenblick gute Nacht gesagt. Er besaß eine starke animalische Anziehungskraft, die nicht zu erkennen sie zu klug war. Sie war sich auch bewußt, daß sie darauf zu reagieren vermochte. Trotz ihres wählerischen Geschmacks und ihrer strengen Erziehung war sie sehr sinnlich veranlagt; wie sehr wußte sie freilich nicht, wollte es auch nicht wissen. Solch ein Wissen konnte bestürzend sein, und die Folgen waren zu ernst, um diese Veranlagung auf die Probe zu stellen. Sie fürchtete nicht das Urteil anderer, denn in dieser Zeit der Laxheit und Nachsicht konnte man sich über solche Urteile nur amüsieren. Aber sie fürchtete die Folgen für sich selbst. Da sie die Stärke ihrer Gefühle kannte, wußte sie auch, daß sie, wenn sie mit dem Gedanken an eine neue Liebe spielte, vielleicht ganz von ihr verzehrt würde, und dann wäre ihre neu gewonnene Freiheit wieder verloren.

Sie begann ihr Haar kräftig zu bürsten, und es fiel wie ein Schleier über ihr Gesicht.

»Sie haben eine merkwürdige Wirkung auf mich«, sagte Jared am Frühstückstisch.

»Ja?« Sie hob die Brauen. Nachdem sie in der Nacht gut geschlafen hatte, war sie an diesem Morgen wieder ganz sie selbst und innerlich entspannt.

»Eine schöpferische Wirkung«, fuhr er fort. »Statt mich abzulenken, wie ich das bei attraktiven Frauen erlebt habe, inspirieren Sie mich - ich hasse das Wort zwar, es wird so viel Mißbrauch damit getrieben, aber ich kann es nicht anders ausdrücken. Ich bin noch keiner Frau begegnet, die mich so anspricht - geistig, gefühlsmäßig - und jetzt auch physisch.«

Er sagte das einfach und ohne Verlegenheit, so wie er vielleicht eine neue Theorie erklärte. Sie hörte zu, wobei sie ihn unverwandt anblickte, und antwortete ebenso einfach:

»Das höre ich gern.«

Er wartete, wobei sie sich weiter anblickten. »Nun«, sagte er nach einer Weile.

Sie lächelte. »Nun, was?«

»Ist das alles?«

»Was sollte es sonst noch sein?«

»Alles, was Sie wollen.«

Ein Schweigen folgte, ein vielsagendes Schweigen. Er sah sie weiter unverwandt an - dreist vielleicht? Ein Wort, ein Zeichen des Nachgebens, und sie wären vielleicht in eine heillose Situation verstrickt gewesen. Sie war sich bewußt, er wartete nur noch auf ein Wort von ihr, seine Hand wartete dort auf der

Tischkante, er war zu allem bereit. Ohne es eigentlich zu wollen, wich sie vor der Herausforderung zurück.

»Sprechen wir von etwas anderem«, sagte sie.

Er schwieg daraufhin und schien nur noch Interesse für sein Rührei zu haben, bis sie das Schweigen brach und wie beiläufig sagte: »Müssen Sie heute arbeiten,oder haben Sie Zeit für einen Ausritt?«

»Sie reiten?«

»Ich habe es wiederaufgenommen. Ich bin als Mädchen viel geritten, aber mein Mann schätzte das nicht.«

»Er nahm Sie nicht für voll.« Seine Stimme klang anklagend.

»Auf seine Art doch – sogar sehr.«

»Dann verstand er Sie nicht.«

Sie lachte. »Ach, das ist zu banal – Ehemänner, die ihre Frauen nicht verstehen, Ehefrauen, die ihre Männer nicht verstehen! Sie haben mir noch gar nicht von dem Mädchen erzählt, das Sie heiraten möchte. Interessiert sie sich für Ihre Arbeit?«

»Sie würde gar nicht verstehen, wovon ich rede.«

»Das erinnert mich an meinen Sohn Tony. Er hat ein reizendes dummes Mädchen geheiratet und ist dabei sehr intelligent. Als er mir ankündigte, er wolle sie heiraten, habe ich gesagt, sie sei vielleicht ein bißchen dumm – wenn ich auch nicht das Wort benutzt habe –, und er hat mir geantwortet, er wolle nicht, wenn er abends nach Hause komme, dort ein intelligentes Weib vorfinden.«

Sie lachte von neuem, aber er stimmte nicht ein, sondern blickte sie ernst an. »Er ist ein Narr, möchte ich sagen.«

»O nein, Tony ist kein Narr. Er hatte nur genug von seiner Mutter. Ich fand das eigentlich hübsch. Ein einziger Sohn, der nicht an seiner Mutter hängt – das ist heutzutage ein Erfolg für die Mutter.«

Er aß nachdenklich sein Rührei. »Ich wünschte, Sie sprächen nicht von Ehemännern und Ehefrauen, Söhnen und Müttern«, sagte er verdrießlich.

»Nur über Sie und das Mädchen…«, sagte sie.

»Nicht einmal über sie. Nun, reiten wir jetzt aus. Ich habe heute nachmittag eine Verabredung.« Er stand auf und schob seinen Stuhl unter den Tisch.

Reiten, dachte sie, war kein guter Gedanke gewesen. Er ritt glänzend, saß aufrecht im Sattel, hielt die Zügel locker und doch fest in der Hand und wirkte durch seine schlanke Gestalt sehr vornehm. Und dann das Wetter, ein warmer, strahlender Tag! Die Sonne sickerte durch das Laub der Bäume zu beiden Seiten des Weges, und die herbstlich gefärbten Berge zogen sich bis zum Horizont hin. Sie wußte, sie sah in ihrer Reitkleidung gut aus, und war bei diesem Gedanken wieder streng gegen sich. War sie heute morgen am Frühstückstisch kokett gewesen, ohne es selber zu merken? Nein, sie war nur glücklich gewesen. Ein leuchtender Morgen, ein komfortables, sogar schönes Haus, ein angenehmer Tischgenosse. Und es war bestimmt nicht gefährlich, diesen jungen und hübschen, sehr jungen und sehr hübschen Mann zu bewundern.

»Warum lächeln Sie?« fragte er.

»Ein geheimer Gedanke«, antwortete sie. »Lassen Sie uns galoppieren!«

Sie berührte die Flanke des Pferdes mit ihrer Peitsche und galoppierte als erste in das Tal hinunter. Und wie sie unter dem wolkenlosen Himmel dahinflog, dachte sie an das Haus auf dem Kliff. Es existierte noch nicht, aber für ihre Phantasie war es schon wirklich, als stände es dort. Sollte sie ihm von dem Haus erzählen? Dem Impuls nachgeben, sich ihm zu offenbaren? Nein! Sie würde sich nicht offenbaren - noch nicht. Sie ging vom Galopp in einen Kanter über und sah auf ihre Armbanduhr.

»Es ist Mittag - Sie haben eine Verabredung.«

»Warum versuchen Sie, sich mir zu entziehen?« rief er.

»Tue ich das?« fragte sie, und ohne ihn anzusehen, berührte sie wieder die Flanke des Pferdes mit der Peitsche und galoppierte davon.

Sie versuchen wirklich, sich mir zu entziehen«, sagte er eine

Stunde später. Er hatte nicht zu Mittag essen wollen, hatte erklärt, er habe keine Zeit, und jetzt verabschiedete er sich. Sie standen an der Tür, und er blickte ihr ins Gesicht.

Sie erwiderte seinen Blick unbefangen. »Ich versuche nicht, mich Ihnen zu entziehen – nur, ich...«

Sie verstummte, und er wartete.

»Sie werden sich verspäten«, sagte sie.

»Ja«, gab er zu und wartete weiter.

»Ich weiß nicht, was ich Ihnen antworten soll«, sagte sie schließlich.

»Das ist schon besser. Dann werden wir das nächste Mal also herausfinden, warum Sie mir nicht antworten können.«

Er beugte sich zu ihr hinunter und küßte sie sehr schnell und leicht auf den Mund, so daß sie nicht zurücktreten oder den Kopf abwenden konnte, und schon war er fort.

»Sie mußte immer wieder an ihn denken, spürte seine Abwesenheit so stark, daß alle ihre Gedanken um ihn kreisten. Wie still war es plötzlich im Haus, Jetzt, da man seine Stimme nicht mehr hörte, nicht mehr sah, wie er ruhelos von seinem Stuhl aufsprang, ans Fenster ging, um hinauszublicken, dann fünf Minuten Klavier spielte, darauf aus einem Bücherregal ein Buch herausnahm und darin blätterte, während er sprach, und es dann wieder hineinstellte, ohne etwas darüber zu sagen, sondern von etwas anderem redete. Überall im Haus spürte man seine beherrschende, fordernde Persönlichkeit, obwohl er nicht mehr da war.

Sie setzte sich, als er gegangen war, sein Kuß brannte noch auf ihren Lippen, und erhob sich dann ebenso abrupt, sich weigernd, das Aufwallen der Begierde in ihrem Körper zuzugeben. Warum gab sie sich das nicht zu? In ihrem Leben mit Arnold hatte es nicht viel Erregendes gegeben, aber sexuelle Befriedigung. Sie empfand keine Abneigung gegen ihn, und er erfüllte seine ehelichen Pflichten mit dem Verständnis eines reifen Mannes für das, was eine Frau braucht. Er war rücksichtsvoll und verständnisvoll gewesen. Und sie, wie sie glaubte, ihm gegenüber ebenfalls. Gewiß, sie wollte keine außereheliche Liebesaffäre, wie so viele Frauen heutzutage, wollte es nicht nur aus moralischen Gründen nicht, sondern weil es sie nicht danach verlangte. Dennoch mußte sie einsehen, daß jetzt, da sie die Regelmäßigkeit ihres friedlichen Ehelebens mit Arnold vermißte und vielleicht sogar die Erregung durch Edwins Berührungen ihre schon vor langer Zeit geweckten und auf die übliche Weise befriedigten natürlichen Begierden Forderungen an sie stellten.

Sie brauchte sich deswegen nicht zu schämen oder auch nur verlegen darüber zu sein. Es war die übliche Situation, dachte sie, wenn eine Ehefrau ihren Mann oder eine Frau ihren Liebhaber verlor. Sie mußte dem Leben ins Auge sehen, so wie es jetzt war, und sich entscheiden. Sie hatte sich entschieden, allein zu leben und zu versuchen, von ihrer Freiheit den richtigen Gebrauch zu machen. Darum durfte sie nicht mehr an Jared als Mann denken. Er durfte für sie nur ein Mensch, ein Freund, nichts weiter sein, dachte sie. »Denke nicht mehr daran, wie er aussieht«, ermahnte sie sich. »Denke statt dessen an seinen Verstand, seine Interessen, seine Karriere, alle Aspekte seiner starken Persönlichkeit.« Es gab keinen Grund, warum sie sich nicht in Freiheit an dem allem freuen sollte, statt sich in die Gefahr zu bringen, von einem Gefühl übermannt zu werden.

Ich will mich darauf vorbereiten, seine Freundin zu sein, dachte sie, und in der Erinnerung an seine Bewunderung für ihren Vater kehrte sie im Geist in jene Zeit zurück, in der sie ihres Vaters Tochter gewesen war. Die einzige in seinem Hause, die verstand, wovon er redete, wenn er von seiner Arbeit mit kosmischen Strahlen sprach, die einzige, die verstehen wollte. Und sie hatte verstehen wollen, weil sie ihn liebte und wußte, daß, so erfolgreich er als Wissenschaftler und so berühmt in der ganzen Welt, er in seinem eigenen Hause einsam war. »Deine Mutter war eine liebe, gute Frau«, sagte er immer wieder zu ihr, »und ich bin ein jämmerlicher Ehemann für sie gewesen, da ich mit meinen Gedanken stets woanders war, selbst wenn sie mit mir sprach. Es ist kein Wunder, daß sie schließlich die Geduld mit mir verloren hat. Ich kann ihr das nicht im geringsten zum Vorwurf machen.«

Ihre Antwort darauf war Schweigen gewesen. Dann hatte sie ihn umarmt, und schließlich hatte sie Arnold gegenüber eine wahre Engelsgeduld gezeigt, wenn er mit ihr sprechen wollte, obwohl seine Tätigkeit als Anwalt, wie sie fand, monoton und öde war. Doch wenn sie ungeduldig wurde – und sie war es sehr oft geworden –, brauchte sie nur an ihren einsamen Vater zu denken und, ja, an ihre ungeduldige, einsame Mutter, die ihre Tage damit ausfüllte, daß sie sich um den Haushalt kümmerte, und sofort verging ihre Ungeduld. Ja, ihr Vater war so einsam, wie nur Wissenschaftler es sein können, die das Universum erforschen.

Und da kam ihr der Gedanke, daß auch Jared einsam sein mußte, so jung er war, aber er war so viel begabter als seine Altersgenossen und lebte obendrein mit einem alten Onkel allein zusammen. Sie konnte etwas gegen diese Einsamkeit tun, ohne an eine Liebesaffäre zu denken, die das letzte war, was sie wollte. In ihrer Ehe war sie stark von einem hübschen Mann angezogen worden. Es war eine bittere Zeit gewesen. Sie haßte allein die Erinnerung daran, denn es war eine rein physische Anziehung, und sie war dankbar dafür, denn wenn sie den Mann hätte achten können, hätte sie ihm nicht zu widerstehen vermocht. Sie hatte widerstanden, aber sie erinnerte sich – und würde sich immer daran erinnern – an die erschreckende Gewalt ihres Triebs, der sie zwingen wollte, nachzugeben, bis er zu einem so unerträglichen Schmerz wurde, daß sie Arnold in jenem Sommer gebeten hatte, mit ihr nach Europa zu fahren. Ob er wußte, warum ihr soviel daran lag, hatte sie nie erfahren und wollte es auch jetzt nicht wissen. Er hatte sich ihre Bitte angehört und hatte nicht gefragt, warum sie weinte.

»Natürlich, meine Liebe«, sagte er. »Mir wird ein Urlaub auch gut tun. Ich habe in letzter Zeit gemerkt, daß du mit den Nerven sehr herunter bist. Du tust zuviel – all die Wohlfahrtsveranstaltungen usw., und die Kinder sind in einem schwierigen Alter. Ich mag die Art, wie Millicent dir antwortet, wenn du mit ihr sprichst, ganz und gar nicht.«

Millicent! Hatte diese Tochter, die jetzt eine selbstzufriedene Frau und Mutter war, gewußt, warum ihre Mutter damals so nervös und abwesend gewesen war? Hatte sie sie vielleicht sogar zusammen gesehen, ihre Mutter und den ausnehmend hübschen Mann mit den blauen Augen und dem an den Schläfen schon ergrauten Haar, Millicent, der dürre, aggressive Teenager, der aus Liebe zu seinem Vater kritisch und auf seine Mutter eifersüchtig war...

Sie schob diese Erinnerung beiseite und dachte auf andere Weise an Jared. Sie würde sich bemühen, in seine geistige Welt einzudringen, und damit seine Einsamkeit lindern und ihr eigenes Verlangen stillen.

»Aber du siehst ja prächtig aus!« rief ihre Tochter.

»Soll ich das nicht?«

Millicent sah gar nicht gut aus, fand sie. Die junge Frau hatte wieder zugenommen, ihr Haar, dunkel wie Arnolds gewesen war, wirkte ungepflegt, und sie trug ein fades blaues Kostüm, das hätte gebügelt werden müssen.

»Aber du hast dich verjüngt«, sagte Millicent mit solchem Nachdruck, daß ihre Mutter lachte.

»Ist das eine Sünde?«

Sie waren in ihrem Wohnzimmer oben. Erst vor einer Viertelstunde hatte Millicent sie dort gefunden. Ihre Tochter hatte die Angewohnheit, Monate vergehen zu lassen, ohne zu schreiben oder anzurufen, dann plötzlich aufzutauchen.

»Nein«, sagte Millicent, wenn auch widerstrebend. »Nicht eigentlich«, fügte sie hinzu. Sie schielte zu den Papieren auf dem Schreibtisch hin, an dem ihre Mutter saß, und beugte sich dabei vor und reckte den Hals.

»Was zeichnest du denn da?«

»Pläne für ein imaginäres Haus.«

»Haus – deswegen bin ich gekommen. Über deinem

blühenden Aussehen hätte ich es fast vergessen. Tom möchte auf eine Woche in Vermont auf Bärenjagd gehen, und ich dachte, wenn du uns das Haus überlassen kannst, könnte ich mit den Kindern hinfahren.«

»Natürlich«, sagte sie, und in einem plötzlichen und unerklärlichen Impuls fuhr sie fort: »Übrigens, ich schenke euch das Haus, wenn ihr's haben wollt.«

»Warum?«

Sie zögerte. »Ich weiß es selbst nicht recht – außer daß es für mich dort zu einsam ist.«

»Das kann ich verstehen«, sagte Millicent. »Vater ist durch niemand in der ganzen Welt zu ersetzen.«

»Ja. Und ich würde es mir auch anders gar nicht wünschen.«

»Natürlich nicht.«

Sie blickten einander an. Edith lächelte ein wenig traurig und Millicent fast neugierig. Dann erhob sich ihre Tochter, ging auf sie zu und küßte sie auf die Wange. »Ich kann nicht länger bleiben, Mutter.«

»Du brauchst ein neues Kostüm«, sagte Edith.

»Ja? Nun, ich werde keins bekommen! Tom denkt an eine neue Stellung. Wir müßten dann aber nach San Francisco ziehen.«

»Ach, so weit weg?«

»Ja, es ist weit, aber was kann ich tun?«

»Mit ihm gehen, natürlich – was sonst? Aber wann?«

»Das ist eben die Frage. Tom hat gesagt, ich solle es dir erst sagen, wenn es sicher ist. Aber es ist mir so herausgerutscht.«

»Ich werde es für mich behalten. Und was bedeuten heute schon Entfernung oder Zeit!«

»Ja, das stimmt. Nun, auf Wiedersehn, Mutter. Natürlich besuche ich dich noch einmal, ehe wir dorthin gehen, wenn es überhaupt dazu kommt.«

Sie gaben sich die Hand, und sie drückte die ihrer Tochter. »Und wenn etwas daraus wird, wann würde es sein?«

»Wir rechnen mit Ende des Monats, noch rechtzeitig zu Weihnachten.«

Ihre Tochter war gegangen, und sie war wieder allein. Weihnachten? Das bedeutete dann, daß niemand zu Weihnachten kommen würde. Tonys Frau wollte mit ihren Kindern Weihnachten in ihrem Hause feiern. Arnolds Tod bedeutete eine Veränderung nach der anderen in Ediths Leben. Dieses alte Haus blieb, wie es war, aber alles darin hatte sich verändert. Es war also eigentlich sein Haus gewesen! Zumindest hatten ohne Arnold alle Gewohnheiten ihren Sinn verloren. Wenn sie weiter hier wohnte, würde sie nur noch melancholischer werden. Sie nahm den Telefonhörer ab.

»Ist dort die Immobilienfirma Wilton? Ja? Könnte ich dann vielleicht Robert Wilton senior sprechen? Ein paar Minuten? Ich warte...«

Sie wartete, bis eine laute Stimme ihr ans Ohr hallte.

»Ja, Mrs. Chardman! Was kann ich für Sie tun? Möchten Sie Ihr Haus verkaufen? Ich könnte es sehr günstig für Sie verkaufen, wenn Sie...«

»Nein, danke, noch nicht! Im Gegenteil. Ich möchte etwas kaufen.«

»Wie? Wollen Sie umziehen?«

»Ich möchte ein Stück Land erwerben. Vielleicht baue ich dort später ein Haus. Nur für mich. Es liegt am Meer...«

»Ach, wie gut ich das verstehe - ein Haus am Meer. Mir ist so, als ob Sie immer schon damit geliebäugelt hätten - nur ich glaube, Ihr Mann war nicht ganz dafür, aber es gibt keinen Grund, warum Sie nicht jetzt haben sollten, was Sie möchten.«

»Nein, gar keinen.«

»Wo ist das Grundstück?«

»In North Jersey. In der Nähe einer Stadt. Es gehört zu einem großen Gut, glaube ich, und liegt auf einem von Wald umgebenen Kliff. Man kommt an mehreren dieser alten Gutshäuser vorüber...«

Sie sagte ihm genau, wo es lag, und hörte ihn schwer atmen, als er sich Notizen machte.

»Und wie hoch wollen Sie mit dem Preis gehen, Mrs. Chardman?«

»Ich will es haben – weiter nichts.«

Er lachte. »Dann werden Sie's wohl haben müssen. Warum auch nicht?«

»Ja, warum nicht?«

Schneeflocken tanzten in der Morgenluft. Der Himmel war grau, novembergrau an diesem Morgen, als sie die schwere Haustür öffnete. Selbst die Tür wirkte schwerer als sonst, und sie hatte mehr als einmal bei Arnold über die Tür geklagt, die in riesigen Messingangeln hing. Weston hielt die Tür jetzt einen Augenblick auf.

»Ich bin froh, Madam, daß Sie beschlossen haben, nicht selber zu fahren. Es sieht so aus, als ob es richtigen Schnee geben würde.«

»Sagen Sie bitte Agnes, sie soll, wenn sie oben Staub wischt, die Papiere auf meinem Schreibtisch so liegen lassen, wie sie liegen.«

»Ja, Madam.«

»Ich werde irgendwo unterwegs zu Mittag essen, aber zum Abendessen werde ich wieder hiersein.«

»Allein, Madam?«

Sie zögerte. »Ich glaube, ich werde Miss Darwent bitten, heute abend mit mir zu essen.«

Sie ging zum Telefon in der Halle und wählte die Nummer.

»Amelia? Ja, hier ist Edith. Ich habe heute in Jersey etwas zu erledigen, aber ich werde zum Abendessen wieder zurück sein. Willst du zum Essen zu mir kommen? Um acht Uhr. Dann habe ich reichlich Zeit. Ach, fein...«

Sie hängte ein und wandte sich dem geduldig wartenden Weston zu. »Sie kommt, und sie liebt frischen Hummer, denken Sie daran!«

»Ja, Madam.« Gleich darauf schloß sich die schwere Tür hinter ihr. Die Auffahrt bildete einen Kreis, und durch das Fenster des Autos sah sie im Schneetreiben einen Augenblick das große Haus aus grauem Stein, das wie eine deutsche Burg inmitten der hohen, dunklen Tannen stand. Sie mußte dieser

Burg entrinnen, aber wohin, wußte sie nicht. Und warum erhoffte sie sich so viel von einem neuen Haus? Das Grundstück mit dem Blick auf den Ozean, dem Kliff, den halbkreisförmigen Stufen zum Strand hinunter, gehörte ihr schon fast. Wilton senior hatte das geschafft. Das Gut war im Besitz von Erben, und die hatten es nur allzu gern verkaufen wollen, und als sie das erfuhr, hatte sie sich erboten, dreimal so viel Land zu kaufen, wie sie ursprünglich hatte kaufen wollen: Sechzig Morgen, viel mehr, als sie brauchte, aber es gab ihr mehr Raum und einen weiteren Blick. Sie würde alles wild wachsen lassen. Es würde kein Park angelegt werden.

Der Morgen ging still dahin. Der Chauffeur fuhr zügig und schnell. Arnold hatte ihm beigebracht, nicht zu schnell zu fahren, aber sie hatte das Tempo in den letzten Monaten bis an die Geschwindigkeitsgrenze gesteigert, und er hatte ohne ein Zeichen des Protestes oder der Überraschung sich damit abgefunden, als verstehe er, warum sie jetzt schneller fahren wollte. Was er dachte, wußte sie nicht. Er war ein schweigsamer, wie sie fand, noch junger Mann – vielleicht vierzig? Sie wußte nichts von ihm, und es war ihr auch nie der Gedanke gekommen, sich nach seinem Leben zu erkundigen. Aber jetzt empfand sie, durch den Schnee eingeschlossen, das Schweigen bedrückend und brach es.

»William, sind Sie verheiratet – haben Sie Kinder?«

»Nein, Madam, ich lebe mit meiner alten Mutter zusammen.«

»Wie alt ist sie denn?«

»Dreiundsechzig, Madam.«

»Wohnen Sie in Philadelphia?«

»Jetzt ja, Madam. Vorher lebten wir in North Jersey. Meine Mutter war Wirtschafterin in einem der großen alten Häuser. Darum weiß ich, wohin Sie wollen, Madam. Ich bin in der Gegend aufgewachsen.«

»Ach. Und haben Sie die Medhursts gekannt?«

»Ja, Madam. Bei ihnen hat meine Mutter gearbeitet.«

»Wie seltsam! Ich habe etwas von dem Medhurstschen Land gekauft.«

»Habe schon davon gehört, Madam.«

Sie schwieg überrascht. Nichts in ihrem Leben konnte wirklich privat sein, denn Arnold war in Finanzkreisen sehr gut bekannt gewesen.

Aber was machte es schon aus? Sie war die Tochter eines berühmten und die Witwe eines reichen Mannes. Sie brauchte keine Geheimnisse und würde keine haben, sagte sie sich. Nur wer keine Geheimnisse hatte, war wirklich frei. Und in dieser Stimmung langte sie an ihrem Ziel an, wo Wilton senior sie schon in seinem Wagen erwartete. Er kam sofort auf sie zu.

»Ich habe die notwendigen Papiere für Sie zur Unterschrift mitgebracht, Mrs. Chardman. Ich glaube, es ist alles in Ordnung, vorausgesetzt, daß Sie zufrieden sind.«

»Lassen Sie mich nur noch einmal die Aussicht betrachten. Ich möchte wissen, ob alles wirklich so ist, wie ich es in Erinnerung habe.«

Im Augenblick schneite es nicht, und sie ging an den Rand des Kliffs und blickte über das wogende graue Meer. Tief unten brach sich die Brandung an den Felsen, die den Strand umgaben. Der Chauffeur gesellte sich ihr zu.

»Als Junge bin ich immer die Stufen hinuntergerannt, Madam. Frühmorgens schon, ehe die Familie auf war, bis auf Master Robert – Bob, wie sie ihn nannten. Er war gar nicht viel älter als ich. Bei Ebbe kann man am Strand viele Krabben fangen.«

»Die Stufen wirken jetzt recht wacklig«, bemerkte sie.

»Ja, Madam. Aber ich könnte sie wieder befestigen. Ich verstehe mich darauf.«

»Vielleicht werde ich Sie bitten, das zu tun.«

»Ja, Madam.«

Da sie nichts weiter sagte, trollte er sich, und sie blickte wieder aufs Meer. Ob sie je das Haus baute, dieses Stück Land gehörte jetzt ihr. Es begann wieder zu schneien. Sie spürte die kalten Flocken in ihrem Gesicht, als ob kalte Fingerspitzen sie berührten, und wandte sich Wilton senior zu.

»Ich bin bereit, die Papiere zu unterschreiben«, sagte sie.

»Was ist mit dem Haus geworden, das du bauen wolltest?« fragte Amelia beim Abendessen.

Sie hatte sich bis jetzt nur für den Hummer interessiert und darum keine Fragen gestellt.

Freilich, es war auch keine Zeit dafür gewesen, denn Edith hatte sich verspätet.

Der Schnee hatte sie aufgehalten, so daß, als Weston die schwere Tür öffnete, er ihr sofort sagte, Miss Darwent sei schon da und warte in der Bibliothek, da es im Salon für sie zu kalt sei, denn auf jener Seite des Hauses hatte der Nordwind zu wehen begonnen.

»Sagen Sie ihr, ich sei in fünf Minuten unten - ich will mich nur umziehen -, und das Essen kann sofort serviert werden.«

»Ja, Madam.« Er zögerte und fuhr dann fort: »Ich hatte dem Chauffeur extra gesagt, wann Sie zurückkommen wollten.«

Sie blieb unten an der Treppe stehen und lächelte, denn sie wußte, wie eifersüchtig, ja feindlich die beiden treuen Männer aufeinander waren. »Es war nicht seine Schuld. Der Schnee liegt schon ziemlich hoch.«

Ein paar Minuten später saßen sie und Amelia bei Tisch im Eßzimmer, wo in dem Marmorkamin ein Feuer prasselte. Amelia hatte ihre klare Brühe sofort getrunken und war jetzt mit gekochtem Hummer und ausgelassener Butter beschäftigt. Die Serviette hatte sie in den Kragen ihres Kleides gesteckt.

»Es existiert immer noch nur in meiner Phantasie«, antwortete Edith.

»Du wirst nie ein komfortableres finden als dieses.» Sie knackte eine riesige Hummerschere mit einer Zange, und die öffnete sich plötzlich mit einem lauten Knall.

»Es wird eine andere Art von Komfort haben«, sagte Edith, lächelte ihre alte Freundin an und fuhr fort: »Wenn ich dir etwas zu berichten hätte, würde ich es tun, Amelia. Aber ich bin in einer seltsamen Verfassung, nicht eigentlich verwirrt, aber suchend. Ich habe mich noch nicht ganz gefunden .Ich weiß noch nicht recht, was ich will oder wo ich es finden kann. Ich genieße das Leben auf eine seltsame Art, sehe den

Dingen vielleicht nicht wirklich in die Augen – ich weiß es nicht.«

Amelia legte Schere und Zange hin.

»Du bist untätig. Daher kommt es. Du brauchst eine Beschäftigung. Warum beteiligst du dich nicht an einem Hilfswerk oder dergleichen?«

»Solche Art von Beschäftigung will und brauche ich nicht«, erwiderte Edith. »Ich habe meine Musik – und Bücher, die ich noch nicht gelesen habe, und...«

»Und was?« fragte Amelia, als Edith verstummte.

»Und Freunde. Darum habe ich dich gebeten, heute abend herzukommen. Ich habe dich schon lange nicht...«

»Wer ist der Mann mit den langen Beinen«, fiel ihr Amelia ins Wort, »der ein paarmal hier gewesen ist?«

»Jemand, den ich im letzten Winter zufällig in Vermont kennengelernt habe. Er ist ein Bewunderer meines Vaters...«

»Dich bewundert er nicht?«

»Ach, um Himmels willen, Amelia!«

»Nun, du bist reif dafür. Ich weiß Bescheid... Ich habe meine Freundinnen beobachtet, als sie Witwe wurden, nachdem sie einen treuen Ehemann wie Arnold gehabt hatten, und vor allem die hübschen Witwen unter ihnen!«

»Bitte, Amelia!«

»Nun gut, Edith. Du brauchst mir nichts zu sagen, was du mir nicht sagen willst.«

»Amelia, es gibt nichts zu sagen.«

»Warum hast du mich dann plötzlich zum Abendessen eingeladen?«

»Weil ich einsam war. Ich fürchtete mich, in dieses große alte Haus zurückzukehren. Und... und...«

»Sei vorsichtig«, sagte Amelia. »Du bist in einer Stimmung, in der du alles fertigbringst. Geben Sie mir bitte noch etwas Spargel, Weston.«

»Warum kommen Sie dann nicht mit mir mit?« fragte Jared am Telefon.

Es war ein kalter, schöner Morgen, der Tag vor Weihnachten, und sie hatte sich gefragt, wie sie das Fest verbringen würde. Millicent und ihre Familie waren schon nach San Francisco umgezogen, und sie hatten miteinander telefoniert. Die Kinder waren von den schönen Spielplätzen, den Stränden, den Parks begeistert.

»Und du?« fragte Edith.

»Ich bekomme ein Hausmädchen«, rief Millicent, »und ich bin natürlich selig. Tom bezieht ein sehr gutes Gehalt.«

»Dann geht es ja mit ihm aufwärts, und alles ist in Ordnung«, hatte sie gesagt.

Sie hatte ihre Tochter daraufhin zwar nicht vergessen, aber sie brauchte sich ihretwegen keine Sorgen mehr zu machen und konnte sie vergessen, wenn sie es wollte. So wie sie meistens Tony vergaß, weil er sie gar nicht mehr brauchte. Und darum konnte sie an diesem Morgen ungehemmt beim Frühstück verweilen, sich am Telefon melden, als es läutete, und Jareds klare Stimme hören. Sie blickte dabei durch die hohen Glastüren. Der Himmel war wolkenlos blau. Die letzten Blätter fielen von der alten Eiche, die neben der Ostterrasse stand. Sie war mit dem Frühstücken fertig und überlegte, was sie an diesem Tag unternehmen sollte. Etwas, das Kraft verlangte. Denn sie fühlte sich ungewöhnlich wohl und wach, brannte darauf, sich körperlich zu bewegen, vielleicht im leichten Galopp am Waldrand entlang zu reiten.

»Aber wann?« fragte sie unschlüssig.

»Ich hole Sie heute nachmittag ab, und wir fahren dann an der Ostküste entlang. Haben Sie Mitleid mit mir. Mein alter Onkel ist auf den Jungferninseln – er haßt die Kälte. Und ich wüßte nicht, mit wem ich lieber Weihnachten verbringen würde als mit Ihnen.«

»Wollen Sie nicht nach Vermont fahren?«

»Nein. Ich möchte mit Ihnen irgendwohin fahren, wo wir beide noch nie gewesen sind. Fahren wir ins Blaue!«

Sie überlegte einen Augenblick. An der Innenseite der großen Fenster summte wütend eine späte Biene, die ihre Genossinnen verloren hatte, und Edith ließ sich von ihr ablenken. »An dem Fenster summt eine Biene. Wird sie erfrieren,wenn ich sie hinauslasse?«

»Nein«, antwortete er. »Sie wird den Weg nach Hause finden.«

»Dann warten Sie einen Augenblick«, sagte sie. Sie öffnete das Fenster und fegte die Biene mit dem Taschentuch hinaus. Sie flog sofort davon, aber die kalte, süße Luft strömte in den Raum, und sie ließ sie sich ins Gesicht wehen. Die grimmige Kälte brachte ihr Blut in Wallung. Sie hatte gar nicht gewußt, wie dumpf es in diesem alten Haus war. Es roch, wenn auch nicht unangenehm, nach in Leder gebundenen Büchern, vielen Perserteppichen und Treibhausblumen. Ein gebieterisches Verlangen nach Frische und neuer Kraft überkam sie, und sie schloß das Fenster.

»Ich erwarte Sie«, rief sie ins Telefon.

»Gut. Um halb zwei.«

Die Straße wand sich an der Küste entlang. Meilenweit war das Meer nicht zu sehen, wenn nämlich die Straße durch Wald führte, aber dann plötzlich lag der Wald hinter einem, und man fuhr an einer Bucht oder einem Strand entlang. Die Sonne ging am westlichen Himmel langsam unter, und sie hielten in der Dämmerung vor einem Gasthaus, einem ehemaligen Herrenhaus, dessen Säulenportikus bis zum Dach reichte. Jared fuhr vor dem Eingang vor.

»Wir sind sehr still gewesen«, sagte er.

»Ja«, erwiderte sie.

Es war ihnen beiden nicht nach Reden zumute gewesen, schien es. Er hatte sich ganz auf das Fahren konzentriert, und sie hatte ihn dabei nicht stören wollen. Ein paarmal hatte er eine Bemerkung über die Landschaft gemacht: »Die Felsen dort unten am Meer...«, sagte er.

»Man könnte denken, ein Riese habe sie dorthin geschleudert«, antwortete sie.

Die Luft war den ganzen Nachmittag durch die Sonne golden gewesen und wurde jetzt bei Sonnenuntergang rosa und purpurn. Der Abendstern und der zunehmende Mond hingen über den Bäumen. Und eine wohltuende Ruhe erfüllte sie – und auch ihn, wie sie spürte. Sie waren beide entspannt, und sie verstanden sich darum auch ohne Worte. Sie war glücklich in seiner Gegenwart, wie sie jetzt merkte, glücklicher, als sie es seit langem gewesen, glücklicher vielleicht, als sie es je war. Sie wandte sich ihm impulsiv zu und sah, daß er sie fragend anblickte.

»Sollen wir hier einkehren, zu Abend essen und dann einen Spaziergang am Strand machen?«

»Ja«, sagte sie. »Was ist das übrigens für ein Duft? Es riecht nach Tannen, glaube ich. Für Blumen ist es zu spät im Jahr, obwohl es in diesem Klima noch warm ist.«

»Von der Sonne des Tages erwärmte Tannen«, sagte er. »Und sollen wir in dem Haus übernachten? Zu dieser Jahreszeit wird kaum ein Gast dort sein. Die meisten feiern Weihnachten zu Hause, aber wir, Sie und ich, werden es auf unsere Art feiern.«

»Bleiben wir«, sagte sie.

Er sah ihr tief in die Augen, und einen Moment fragte sie sich, was das bedeutete. Es war doch wohl selbstverständlich, daß sie getrennte Zimmer nahmen. Aber zu ihrem Entsetzen entdeckte sie, daß sie es gar nicht wollte, daß sie sich in ihrem tiefsten Inneren – wenn auch widerstrebend – danach sehnte, ihr Alter zu vergessen und nicht so reserviert zu sein. Sie war nicht mehr die Frau eines Mannes. Sie konnte sein, was sie wollte, konnte tun, was sie wollte. Sie brauchte sich – oder ihm – nichts zu verweigern, was ihnen Freude machte. Sie hatte anderen gegenüber alle Pflichten erfüllt.

»Dann werde ich Zimmer für uns nehmen«, sagte er.

Er ließ sie in dem Wagen sitzen, während er in das Büro des Gasthauses ging, und sie saß dort allein, und ein süßes, berauschendes Gefühl durchströmte sie. Sie erkannte es, ohne es schon einmal empfunden zu haben; es war eine starke Anziehung, die von diesem Mann ausging, eine geistige vor allem, aber nicht nur das, auch körperlich fühlte sie sich von ihm angezogen.

Er kam sehr schnell und sehr heiter und gelassen wieder.

»Ich habe zwei nebeneinander liegende Zimmer bekommen«, sagte er. »Wenn Sie etwas wollen, können Sie mich rufen.«

Sie wachte in der Nacht nach fünfstündigem Schlaf wie üblich auf. Es war eine Gewohnheit - fünf Stunden tiefen, traumlosen Schlafs und dann ein völliges Erwachen mit ausgeruhtem, klarem Kopf. Der Mond schien durch das offene Fenster herein, und die Luft war bitter kalt. Sie zog die Decken über die Schultern und atmete tief. Es roch nach Meer, und man hörte in der Ferne das leise Rauschen der Brandung. So würde es in ihrem Haus auf dem Kliff sein, wenn sie dort allein schlief. Nur jetzt war sie nicht allein. Das heißt, Jared schlief hinter der geschlossenen, aber nicht abgeschlossenen Tür. Es wurde ihr plötzlich bewußt, daß sie nicht abgeschlossen, nur geschlossen war.

»In einem alten Gasthaus wie diesem kann man nicht von einem Zimmer ins andere telefonieren«, hatte Jared gesagt. »Ich werde die Tür nicht abschließen, für den Fall daß...«

Sie hatte nicht geantwortet, hatte statt dessen ganz still inmitten dieses großen viereckigen Zimmers mit dem zweischläfrigen Himmelbett darin gestanden.

»Ich hasse es, gute Nacht zu sagen«, sagte Jared.

»Es war ein köstliches Essen«, sagte sie. »Ich wußte gar nicht, wie hungrig ich war.«

»Ach, ich bin immer ein hungriges Biest«, sagte er und verzog dabei seinen hübschen Mund zu einem traurigen Lächeln.

»Das müssen Sie auch sein, weil Sie so groß sind.«

Er hatte nichts darauf erwidert. Statt dessen hatte er, nachdem er sie einen Augenblick fest angeblickt hatte, seine Arme um sie gelegt und sie auf den Mund geküßt.

»Gute Nacht, Liebe«, sagte er, öffnete die Tür zwischen den beiden Zimmern und schloß sie fest.

Jetzt, da sie in dem großen Bett lag, dachte sie an den Kuß. Er hatte ihn einfach gegeben, einfach genommen, ohne zu fragen und ohne Kommentar. Sie spürte wieder die Wärme seiner jungen Lippen auf ihren, als sie an den Augenblick zurückdachte. Aber machte sie sich nicht lächerlich? Was war heutzutage schon ein Kuß? Frauen küßten Männer, Männer küßten Frauen, ohne mehr als freundschaftliche Gefühle zu empfinden. Ach, aber sie nicht! Sie war nie jemand gewesen, der leicht küßt oder sich gern küssen läßt. Selbst in ihrer Ehe mit Arnold hatte sie Küsse als unnötig empfunden. Was Edwin betraf, seine Küsse waren die eines Kindes gewesen - oder eines uralten, zärtlichen, aber reinen Mannes. Was war dieser Kuß gewesen, den sie noch auf ihren Lippen spürte? Aber dann ging sie wieder mit sich ins Gericht. Sie küßte niemanden mehr, und niemand küßte sie. Dieser eine Kuß blieb ihr nur darum im Gedächtnis, weil sie nicht mehr daran gewöhnt war.

Doch in diesem Augenblick wehrte sich ihr Körper, als wolle er diese Selbsttäuschung Lügen strafen. Ein Verlangen nach körperlicher Liebe wallte plötzlich in ihr auf, wie sie es seit Jahren nicht erlebt hatte. Nein, sie mußte ehrlich mit sich sein. Noch nie hatte sie dieses Verlangen an sich erlebt, vielleicht, weil sie vorher immer befriedigt worden war. Jetzt stand eine Tür dazwischen, und sie war nur geschlossen und nicht abgeschlossen. Wenn sie nun das Unmögliche tat, sich aus diesem fremden Bett erhob, sich in ihr rosaseidenes Negligé hüllte - es lag dort auf dem Stuhl - und leise die Verbindungstür zu dem anderen Zimmer öffnete und dann hineinging, und sei es nur, um ihn im Schlaf zu beobachten...

Nein, das war unmöglich. Oder vielleicht doch, wenn sie sicher sein konnte, daß er nicht erwachte? Aber wie konnte sie dessen sicher sein? Und wenn er nun die Augen aufschlug, wie konnte sie wissen, was sich in ihnen spiegeln würde? Sie kannte ihn nicht gut genug und konnte darum nicht die Zurückweisung durch ihn riskieren. Sie war zu stolz. Gewiß, es gab Frauen, die keinen Stolz kannten, Frauen, die nur die körperliche Befriedigung wollten, aber sie kannte sich. Sie konnte die Schande nicht auf sich nehmen. Sie würde sich von da an immer schämen, und wen würde sie dann haben? Sie hatte nur sich.

Sie lag vor Begierde steif da, rührte sich nicht, weigerte sich, aufzustehen, zu der Verbindungstür zu gehen - schon allein der Gedanke daran, die Tür zu öffnen und ihn dort schlafend liegen zu sehen, war ihr unerträglich. Immer wieder sagte sie sich: Es darf nicht sein, bis schließlich das Hämmern ihres Herzens nachließ und sie einschlief.

Als sie am Morgen erwachte, war trotzdem die Erinnerung an die Nacht noch lebendig in ihr. Sie lag da und lauschte. Er war schon auf. Durch die dünne Holztür hörte sie ihn herumgehen, und sie horchte einen Augenblick, stieg dann aus dem Bett, duschte und zog sich an, diesmal ein anderes Kostüm als das, das sie gestern unter ihrer Zobeljacke getragen hatte. Sie wollte heute schön sein, wirklich schön, und da sie wußte, daß sie sehr verschieden aussehen konnte, manchmal geradezu simpel, gab sie sich mit jeder Kleinigkeit Mühe. Aber ach, bis jetzt hatte sie nie viel Wert darauf gelegt! Amelia hatte leider recht. Obwohl sie keinen Liebhaber hatte, bewirkte die Möglichkeit der Liebe doch eine neue Vitalität, ließ ihr Blut schneller fließen. Das Leben wurde wieder lebenswert. Das, was sie in der Nacht erlebt hatte, hatte ihn für sie verändert, und sie wußte jetzt, sie konnte ihn lieben. Aber sie würde selbst in ihrem tiefsten Inneren nicht zugeben, daß sie ihn liebte. Dafür war sie zu klug. sie kannte ihn nicht gut genug und würde ihn vielleicht nie gut genug kennen, um ihn so lieben zu können, wie es die wahre Liebe gebot, ein Wort, das sie sich nie so zu benutzen erlaubte, wie sie es täglich im Munde anderer hörte, die es auf viele Dinge und Menschen anwandten und im Grunde damit nur eine Vorliebe oder einen Gefühlsüberschwang ausdrückten.

Nein, sie wußte, was das Verlangen in der letzten Nacht war, ein Sehnen in ihrer Einsamkeit nach einer Kameradschaft, die sich leicht und einfach in einem gemeinsamen körperlichen Erlebnis ausdrücken ließ. Sie war froh, daß sie darauf verzichtet hatte. Nichts konnte für sie unbefriedigender sein als solch ein Erlebnis, denn die Folge wäre dann nur ein jähes Ende ihrer Beziehung.

Ihre Beziehung – was war das? fragte sie sich, und die einzige Antwort, die sie darauf fand, war eine weitere Frage. Was konnte diese Beziehung sein, wenn man, wie sie es mußte, den Altersunterschied bedachte?

Sie mußte sich mit dieser Tatsache abfinden. Doch war sie nicht sogar jünger als einige von Edwins Kindern gewesen? Ach, aber er war ein verehrungswürdiger Mann, ein Philosoph, der von Liebe als einer Philosophie träumte, der Schatten seiner selbst, wenn er neben ihr lag.

Sie hatte ihn geliebt, weil er schön war, aber nicht aus Begierde. Sie schenkte ihm ihre Liebe frohen Herzens, weil er alles verdiente, was sie ihm geben konnte, und nur aus dem einen Grunde, weil er dessen würdig war. Und sie bedauerte nichts.

Arnold hätte es natürlich nicht verstanden, und Jared würde es wahrscheinlich auch nicht verstehen können, wenn er je davon erführe. Übrigens, sie verstand es selber nicht. Wahrscheinlich brauchte sie den Trost von Edwins Liebe, weil sie ein Mensch und nicht weniger egoistisch als andere war. Vielleicht war es alles in allem nichts als ein Bedürfnis, so wie sie jahrelang Arnolds treue Liebe als Ehemann angenommen hatte und mit der, die sie ihm als seine Frau gab, erwiderte, und die war, wie sie sehr wohl wußte, viel geringer als seine.

Als sie später Jared am Frühstückstisch gegenübersaß, wurde sie sich bewußt, daß sie in der Gefahr war, ihn zu lieben, wie sie noch nie jemanden geliebt hatte. Die Morgensonne beschien ihn. Sie hatte sich so gesetzt, daß sie mit dem Rücken zum Fenster saß, und so sah sie seine klaren, dunklen Augen, seine Brauen, seine gerade Nase, seine stark geschwungenen Lippen, all die Einzelheiten seiner völlig unnötigen

Schönheit nur allzu gut. Er war in bester Stimmung, bereit zu lachen, freute sich aufs Frühstück, wollte sich amüsieren - und unschuldig war er, dachte sie, rührend unschuldig, zumindest soweit es sie betraf. Unablässig rieb sie Salz in die Wunde dieser Überzeugung.

»Sagen Sie«, sagte sie, »wie kommt es, daß Sie nicht mit Ihrem hübschen Mädchen zusammen sind?«

Er aß mit gutem Appetit Rührei.

»Ja, sie ist hübsch«, sagte er, »aber sie hat ein Handikap - einen unheimlich lauten Vater. Er ist geschieden und hat sich wieder verheiratet.

Sein lärmendes Wesen würde mir nichts ausmachen, wenn da manchmal noch etwas mehr wäre. Aber das ist es nicht. Nur laut, laut, laut.«

»Wieso denn laut?« sagte sie lachend. »Erklären Sie's mir.«

»Nun: ›Hallo, alter Junge!‹ Und dann klopft er einem auf den Rücken. ›Wie geht's, Jared, altes Haus?‹«

»Wie ist sie zu einem solchen Vater gekommen?«

»Sie ist selber ganz anders.«

»Ja? Wie ist sie denn?«

»Ziemlich still. Manchmal glaube ich, sie ist eigensinnig oder vielleicht nur stur. Oder sie ist nur still, wenn sie mit mir zusammen ist, weil sie glaubt, daß ich sie so am liebsten mag.«

»Warum ermutigen Sie sie nicht, sie selber zu sein?«

»Nun, wissen Sie, wie ich schon gesagt habe, ich weiß nicht, was das ist. Habe ich schon einmal erwähnt, daß ich Ihre Hände liebe?«

»Nein. Wieso denken Sie in diesem Augenblick an meine Hände?«

»Ich betrachte sie - darum. Es sind sprechende Hände.«

Sie blickte auf ihre ringlosen Hände. »Was bedeutet das?«

»Sie sagen mir, was für ein Mensch Sie sind.«

Sie widerstand dem Impuls zu fragen, was für ein Mensch sie sei.

Statt dessen drückte sie die Dornenkrone auf ihr Haupt. »Wenn Sie sich in Händen so gut auskennen, warum können Sie mir dann Ihr Mädchen nicht beschreiben?«

»Ach, ihre Hände!« Er lachte kurz und wurde dann plötzlich ernst. »Ich wünschte, sie würden sie nicht mein Mädchen nennen. Sie ist… nun das jedenfalls nicht.«

»Sondern?«

»Ich weiß es nicht. Es ist ein Problem.«

»Ist sie ein Problem?«

»Nein. Ich bin's. Vielleicht sollte ich überhaupt nicht heiraten. Ich gehe zu sehr in dem Beruf auf, den ich mir erwählt habe. Selbst jetzt, da ich Ihnen hier an diesem herrlichen Morgen gegenübersitze und ein ganzer herrlicher Tag vor uns liegt, denke ich an etwas, das ich zu tun – zu schaffen versuche. Es ist eine künstliche Hand, eine große Verbesserung alles dessen, was es bisher gibt. Vielleicht habe ich Ihre Hände betrachtet, ohne eigentlich zu wissen, warum. Das Planen, das Erfinden ist in mir. Nehmen Sie zum Beispiel die Hand…«

Er hob seine schmale, gut geformte rechte Hand. »Das Traurigste, wenn jemand seine Hand verliert, ist, daß er nichts mehr mit ihr fühlen kann. Eine Hand ist nicht nur ein Werkzeug, sie ist ein Sinnesorgan. Sie ist das Auge eines Blinden, ist die Zunge derer, die nicht sprechen können. Ich arbeite an einer künstlichen Hand, die so beschaffen ist, daß sie fast fühlen kann. Chirurgen sagen Amputierten, künstliche Hände könnten zwar für sie arbeiten, aber nicht fühlen. Nun, ich bin dabei, eine herzustellen, die fühlt – zumindest kann sie Formen und vielleicht sogar Texturen fühlen. Sie wird fühlende Finger statt eines Hakens oder einer Klaue haben. Stellen Sie sich vor, man berührt eine Frauenwange mit einem Haken oder einer Klaue – oder man kann eine Frauenwange überhaupt nicht fühlen!«

»Sie sind ein Künstler«, sagte sie. »Aber ›alle Wissenschaftler sind Künstler‹, pflegte mein Vater zu sagen. sie denken jedenfalls wie ein Künstler, und mir ist klar, daß das, was Sie schaffen möchten, ein Kunstwerk sein wird.«

Er legte Messer und Gabel hin und winkte dem Kellner.

»Bitte noch mal Kaffee, und machen Sie die Rechnung fertig. Und Sie sind sehr intuitiv, Edith. Ich möchte etwas sehen, das ich nur halb blind sehen kann, wie ein Musiker, wenn er eine Sinfonie schafft. Er hat keine Ahnung, wie er es machen soll, aber er macht trotzdem weiter und erfindet dabei. So mache ich es auch. Nur der Künstler in einem Menschen macht ihn schöpferisch. Ohne das ist er bloß ein Techniker. Ach, es macht Freude, mit Ihnen zu sprechen! Ich hoffe, Sie nehmen es mir nicht übel, wenn ich Sie Edith nenne. Es ist ein schöner Name, und er paßt vollkommen zu Ihnen.«

»Wenn Sie mich so nennen wollen, bitte.«

»Ich bin natürlich Jared.«

»Ja, danke.«

»Ich hätte schon früher daran denken müssen, aber auch ohne daß wir uns mit Vornamen nannten, sind wir uns nahe gewesen. Ich frage mich oft, warum Sie mir so nahe sind – ich habe dieses Gefühl noch bei niemandem erlebt. Aber als ich Sie zum erstenmal sah – erinnern Sie sich noch an jenen Abend, da es schneite? Sie öffneten mir die Tür Ihres Hauses in Vermont, und ich erschrak, weil ich das Gefühl hatte, jemanden gefunden zu haben, den ich schon lange gesucht hatte, wenn auch nicht bewußt. In dem Augenblick wußte ich, daß mein Leben mit Ihrem zeit unseres Lebens verbunden sein würde – ich wußte allerdings nicht wie, und ich weiß es auch jetzt noch nicht.«

Sie hörte diese ernsten Worte erschrocken und beglückt zugleich. Denn er sprach sie ernst aus. Seine Stimme klang ernst, seine Augen blickten sie fest an, und sie erwiderte den Blick ebenso ernst. Das war nicht das leichtfertige Gerede eines munteren jungen Mannes mit einer älteren Frau. Solch ein junger Mann war er nicht. Auch wenn er unbeschwert und launisch sein konnte, im Grunde war er so ernst, wie sie es immer gespürt hatte, er, der manchmal unter der Fülle seiner Talente litt. Sie war noch nie einem so talentierten Menschen begegnet, und sie war selbst talentiert genug, um zu erkennen, was für eine Bürde ein Talent sein konnte. Etwas von der Einsamkeit im Laufe der Jahre, hatte sie geglaubt, kam aus ihrer Erkenntnis, daß keines ihrer Kinder die glänzenden Gaben ihres Vaters geerbt hatte. Von Kindheit an seine besondere Zuneigung gewöhnt, fühlte sie sich manchmal halb schuldig, daß Arnold und die Kinder ihr im Vergleich zu ihm langweilig erschienen waren. Um diese Schuld wiedergutzumachen, war sie peinlich auf das bedacht gewesen, was sie als ihre Pflicht betrachtete. Jetzt brauchte sie nicht mehr an Pflicht zu denken, und in dem Entzücken über diese neue Beziehung fand sie auch etwas von der Freude ihrer Jugend wieder. Konzepte, Ideen, Wörter, die sie nur benutzt hatte, wenn sie mit ihrem Vater sprach, fielen ihr jetzt wieder ein und warteten darauf, wenn nötig, ausgesprochen zu werden.

An diesem sonnigen Morgen gingen ihr diese Gedanken durch den Kopf, aber sie sprach sie nicht aus. Sie sagten beide kein einziges Wort, als sie im Auto saßen.

Er fuhr sehr gut, doch er war mit seinen Gedanken ganz woanders, und sie, die das kannte, denn bei ihrem Vater war es das gleiche gewesen, saß stumm und glücklich entspannt da. Das Wetter war milde. Es schneite nicht. Die Hügel und Täler waren noch grün gefärbt. Die Menschen waren zuvorkommend und kannten keine Hast. Von Weihnachten merkte man kaum etwas. So still war dieser Tag, daß eine große Ruhe über sie kam, bis sie sich fragte, ob sie die leidenschaftlichen Gefühle in der letzten Nacht nur geträumt hatte.

»Ich verstehe nicht, was Liebe ist«, sagte er.

Es war ein Weihnachtstag, wie sie ihn noch nie erlebt hatte. Sie hielten mittags in der Nähe einer kleinen Stadt an, einem Dorf eigentlich nur, dessen Namen sie nicht kannten, und aßen ihr Weihnachtsessen in dem einzigen dort geöffneten Restaurant. Der Wirt war ein alter Mann ohne Familie, wie er erzählte, sonst hätte er zu Hause gefeiert.

»Habe meine Frau vor zehn Jahren begraben«, sagte er heiter.

Nach dem Essen gingen sie jetzt am Strand entlang, und Jared, der ungewöhnlich fröhlich und beschwingt gewesen, war plötzlich ernst geworden und hatte erklärt, er verstehe nicht, was Liebe sei. Sie lehnte sich an den verkrüppelten Stamm einer toten Kiefer und wartete darauf, was noch kommen würde. Er stand neben ihr und blickte aufs Meer hinaus. Es war ein stiller Tag, und die See war ruhig, aber die ersten kleinen Wellen der hereinkommenden Flut bildeten einen weißen Saum am Ufer.

»Eigentlich meine ich damit«, fuhr er fort, »daß ich meine eigene innere Verfassung nicht verstehe.«

Sie wartete, da sie aus Erfahrung wußte, daß er sich ziemlich verständlich ausdrücken konnte, wenn er über seine Arbeit, aber gar nicht, wenn er über sich selbst sprach, nicht weil er schüchtern, sondern weil er nicht daran gewöhnt war, über sich selbst nachzudenken.

»Wenn ich zum Beispiel mit Ihnen zusammen bin«, sagte er, »bin ich seltsam zufrieden. Ich kann es nicht anders nennen – zufrieden. Ich habe das Gefühl, irgendwie in meinem Element zu sein. Sie fordern nichts von mir. Wissen Sie eigentlich, frage ich mich, wie ungewöhnlich es bei einer Frau ist, keine Forderungen an einen Mann zu stellen? Ich brauche Sie nicht zu becircen!«

Sie lachte. »So wie Sie sind, finde ich Sie charmant genug.«

Er lachte nicht. Statt dessen sprach er nachdenklich weiter. »Nein, so ist es mir noch nie mit einer Frau ergangen. Mir ist, als sei ich heimgekehrt und als brauche es keine Geheimnisse zwischen uns zu geben.«

»Haben Sie denn Geheimnisse?«

»Natürlich. Ein Mann meines Alters ohne Geheimnisse? Das gibt es heute nicht. Ich habe natürlich wie jedermann mich mit Frauen abgegeben. Mein Onkel – seine Zurückhaltung sei gesegnet! – hat es nie fertiggebracht, mir einen Rat zu geben, und so habe ich mir allein helfen müssen, war immer zu alt, immer meinen Jahren voraus. Aber was Liebe ist, weiß ich nicht.«

Er wandte ihr sein Gesicht zu: »Ich bin natürlich nicht mehr unschuldig. Ich bin in allem frühreif. Eine Frau hat mich, als ich dreizehn war, in die Liebe eingeweiht. Nun, ich habe mich einweihen lassen.«

»Erzählen Sie mir nichts darüber«, sagte sie schnell.

»Doch! Ich war in der Schule – im Internat –, und einer der Lehrer hatte eine sehr leidenschaftliche Frau. Er selber war ziemlich kalt, sie hatte rotes Haar und das Temperament, das dazu gehört. Sie – nun, es war, glaube ich, eine Vergewaltigung, nur daß ich eben frühreif und in sie verliebt war –, und als es dann soweit war, konnte ich nicht aufhören. Es kommt ein Punkt, da kann ein Mann, wenn er es soweit kommen läßt, einfach nicht mehr aufhören, und physisch war ich ein Mann. Es passierte übrigens in ihrem Haus an einem regnerischen Nachmittag. Ich war hingegangen, um meinem Lehrer eine physikalische Frage zu stellen. Ich war meinen Mitschülern weit voraus, und darum bevorzugte er mich. Ich weiß jetzt natürlich, daß er homosexuell veranlagt war, was wohl ihr Verhalten erklärte, aber nachdem sie mich in die sinnliche Liebe eingeweiht hatte, kam ich einfach nicht mehr davon los. Ich dachte nur noch an Sex. Sind Sie entsetzt?«

»Nein«, antwortete sie ruhig, »mir tut jener Junge nur unendlich leid.«

Er erwiderte nichts darauf, sondern fuhr, wie sie fand, fast kalt in seiner Geschichte fort. »Es spielte keine Rolle, wieviel Erlebnisse ich hatte oder mit wem. Sie endeten alle auf die gleiche Art – in so etwas wie Ekel vor der Frau und mir. Ich konnte nicht begreifen, warum. Sie – wer es auch immer war – war stets unwiderstehlich attraktiv, bis ich mit ihr geschlafen hatte – vielleicht nicht sofort, aber unvermeidlich, und damit war es aus. Ich sah sie dann nicht mehr. Ich ahnte wohl in meinem Unterbewußtsein, daß das keine wirkliche innere Bindung war – nur ein blindes Verlangen des Körpers, so wie man ißt, wenn man hungrig ist. Aber langsam wuchs ich über dieses Stadium hinaus. Ich hörte damit auf. Ich merkte, daß ich etwas in mir zerstörte. Ich zerstörte die Fähigkeit, mit einer Frau anders als sexuell verbunden zu sein. Sobald ich mich in ein Mädchen – oder eine Frau – verliebte, und das geschah sehr schnell, dachte ich nur körperlich an sie. Aber noch mehr verwirrt es mich, daß ich an Sie auch so denke – nur daß es bei Ihnen ganz anders ist. Es schließt alles andere nicht aus.«

Sie schwieg, brachte kein Wort heraus, so verwirrt war sie von ihren eigenen Gefühlen, einer Mischung aus Erleichterung und Verletztsein. Ein Augenblick verging, und sie merkte, daß das törichte Verletztsein stärker war. Ja, sie war verletzt, in ihrer Eitelkeit als Frau, sagte sie sich streng, und sie schwieg beharrlich weiter. Um keinen Preis würde sie sich ihm offenbaren.

Statt dessen sagte er: »In Ihrer Gegenwart bin ich mir der herrlichen Freiheit bewußt, ich selber zu sein, meine eigenen Gedanken zu denken, meine Arbeit zu planen, die Zukunft zu bedenken – kurz, zu leben und sogar freier, als wenn ich allein bin. Denn Sie geben mir eine größere Freiheit, allein dadurch, daß Sie der Mensch sind, der Sie sind, statt Forderungen zu stellen und die Freiheit zu beschränken, wie andere Frauen es tun. Ich glaube, ich bin hoffnungslos in Sie verliebt, aber nicht so, wie ich es früher gewesen bin, und darum sage ich, daß ich nicht weiß, was Liebe ist. Ich weiß nur, daß ich Sie liebe – auf eine Art, die für mich ganz neu ist. Ich glaube nicht, daß ich je eine andere lieben werde.«

Er wandte sich ihr unvermittelt zu, legte seine Hände auf ihre Schultern und blickte ihr in die Augen. »Was sagen Sie zu alldem?«

Sie schüttelte den Kopf. Was konnte sie sagen? Etwas Banales vielleicht wie: Ich könnte Ihre Mutter sein, wissen Sie. Nein, das brachte sie nicht über die Lippen. Ihr eigenes Herz wehrte sich gegen diese Worte. Sie hatte keine mütterlichen Gefühle ihm gegenüber. Sie wollte auch nicht bei ihm die Mutter spielen und eine Lüge benutzen, um die Wahrheit zu verdecken, daß sie ihn leidenschaftlich liebte.

»Nun?« fragte er.

»Ich verstehe unsere Beziehung auch nicht«, antwortete sie schließlich.

Da wandte er die Augen von ihr ab, blieb aber neben ihr stehen, legte seinen Arm um ihre Schultern, und so standen sie Seite an Seite und blickten auf das Meer hinaus, bis sie es nicht mehr ertragen konnte, daß sein Körper sich an ihren preßte. Sie machte sich von ihm los.

»Fahren wir weiter«, sagte sie.

»Wohin?«

»Irgendwohin.«

»Und so«, sagte Jared, »möchte ich ein Instrument konstruieren, das ein darauf spezialisierter Chirurg benutzen kann, um an einem Unterarm zwei Finger als Ersatz für die verlorene Hand herzustellen. Ich glaube, ich kann das, und mit Training wird der Amputierte sogar mit diesen Fingern etwas fühlen können. Darum geht es mir vor allem, den Tastsinn wiederherzustellen. Aber trotzdem interessiert mich das Gehirn am meisten. Dort ist die Quelle des Fühlens – des Fühlens und Denkens natürlich. Ich studiere die Biologie des Gehirns, zerlege in meinem Laboratorium ein Gehirn, damit ich gewisse Instrumente konstruieren kann – ach, es gibt so viel zu tun!

Das gewöhnliche Stethoskop zum Beispiel bedarf einer radikalen Verbesserung. Obwohl es allgemein benutzt und akzeptiert wird, scheint es mir nötig, daß man es gründlich erneuert, wenn auch ständig neue Modelle erscheinen. Seit Jahren hat man seine akustische Basis nicht studiert. Es muß da etwas falsch sein oder fehlen, sonst wäre eine Verbesserung nicht so dringend nötig. Zum Beispiel muß der Schallweg von der Brust des Patienten bis zum Ohr des Hörenden reichen, und es müssen darum alle Geräusche in der Umgebung ausgeschlossen werden. Die drei verschiedenen Wellenformen – aber warum langweile ich Sie mit allem? Sie verstehen, was ich meine. Wenn ich mit Ihnen zusammen bin, geht mein Geist seine eigenen Wege, nur mit mehr als normaler Schöpferkraft, als ob Ihre Gegenwart mich mit leitenden Wellen umgäbe. Warum nicht? Es gibt einen physiologischen Beweis dafür. Wir verstehen die elektrische Wirkung eines Menschen auf den anderen noch nicht einmal halb.«

Sie hörte diesem Monolog zu, und als er eine kleine Pause machte, antwortete sie verständnisvoll: »Das ist natürlich sehr gut möglich - und wahrscheinlich. Und mir gefällt die Art, wie Ihr Geist hier und dort und überall stöbert wie ein neugieriges Tier, ganz getrennt von Ihrem übrigen Ich. Manchmal zwar werden Sie sich als Künstler und Wissenschaftler betätigen müssen, denn Sie sind beides, und dann werden Sie wählen müssen, auf welches Gebiet Sie sich konzentrieren. O doch, Sie sind ein Künstler -« denn er schüttelte den Kopf -; »ich habe gesehen, was Sie auf ein paar Zettel gezeichnet haben, als Sie über einer Ihrer Erfindungen grübelten.«

Es stimmte. In dem Zimmer des Hauses in Vermont hatte sie auf dem Schreibtisch Zettel gefunden, auf die er Tiere, Menschengesichter - eins davon war das ihre - und komplizierte geometrische Figuren gezeichnet hatte. Im Gästezimmer in dem riesigen alten Haus in Philadelphia hatte sie andere solcher Zeichnungen gefunden und sie sorgfältig aufbewahrt.

»Nicht daß ich etwas gegen Erfindungen sagen will«, fuhr sie fort, »aber Erfindungen sind nie von Dauer. Jemand anders denkt sich immer eine Verbesserung aus, und die Erfindung, mit der ein Mann sich vielleicht sein Leben lang beschäftigt hat, ist überholt. Aber die Kunst ist ewig, alterslos, in sich vollkommen.«

Bewundernd rief er: »Ach, wie richtig Sie das sehen! Es stimmt natürlich ganz und gar, und ich werde es nicht vergessen. Aber wissen Sie, was Sie getan haben? Sie haben das, was mein Lebenswerk werden sollte, plötzlich zu einer Beschäftigung gemacht. Ich werde daran denken müssen.«

Sein hübsches Gesicht bekam einen grimmigen Ausdruck, und er murmelte etwas vor sich hin. Sie merkte, daß er sie ganz vergessen hatte, und war froh darüber.

An diesem Abend hielt er auf dem Heimweg vor dem gleichen Gasthaus, schloß sie in seine Arme, ehe sie sich trennten, hielt sie an sich gepreßt, küßte sie, schob sie ein Stück von sich weg, um ihr in die Augen zu blicken, küßte sie dann immer wieder, bis er sie schließlich losließ und in sein Zimmer ging. Sie schloß die Verbindungstür, lächelte ihn dabei noch einmal an, aber er öffnete sie wieder.

»Dieses Lächeln...«, begann er und verstummte.

Sie stand schon vor dem Spiegel, nahm die Nadeln aus ihrem Haar und blickte ihn über ihre Schultern an.

»Habe ich gelächelt?« fragte sie.

»Ja. Es war ein verdammtes Mona-Lisa-Lächeln«, entgegnete er und schloß die Tür, ohne sich weiter darüber auszulassen.

Sie stand regungslos vor dem Spiegel und betrachtete sich darin. Sie lächelte nicht, sondern war ernst, ihr Gesicht glühte, und ihre Augen funkelten. Der Augenblick der Entscheidung war gekommen. Wenn sie die Tür aufmachte und einfach, ohne ein Wort zu sagen, in sein Zimmer ging, würde sie die Triumphierende sein, würde die Wunden heilen, und ihr eigenes Verlangen war gestillt. Sie stellte eine gewaltige Forderung an ihn, die letzte Forderung. »Ich bete dich mit meinem Körper an!« Fürchtete sie eine Abweisung? Ganz und gar nicht! Allein mit ihr in einem unbekannten Land, in einem Gasthaus, in dem kaum Gäste waren, und in einer alles verbergenden Nacht konnte er ihr nicht widerstehen. Daß er nicht mehr unschuldig war, hatte er ganz offen gesagt und damit ihre Begierde nur verstärkt. Sie würde keinen Jungen vergewaltigen. Sie würde ihre Liebe einem Mann darbieten. Das Wort Verliebtheit gab es für sie nicht mehr. Sie liebte ihn. Obwohl es unklug, unglaublich war, es ihr sogar widerstrebte, liebte sie jetzt über alle Maßen – nicht oberflächlich wie ein Mädchen, sondern mit dem tiefen Empfinden einer reifen Frau.

Sie ging zwei Schritte auf die Tür zu und blieb stehen. Dann kehrte sie entschlossen zu dem Spiegel um und nahm weiter die Nadeln aus ihrem Haar, bis es auf ihre Schultern fiel und ihr jetzt blasses, schönes Gesicht umrahmte.

»Ich habe ein Hühnchen mit Ihnen zu rupfen, sogar mehrere Hühnchen.«

Damit begann der nächste Tag, als sie in dem fast leeren Speisezimmer am Frühstückstisch einander gegenübersaßen.

»Bitte eins nach dem anderen«, sagte sie.

Sie war sehr müde heute morgen, denn sie hatte nicht gut geschlafen. Träume, die alle in irgendeiner Enttäuschung endeten. Eine Straße, auf der sie allein wanderte und die plötzlich ohne Grund endete, ein Fluß, in dem sie schwamm, ohne ein Ufer erreichen zu können, ein weinendes Kind, das sie suchte und nicht finden konnte – aus solchen Träumen war sie heute morgen erwacht, lustlos und ohne ihre sonstige morgendliche Energie.

»Erstens: Es gibt eine Ausnahme von Ihrer Behauptung, daß die wissenschaftlichen Erfindungen sich überleben. Mathematik tut das nie! Alle Mathematik, die richtig ist, stimmt. Neue Entdeckungen fordern vielleicht neue Gleichungen, aber die Mathematik bleibt, wenn richtig, wahr. Mathematik hat etwas Ewiges. Wer hat doch gesagt, daß Mathematik die Musik des logischen Denkens und Musik natürlich die Mathematik der Kunst ist?«

Lachend hob sie die Hände zum Protest.

»Moment – Moment! Es ist noch so früh am Morgen…«

War es das, woran er in der Nacht gedacht hatte, während sie sich in ihren flüchtigen Träumen verlor?

»Verzeihen Sie«, sagte er reuig, »aber Sie haben mich verwöhnt, wissen Sie. Ich habe mich daran gewöhnt, wenn ich mit Ihnen zusammen bin, mit dem zu beginnen, was mich gerade beschäftigt. Aus irgendeinem Grund konnte ich heute nacht nicht schlafen. Ich war schon nahe daran, Sie zu wecken, aber das wäre zu egoistisch von mir gewesen, auch wenn ich weiß Gott egoistisch genug bin, und so lag ich da und dachte über das nach, was Sie gesagt hatten, und versuchte, meine Berufswahl zu rechtfertigen, indem ich mir über die Beziehung zwischen Wissenschaft und Kunst klar zu werden versuchte – die mir heute morgen darin zu bestehen scheint, daß die Kunst sich mit Schönheit und die Wissenschaft sich mit der Wirklichkeit befaßt. Vielleicht können wir der rauhen Wirklichkeit nicht ins Auge sehen, ohne auch die Schönheit zu sehen. Wir brauchen beides: Wissenschaft und Kunst.«

»In der gleichen Person?« fragte sie.

»Wenn die Person groß genug ist«, antwortete er. »Und möchten Sie heute morgen wieder Rührei?«

»Ja, bitte.«

Das Wortgefecht wurde am Tage fortgesetzt in dem nicht geplanten Geben und Nehmen, das sie so sehr zu genießen begann. Dieses Wechselspiel zwischen dem Alltäglichen und ewigen Wahrheiten war etwas, das sie bis dahin noch nicht erlebt hatte. Sie hatte ihrem Vater und Edwin zugehört, wie es ihrem Alter und ihrer Klugheit gebührte, hatte aber ihre Gedanken und Argumente für sich behalten. Hin und wieder hatte sie als Studentin und dann als Ehefrau hochbegabte Männer bei einem Abendessen, einer Abendgesellschaft kennengelernt und war danach eine Zeitlang noch von ihrer beherrschenden Brillanz ganz berauscht gewesen, aber noch nie war sie einem Mann begegnet, einem jungen Mann, der so furchtlos wie Jared war und instinktiv in ihr die Frau erkannt hatte, die seinesgleichen war, manchmal sogar ihm überlegen, was er aber als etwas Erfreuliches zu empfinden schien. So anerkannt zu werden, war etwas Neues für sie.

Der Vormittag verging in harmlosem Gespräch mit immer wieder langen Pausen dazwischen, da er fuhr und sie die sich verändernde Landschaft betrachtete. Gegen Mittag sagte er nach einem ungewöhnlich langen Schweigen plötzlich, womit das Gespräch wieder begann:

»Ich verstehe den schöpferischen Prozeß nicht. In der Wissenschaft ebensowenig wie in der Kunst. Ich kenne den Prozeß natürlich - er dauert lange, Stunden oder Tage oder Wochen tappe ich im dunkeln, mein Geist ist wie ein wildes Tier, das in einem Käfig eingesperrt ist und auf der Suche nach einer Tür mal hier-, mal dorthin läuft. Dann plötzlich ist die Tür dort, aber sie war dort nicht die ganze Zeit; sie erscheint ohne Ursache und ohne Grund, und ich bin inspiriert.«

»Weil Sie gesucht haben«, sagte sie. »Sie haben sich Ihre eigene Inspiration durch Ihr eigenes Verlangen geschaffen – im Unterbewußtsein wahrscheinlich. Dort sucht der Geist seine Quellen. Es ist das Reservoir, das jeder von uns hat, vielleicht das einzige. So entsteht große Kunst - der Künstler schöpft aus dem Reservoir. Wie könnte man sonst abstrakte Kunst verstehen? Sie ist nur erfolgreich, wenn sie wirklich das, was im Unterbewußtsein, was uns allen gemeinsam ist, ausdrückt.«

»Woher wissen Sie so viel?« fragte er.

Sie war immer noch nicht bereit, von ihrem Alter zu sprechen. Mochte man das Eitelkeit nennen, aber in manchem war sie eben eitel! Ohne auf die Frage eindeutig zu antworten, sagte sie: »Ich hatte intelligente Eltern.«

»Es ist komisch, aber ich will nichts von Ihrem Mann – oder Ihren Kindern wissen.«

»Sie würden sie nicht verstehen«, sagte sie ruhig.

»Dann brauche ich sie wohl auch nicht zu verstehen?«

»Nein.«

Ihre Antwort war keine Ausflucht. Sie würde nie versuchen, das Unerklärliche ihrer Beziehung zu ihm zu erklären. Sie schuldete niemandem eine solche Erklärung. Sie war allein und frei.

»Ich habe den merkwürdigsten Klatsch über dich gehört«, sagte Amelia am nächsten Tage.

Amelia war am Vormittag, wie sie es manchmal tat, zu Besuch gekommen.

»Tatsächlich?« sagte sie gespielt gleichgültig.

Sie war am Abend nach Weihnachten nach Hause gekommen, und Jared hatte sie dort nur abgesetzt und war dann gleich weitergefahren.

»Das beste, das glücklichste Weihnachten, das ich je gehabt habe«, hatte er zu ihr gesagt.

Sie in die Arme zu schließen, wenn er sich von ihr verabschiedete, war bei ihm jetzt eine Gewohnheit geworden, so sehr, daß sie sich fragte, ob das etwas für ihn bedeutete. Für sie, für ihren eigenen Frieden bedeutete es bestimmt zuviel.

»Silvester komme ich wieder«, sagte er an der Tür.

Sie hatte sie hinter ihm geschlossen, und das Haus kam ihr plötzlich leer vor, leer und öde. Sie war froh, Weston am Ende des Flurs auftauchen zu sehen. Er war offenbar gerade aus dem Schlaf erwacht.

»Wenn Sie mir gesagt hätten, daß Sie kämen, Madam«, murmelte er vorwurfsvoll und ergriff ihre Taschen.

»Ich wußte es selber nicht«, sagte sie und ging hinauf.

Sie war nicht sofort zu Bett, sondern in ihr Wohnzimmer gegangen, hatte im Kamin, in dem immer Scheite bereit lagen, ein Feuer gemacht, sich in den Sessel davor gesetzt und über die letzten Tage und sich nachgedacht. Ich muß zu irgendeiner Entscheidung kommen, dachte sie. Es kann nicht so weitergehen. Es ist zu schwierig. Ich muß mich von ihm trennen oder...

Statt dessen fiel ihr tausenderlei ein: der sich immer wieder verändernde Ausdruck seines lebhaften Gesichts, seine bald verträumten, bald fragenden Augen, sein Mund, seine Stimme, die Art, wie sein Haar hinten im Nacken wuchs, seine starken, festen Hände. Von Sehnsucht geplagt, ging sie zu Bett, wachte am Morgen weiter von Erinnerungen verfolgt auf und saß jetzt Amelia gegenüber.

»Tatsächlich«, sagte Amelia mit liebevollem Spott, »und ich habe es nicht nur gehört! Ich habe einen Brief aus Kalifornien von Millicent bekommen. Sie hatte einen von Tony bekommen. Möchtest du ihren Brief lesen? Ich habe ihn hier in meiner Handtasche.«

»Nein, danke. Wenn Millicent will, daß ich weiß, was sie denkt, wird sie es mir selber schreiben.«

Amelia schloß die braune Handtasche, die sie schon geöffnet hatte.

»Sie bittet mich, herauszubekommen, was los ist, aber ich

soll dir keinen Kummer machen. Du kennst mich ja, Edith. Ich kann nicht auf den Busch klopfen – habe es nie gekonnt, und schon gar nicht bei dir.«

»Was hast du Millicent geantwortet?« fragte sie.

»Ich habe ihr geschrieben, was du tätest, sei deine eigene Sache. Aber sollte der Klatsch wahr sein, dann wärst du in meinen Augen nicht nur glücklich, sondern verdammt klug, und jede Frau deines Alters würde dich beneiden. Schließlich ist Queen Victoria tot, wir haben die Puritaner begraben, und warum sollten sich heutzutage nur Teenager amüsieren?«

Sie saßen auf der verglasten Veranda, und die Sonne schien durch die nach Osten gehenden Fenster. Der Gärtner hatte die Veranda für Weihnachten mit blühenden Adventssternen geschmückt, und in dem Licht, der Wärme und der Farbe hier mußte man einfach heiter sein.

»Ich danke dir, Amelia«, sagte sie.

Sie hielt dem neugierigen Blick ihrer Freundin mutig stand. Nein, sie würde Amelia nichts von Jared sagen.

»Ist das alles?« fragte Amelia.

»Alles«, antwortete sie.

»Dann ist nichts Wahres an dem Klatsch?«

»An Klatsch ist nie etwas wahr.«

»Nun, tu, was du willst«, sagte Amelia und erhob sich.

»Das habe ich auch vor«, erwiderte sie und geleitete ihre Freundin zur Tür.

Die ganze Woche hindurch führte sie wieder bewußt ihr übliches Leben. Sie nahm an drei Sitzungen von Ausschüssen teil, deren Mitglied sie war, beriet sich mit ihrem Anwalt über Einkommenssteuerfragen in Zusammenhang mit Arnolds Testament, kaufte sich eine Seehundjacke und einen dazu passenden kleinen Hut, öffnete verspätet ihre Weihnachtspakete und schrieb Dankesbriefe. Im Haus ging wie immer alles am Schnürchen; man umgab sie mit Fürsorge und Behagen, und sie schlief nachts gut und verschob die Entscheidung. Schließlich, sagte sie sich, hatte man nicht von ihr verlangt, eine Entscheidung zu fällen. Es war vielleicht möglich – und warum nicht? –, einfach so weiterzumachen wie bisher, Jared, wenn er sie besuchte, willkommen zu heißen, und diese bemerkenswerte Freundschaft als Freundschaft und nichts weiter hinzunehmen.

In dieser Stimmung gab sie zwei Tage vor Neujahr nach dem Frühstück Anweisungen.

»Weston, Mr. Barnow wird die nächsten Tage hier verbringen.«

»Sehr wohl, Madam. Wird er zum Abendessen hier sein?«

»Ja. Sagen Sie der Köchin bitte, als Vorgericht soll es frische Austern geben. Er ißt sie besonders gern.«

»Ja, Madam.«

Sie ging in das Gewächshaus, in das man vom Eßzimmer aus gelangte, und schnitt gelbe Löwenmäuler und rosa Nelken, die sie für das Gästezimmer in einer Vase arrangierte. Nachdem dies getan war, blickte sie sich in dem Zimmer um und stellte sich ihn vor, wie er in dem großen altmodischen Bett schlief oder in dem Wohnzimmer nebenan las. Sie war völlig ruhig und dachte in diesem Augenblick mehr zärtlich als beharrlich an ihn, obwohl sie wußte, daß die Begierde in ihr lauerte. Sie wußte auch, daß er einsam war; nicht nur, daß er außer einem alten Onkel keine Angehörigen hatte, sondern einsam wie jeder überlegene Geist, der in für gewöhnliche Sterbliche unerreichbaren Regionen weilt. Sie hatte gesehen, wie einsam ihr Vater war, hatte sogar etwas von der gleichen Einsamkeit in sich erlebt. Wenige Frauen lasen die Bücher, die sie las, dachten über das nach, worüber sie nachdachte. Ja, es war ganz richtig, daß sie an dieser Freundschaft festhielt. Sie waren zwei Menschen, die trotz des Altersunterschieds einander etwas zu sagen hatten. Vielleicht war gerade dieser Altersunterschied ihr Schutz. Wenn ja, durfte sie das nie vergessen. Daraufhin schob sie alles von sich, außer ihrer Vorfreude auf sein Kommen.

»Ist es Ihnen recht, wenn ich morgen jemanden mitbringe?«

Er sagte das am Telefon, und seine Stimme schien laut durch ihr stilles Zimmer zu hallen. Da sie annahm, daß sie morgen am Silvesterabend erst spät ins Bett kommen würde, hatte sie allein zu Abend gegessen und war dann hinaufgegangen, um noch eine Stunde zu lesen und früh zu Bett zu gehen.

»Wen möchten Sie mitbringen?« fragte sie.

Wahrscheinlich das Mädchen, und sie spürte einen Stich lächerlicher Eifersucht.

»Meinen Onkel, Edmond Hartley«, antwortete er. »Er ist heute morgen unerwartet zurückgekommen, weil er das komische Gefühl hat, dies könnte sein letztes Silvester sein, obwohl er erst siebenundsechzig ist, aber ich lasse ihn nicht gern allein. Außer mir hat er niemanden, wissen Sie.«

»Natürlich bringen Sie ihn mit.«

Sie sagte das heiter, dennoch war sie enttäuscht. Ein wahrscheinlich weltkluger und kritischer Fremder, jemand, gegen den sie sich schützen mußte! Sie ging ins Bett, verstört über etwas, das in die Intimität der Freundschaft eindringen konnte, die sie mit Jared verband. Sie schlief schlecht in der Nacht, wachte am nächsten Morgen erst spät auf und ließ sich das Frühstück in ihr Schlafzimmer bringen. Sie frühstückte gemächlich, und erst gegen Mittag war sie angezogen, hatte ein Kleid aus hellblauer Wolle gewählt, das sie besonders liebte. Der Himmel war grau und die Landschaft draußen dunkelgrau; die Baumstämme und die kahlen Äste waren schwarz von Feuchtigkeit. Ein Grund mehr, alles im Haus behaglich zu machen, und als sie hinunterkam, knipste sie die Lampen an und hielt ein Streichholz an die Scheite im Kamin in der Bibliothek.

»Gegen drei«, hatte Jared gesagt, und pünktlich um drei sah sie seinen kleinen Wagen zwischen den Steinsäulen in die Auffahrt einbiegen. Sie hatte in der Bibliothek gewartet, hatte, ohne sich darauf konzentrieren zu können, gelesen, und war überrascht, als Jared mit seinem Onkel in die Bibliothek kam. Es erstaunte sie, denn Jared hatte sie nicht darauf vorbereitet, daß der Onkel ein hübscher, munterer, hochgewachsener, schlanker Mann mit silberweißem Haar, einem braungebrannten Gesicht mit einem gepflegten weißen Bart und strahlenden blauen Augen war. Er kam mit ausgestreckten Händen auf sie zu, und sie erhob sich und spürte, wie er ihre Hände drückte.

»Ach, Mrs. Chardman«, rief er, »ich bin ein Eindringling und eine Bürde, aber mein Neffe bestand darauf, daß ich mitkam, sonst würde er bei mir zu Hause bleiben und Ihre Pläne zunichte machen, was ich nicht zulassen konnte und wollte. Außerdem war ich neugierig auf Sie.«

Sie faßte sich soweit, um ihre Hände sanft aus seinen zu befreien. »Und ich bin neugierig auf Sie«, sagte sie. »Aber Sie wollen gewiß nach einer so langen Fahrt erst einmal in Ihre Zimmer gehen. Jared, Weston hat Ihren Onkel in dem Zimmer neben dem Ihren untergebracht. Das Wohnzimmer werden Sie miteinander teilen.«

Und damit entließ sie sie erst einmal, wobei sie Jared lächelnd anblickte, und wartete unten. Drei Uhr war eine schlechte Zeit, sagte sie sich, und die Stunden bis zum Abendessen lagen plötzlich wie eine Last vor ihr. Sie waren zu dritt anstatt zu zweit, und sie konnte sich nicht Jared oder seinem Onkel widmen! Aber da kam Jared allein herein und beugte sich zu ihr herunter, um seine Wange an ihr Haar zu schmiegen.

»Ich überlasse Ihnen meinen Onkel«, sagte er. »Ich habe eine Verabredung mit einem Ingenieur. Wir wollen über etwas, woran ich arbeite, diskutieren. Er ist sehr praktisch veranlagt und wird an meinen Träumen nur herumkritteln.«

»Lassen Sie sich von ihm nicht entmutigen«, sagte sie, hielt dabei seine Hand und blickte zu ihm auf. »Ich glaube, Menschen, die an allem herumkritisieren, mag ich nicht.«

»Mir wird es aber gut tun. Und zur Cocktailstunde bin ich wieder da.«

Und darauf führte er ihre Hand an seine Lippen, verschwand und ließ sie wartend und etwas beklommen zurück.

»Wäre ich nicht«, sagte Edmond Hartley ein paar Minuten später, »neugierig auf Sie gewesen,hätte ich Sie wohl nicht auf diese Art überfallen.« Er setzte sich ihr am Kamin gegenüber und fuhr fort: »Sie haben einen großen Einfluß auf meinen Neffen, Mrs. Chardman - einen Einfluß, der ihn reifer macht, so scheint es mir jedenfalls am besten ausgedrückt. Er wußte nicht, was er wollte, konnte sich zwischen einem halben Dutzend Berufen nicht entscheiden - und ich versichere Ihnen, er könnte in jedem von ihnen äußerst erfolgreich sein - und nun hat er sich für eine interessante Kombination von allen zusammen entschieden. Es ist etwas, von dem ich eigentlich kaum gehört habe, aber es scheint äußerst nützlich zu sein, eine Wissenschaft und eine Art Technik, von der ich, wie ich gestehen muß, zwar gar nichts verstehe, die mir aber äußerst wichtig erscheint. Er ähnelt seiner Mutter sehr, meiner Schwester Ariadne, und ist doch wieder so ganz anders als sie, daß ich gar nicht recht klug aus ihm werde und nicht weiß, was ich tun soll. Ich mische mich in seine Pläne nicht ein und bin darum, fürchte ich, keine sehr große Hilfe für ihn. Aber Sie scheinen ihn so wunderbar zu verstehen, daß ich das Gefühl hatte, ich müßte Sie kennenlernen, und sei es nur, um Ihnen zu danken und, hoffentlich, von Ihrer Weisheit zu profitieren.«

Er sagte das mit einer honigsüßen, emphatischen Stimme, wobei er mit seinen schönen Händen gestikulierte, und seine blauen Augen leuchteten, ungewöhnlich junge Augen, wie sie fand, und dennoch ging von ihm eine Kälte aus, die sie nicht sofort deuten konnte.

»Ich würde gern mehr über Jareds Eltern wissen«, sagte sie.

Er musterte sie. »Sie wirken so wundervoll ruhig. Ich kann jetzt verstehen, warum Jared sagt, er könne immer mit Ihnen sprechen. Ich bin nicht ein so guter Zuhörer. Ja, ich weiß meistens - was ihm nicht verborgen bleibt - gar nicht, wovon er spricht. Mich interessieren vor allem frühe französische Lyrik und bunte englische Glasfenster - Kirchenfenster.«

»Davon verstehe ich nichts«, sagte sie. »Und wenn ich etwas für Jared getan habe, dann ist es nichts im Vergleich zu dem, was er für mich getan hat. Er hat in mir ein neues Interesse am Leben geweckt, das ich dringend brauchte. Seine Jugend, seine Begeisterung, seine Energie, seine ungewöhnlichen Gaben sind ebenso verblüffend wie anregend.«

Er beugte sich in seinem Sessel vor, hatte die Hände auf den Knien gefaltet. »Meine liebe Mrs. Chardman, darf ich etwas fragen? Ich bin sein einziger lebender Verwandter, wissen Sie. Sind Sie beide vielleicht ein – Liebespaar?«

Sie zögerte vor dieser unerwarteten Frage. Dann benutzte sie den kleinen Dolch, den Jared vor ein paar Tagen so unschuldig in ihr Herz gebohrt hatte.

»Er betrachtet mich nicht als seine Geliebte«, sagte sie ruhig.

Der Onkel lehnte sich zurück und nahm die Hände auseinander.

»Ach, es betrübt mich fast, Sie das sagen zu hören. Er ist so einsam.«

Sie fragte sich, während sie das bewegliche, hübsche Gesicht betrachtete, ob sie diesen Mann nicht mögen würde. »Er hat mir etwas von einem Mädchen gesagt«, sagte sie.

»Es ist eins in Sicht, wenn auch noch in weiter Ferne – er ist für eine Ehe noch nicht wirklich bereit, fürchte ich. Er geht ganz in seiner Arbeit auf, wie Sie wissen, und all diese Ideen, die ihm durch den Kopf gehen – ich zweifle, daß er bereit ist, eine dauernde Bindung einzugehen. Ich fürchte es, denn ich habe gesehen, daß es Ariadne fast genauso ergangen ist. Barnow – Jareds Vater – war ein, nun vielleicht sollte man sagen, ein verkommenes Genie. Er war hochbegabt, einer jener brillanten Männer, von denen man im College alles erwartet, aber wenn sie ins praktische Leben kommen, zerrinnen all ihre Talente.

Ariadne war verrückt nach ihm. Sie waren übrigens beide verrückt. Sie war ein schönes junges Mädchen. Unsere Familie war – nun, das spielt jetzt keine Rolle –, aber sie hätte jeden haben können, und sie entschied sich für Barnow. Die Ehe war zum Scheitern verurteilt – ein prächtiges Mädchen, aber verwöhnt. Ach ja, wer hätte sie nicht verwöhnen wollen! Die einzige Tochter – wir waren nur wir zwei, und unsere Eltern waren enttäuscht über den jungen Barnow als Schwiegersohn. Ich glaube, die Scheidung stand vor der Tür, aber der Tod kam ihr zuvor. Barnow war auf dem Wege zu einer großartigen neuen Stellung irgendwo im Westen, und Ariadne begleitete ihn. Sie fuhren im Auto und zankten sich wahrscheinlich. Jedenfalls fuhren sie durch die Rockies, über einen jener gefährlichen Pässe, die Anfang des Frühlings noch vereist sind, und ihr Wagen stürzte eine Klippe hinunter.«

»Wie furchtbar«, flüsterte sie.

»Ja, furchtbar«, stimmte er zu, »und ich habe daran gedacht, jemanden gerichtlich zu belangen, denn es gab dort kein Gitter, wissen Sie. Aber man erklärte mir, in diesen Höhen sei es sicherer ohne Gitter, denn keins würde dort oben halten, doch die Menschen würden sich vielleicht darauf verlassen und zu schnell fahren. Wenn dort kein Gitter ist, wird ihnen klar sein, daß sie vorsichtig sein müssen. Aber Vorsicht kannte Ariadne nie und Barnow auch nicht. Übrigens, Jared kam zu mir als seinem einzigen Verwandten, denn meine Eltern waren kurz zuvor gestorben. Zuerst mein Vater an irgendeinem Gehirnleiden und dann meine Mutter, weil sie nicht leben wollte, wie ich glaube, denn sie wollte nicht allein zurückbleiben, und ich habe ihr das nie verziehen. Ich liebte sie und haßte meinen herrschsüchtigen Vater, der mich natürlich ebenfalls haßte und seine ganze Liebe an Ariadne verschwendete. Aber warum erzähle ich Ihnen das alles von dieser verwirrendsten und verwirrtesten Familie, die je gelebt hat? Ach ja, um Jared zu erklären. Wie Sie verstehen werden, mußte ich ihn auf seine Art aufwachsen lassen, denn ich wußte nicht, wie man ein Kind erzieht.«

»Waren Sie nie verheiratet?«

»Das Glück habe ich nicht gehabt«, erwiderte er.

Sie spürte wieder die Kälte dieses Mannes, aber vielleicht war es keine Kälte, sondern eine völlige Selbstbeherrschung, zu der er sich aus einem Grunde zwang, hinter den sie noch nicht gekommen war. Dieser Mann verbarg etwas; trotz seiner Offenheit war er auf der Hut.

»Eine tragische Geschichte«, sagte sie. »Sie wird mir helfen, Jared besser zu verstehen.«

Sie drückte auf einen Klingelknopf, und Weston erschien in der Tür.

»Legen Sie noch ein Scheit auf«, sagte sie, »und bringen Sie uns in einer halben Stunde Cocktails.«

Sie verstand jetzt, warum Jared impulsiv war und überall auf der Suche nach einer Lebensaufgabe. Er war auf nichts vorbereitet gewesen, und als ihr die Leere bewußt wurde, aus der er gekommen war, wandte sich ihr Herz in einer neuen Aufwallung von Liebe und Mitleid ihm zu. Sie musterte die asketische Gestalt, die ihr gegenüber saß.

»Erzählen Sie mir etwas über französische Lyrik«, sagte sie.

»Ich weiß nicht«, sagte Jared.

Sie war allein mit ihm, als die Zeiger der Uhr auf Mitternacht vorrückten und das alte Jahr sich seinem Ende näherte. Vor einer Stunde war sein Onkel aufgestanden.

»Ich warte nie das Ende eines alten Jahres ab«, sagte er. »In meinem Alter ist solch ein Übergang nur schmerzlich. Darum entschuldigen Sie mich bitte, und haben Sie Dank für den hübschen Abend!«

Er hatte sich vor ihr verneigt und lächelte Jared zu. »Gute Nacht – und träume süß.«

»Ich weiß nicht«, wiederholte Jared. »Er wollte durchaus mitkommen, wollte Sie kennenlernen. Er sagte, ich hätte mich verändert, und er wolle wissen, warum. Ich fragte ihn, wieso ich mich verändert hätte, und er antwortete, es habe sich etwas in mir kristallisiert, was immer das bedeuten mag. Er führt ein entsetzlich gezügeltes Leben.«

»Von wem gezügelt?« fragte sie.

»Von ihm selbst. Und ich habe mich geirrt, als ich behauptet habe, er hätte eine Geliebte. Er hat nie eine Frau geliebt.«

»Hat er Ihnen das gesagt?«

»Ja - als ich mit ihm über Sie gesprochen habe.«

»Was haben Sie ihm von mir gesagt?«

»Daß ich hoffnungslos in Sie verliebt sei. Und da sagte er, er beneide mich, weil er nie geliebt habe, jedenfalls keine Frau. Und plötzlich verstand ich ihn ganz. Er ist so verdammt - gut. Er stellt die höchsten Ansprüche an die Liebe.

Und darum will er von Liebe überhaupt nichts wissen. Er lebt nur seinen Büchern und Bildern. Selbst Freunde läßt er nicht an sich heran. Sogar mich nicht.«

Sie empfand diese Tragödie so mit, daß sie geradezu einen körperlichen Schmerz verspürte. »Und billigen Sie diese Ablehnung der Liebe, nur weil sie nicht üblich ist?«

»Ja«, sagte er schlicht. »Jetzt, da ich weiß, was Liebe ist.«

Sie blickten einander fest in die Augen.

»Und was ist Liebe?« fragte sie.

»Ich bin dabei, es zu ergründen. Eines Tages werde ich es Ihnen vielleicht sagen können.«

Über diesem Gespräch war die Zeit vergangen, und plötzlich schlug die in einer Ecke stehende alte Uhr zwölf. Sie warteten stumm, und er ergriff ihre Hände. Beim zwölften Schlag küßte er sie auf den Mund.

»Ein neues Jahr beginnt«, sagte er. »Ein neues Jahr, in dem vieles geschehen kann.«

Aber in der Nacht wachte sie auf, und alles fiel ihr wieder ein, was Jared über seinen Onkel gesagt hatte. In ihrem ganzen Leben hatte nur Edwin über Liebe gesprochen, und da er ein Philosoph war, hatte er sogar aus der Liebe eine Philosophie gemacht. Sie dachte an ihn und glaubte ihn in seiner sanften, dogmatischen Art sagen zu hören, die Liebe erscheine in vielen Gestalten, und keine von denen dürfe ohne weiteres verworfen werden. Unwillkürlich verglich sie die beiden alten Männer, Edwin, der auf seine Weise frei war und keine Vorurteile kannte, und Edmond, der in seiner selbst auferlegten Zurückhaltung so beherrscht war. Jeder der beiden war auf seine Art ein Verkünder der vollkommenen Liebe: der eine, indem er sie bejahte und sich an ihr erfreute; der andere, indem er sie ablehnte und auf sie verzichtete. Es zeigte sich darin, daß die beiden Männer von Grund aus verschieden waren, der eine, der trotz Alter und Gebrechlichkeit sich an der Liebe labte; der andere, der sie scheute und sich in einem Nebel von Worten verbarg. Was bedeuteten sie? Und wie stand es mit Jared? Würde die Liebe ihn größer oder kleiner machen? Und wie würde die Liebe sich bei ihr auswirken? Weder die eine noch die andere Frage konnte jetzt schon beantwortet werden. Sie kannte die Grenzen der Liebe nicht. Aber sie bekannte sich zur Liebe und gab damit zumindest zu, daß auch sie liebte. Die Frage war jetzt: Was würde sie mit der Liebe tun, oder - genauer gesagt - was würde die Liebe nunmehr mit ihr tun?

Sie lag in der Stille und im Dunkel der Nacht, bis sie es nicht mehr ertragen konnte, die Nachttischlampe anknipste und sah, daß Schneeflocken sich vor dem offenen Fenster häuften und sanft auf den blauen Teppich wehten. Sie stand auf, schloß das Fenster, fegte den Schnee auf die Messingschaufel und warf ihn dann auf die erloschenen grauen Scheite im Kamin. Vor Kälte bibbernd wollte sie wieder ins Bett gehen, als sie Schritte im Flur hörte. Sie horchte, fragte sich, wer das sein könnte, zog dann ihren Morgenrock aus blauem Samt über und öffnete die Tür. Edmond Hartley wollte gerade die Treppen hinuntergehen, als er sie sah.

»Ich kann nicht schlafen«, sagte er, »und wollte mir ein Buch aus der Bibliothek holen, das mir heute dort aufgefallen ist.«

»Soll ich Ihnen helfen?« fragte sie.

»Das wäre ganz reizend von Ihnen.«

»Einen Moment«, sagte sie, ging in ihr Zimmer zurück, bürstete vor dem Spiegel ihr Haar, steckte es auf, puderte ihr Gesicht und malte ihre Lippen an. Eitelkeit, dachte sie, aber selbst wenn sie allein war, war sie eitel. Als sie das Zimmer verließ, stand er immer noch oben an der Treppe und schien gar nicht zu bemerken, daß das Blau ihres Morgenrocks genau zu dem Blau ihrer Augen paßte, und auch nicht, daß sie wirklich schön war. Er ließ sie die Treppe hinunter in die Bibliothek vorausgehen, wo er geschickt das fast ausgegangene Feuer im Kamin wieder anfachte, während sie eine Lampe nach der anderen anmachte, bis der ganze Raum in Licht getaucht war: die Bücher in ihren Regalen, die große Blumenschale auf dem langen Mahagonitisch, das Rubinrot der Perserteppiche, der gebohnerte Fußboden.

»Warum können Sie nicht schlafen?« fragte sie und setzte sich an den Kamin.

Er suchte gerade in einem der Bücherregale und wandte ihr den Rücken zu.

»Ich schlafe nie sehr gut«, antwortete er, »und in einem fremden Haus – ach, da ist das Buch, das ich suche. Eine seltene Mallarmé-Ausgabe.«

»Es hat meinem Vater gehört«, sagte sie.

»Aber er war doch Wissenschaftler…«

»Er war alles«, fiel sie ein.

»Ach, wie Jared.«

Er setzte sich in einen großen Sessel ihr gegenüber und schlug das Buch auf. Dann fuhr er, ohne sie anzublicken, fort: »Ich bin am wenigsten geeignet gewesen, einen lebhaften, hochbegabten Jungen aufzuziehen. Ich habe nicht gewagt, ihn zu lieben, da ich Angst hatte, ich könnte ihn zu sehr lieben, und es wäre eine widerliche Liebe.«

»Kann Liebe denn widerlich sein?« fragte sie.

Er blickte sie seltsam von der Seite an und klappte das Buch zu. »O ja. Das kann sie. Ich habe das schon sehr früh erlebt. Ich könnte sagen, mich hat, als ich noch blutjung war, ein älterer Mann dazu verführt.«

Seine Lippen schienen plötzlich trocken zu sein, und er fuhr mit der Zunge über sie. »Ich hätte nie geglaubt, daß ich das jemals jemandem erzählen könnte, aber Sie sollen… Sie sollen wissen, warum ich Jared nie erlaubt habe – mir zu nahe zu kommen.«

Er blickte sie mit seinen dunklen Augen an, und sie las in ihnen die verzweifelte Bitte um Verständnis.

»Ich verstehe«, sagte sie leise. »Ich verstehe, und ich finde es sehr nobel von Ihnen, sich so zurückzuhalten, so zu beherrschen, soviel Ehrfurcht vor der wahren Liebe zu empfinden. Ich kann nur Hochachtung für Sie haben.«

»Ich danke Ihnen«, sagte er. »Ich danke Ihnen. Ich… ich weiß nicht, ob jemals jemand so zu mir gesprochen hat. Aber ich habe nie etwas tun wollen - oder auch nur den Anschein erwecken wollen, es zu tun - das Jared den Sinn der Liebe verfälschen würde. Es ist besser, dachte ich, ihn aufwachsen zu lassen, ohne ihm zu zeigen, daß ich ihn wirklich liebe, weil er sonst ein falsches Bild von der Liebe bekommen könnte. Das Bild der Liebe wird so leicht entstellt, irgendwie pervertiert, so daß sie nie wieder als das erscheint, was sie wirklich ist: der einzige Lebensgrund, die einzige Zuflucht, die einzige Quelle der Kraft und Seelengröße. Gerade die Macht der Liebe - die stärkste Macht im Leben - bewirkt, daß die Liebe, wenn sie verfälscht oder pervertiert wird, das größte Leiden im Leben schafft.«

Er sprach so offen und ehrlich, daß sie ihn in einem ganz neuen Licht sah, einen Mann, der unter seiner Veranlagung litt, und sie schwieg.

»Lehren Sie ihn, meine Liebe«, sagte er, »lehren Sie ihn, was Liebe ist. Nur eine Frau vermag das - eine Frau wie Sie.«

»Ich werde es versuchen«, antwortete sie.

»Ich möchte, daß Sie nach New York kommen, um zu sehen, wie die Hand funktioniert«, sagte er am Telefon.

Es war ein herrlicher Frühlingsmorgen, und sie saß an ihrem Schreibtisch in der Bibliothek, vor deren Fenstern man schon die rosa und roten Töne der Rhododendronblüten sah. Die Forsythien am anderen Ende des Rasens verblühten bereits, und ihr vergehender Glanz hob sich leuchtend vom Dunkel der Tannen dahinter ab.

»Und warum muß ich nach New York kommen?« fragte sie. »Sie wissen doch, ich liebe die Stadt nicht.«

»Ja, ich weiß, aber es ist wirklich ein Erlebnis zu sehen, wie eine Hand funktioniert, so gut nämlich, daß der Patient schon bald entlassen werden kann. Außerdem gibt Ihnen das einen Grund, meine Leute zu sehen.«

Sie wußte natürlich jetzt, daß, wenn er ›meine Leute‹ sagte, er damit die Menschen meinte, denen die von ihm entworfenen Instrumente Hände, Füße, Augen, Herz, Nieren, die sie verlieren konnten oder verloren hatten, ersetzten. Sie hatte ihn in den Monaten, seit er und sein Onkel Silvester bei ihr verbracht hatten, kaum gesehen, aber seine langen Telefongespräche, die er meistens um Mitternacht führte, und in letzter Zeit auch seine kurzen dramatischen Briefe hatten die Verbindung zwischen ihnen aufrechterhalten. Und sie? Sie schien nichts anderes getan zu haben, als auf dem Flügel im Musikzimmer zu spielen, an ein paar Komiteesitzungen, Abendessen und Konzerten teilzunehmen und im übrigen nur darauf zu warten, daß er anrief oder schrieb. Sie gestand sich jetzt offen ein, daß er ihr ganzes Leben und Denken ausfüllte, so daß alles, was sie tat, kaum etwas bedeutete im Vergleich zu der Notwendigkeit, zu Hause zu sein, wenn er anrief. Er sollte sie dort immer erreichen, stets für ihn bereit, wenn er sie brauchte. Wenn er schrieb, antwortete sie ihm sofort, und sie begann zärtliche Worte zu gebrauchen, die, wären sie beieinander gewesen, vielleicht eine Flamme entzündet hätten. Aber mit schwarzer Tinte auf eine weiße Seite geschrieben, blieben selbst die Worte ›mein Liebstes‹ kalt.

»Heute ist Dienstag«, sagte er. »Können Sie morgen kommen? Dann essen wir zusammen zu Abend und tanzen danach vielleicht irgendwo. Wir haben das noch nie getan. Komisch, ich habe nie daran gedacht. Wenn ich mit Ihnen zusammen bin, gibt es immer so viel zu reden. Gegen drei? Wir treffen uns im Rehabilitations-Center – die Adresse haben Sie.«

»Ja, morgen um drei!«

Wie absurd! Schon fünf Minuten nach dem Anruf dachte sie daran, was sie anziehen würde. Sie entschied sich für ein hellgraues Kleid mit passendem Mantel aus weichem Stoff. Beides war sehr gut geschnitten und stand ihr ausgezeichnet. Und dazu würde sie Hut, Schuhe und Handtasche im gleichen silbergrauen Ton tragen, und von dieser Farbe hob sich ihr apfelgrüner Jadeschmuck, den Arnold ihr auf der letzten Weltreise in Hongkong gekauft hatte, wunderbar ab.

So gekleidet verließ sie am nächsten Tag nach dem Lunch das Haus. Auch der Chauffeur wirkte in seiner neuen schwarzen Uniform sehr schick. Obwohl sie Luxus gewöhnt war, fühlte sie sich heute besonders glücklich, als wäre sie wieder jung und führe zu dem Liebhaber, den sie nie gehabt hatte. Sie verscheuchte jede kleine Mißstimmung aus ihren Gedanken und machte sich in einer Laune, in der sie am liebsten die ganze Welt umarmt hätte, auf die Reise. Sie würde mit Jared, den sie, wie sie jetzt wußte, so liebte wie noch nie jemanden zuvor, so daß sie sich durch die Liebe verändert und beschwingt fühlte, viele Stunden zusammen sein. Aber wie sollte sie vor ihm die Wahrheit verbergen? Warum mußte Wahrheit überhaupt verborgen werden?

»Ist es nicht schön?« fragte Jared stolz.

Sie befand sich in einem großen rechteckigen Raum, der völlig kahl war, aber in den durch die vorhanglosen Fenster die Nachmittagssonne hereinflutete. An den Wänden standen schmale Krankenhausbetten, und in jedem lag ein Mann, dem ein Glied amputiert worden war, wie sie auf den ersten Blick sah. Nur Jared war gesund, grausam gesund, ging es ihr durch den Kopf, und man mußte es seinen blassen liegenden oder sitzenden Männern hoch anrechnen, daß sich in ihren abgezehrten Gesichtern kein Haß spiegelte.

Was Jared ›schön‹ nannte, war in Wirklichkeit das scheußlichste Ding, das sie je gesehen hatte, ein Instrument aus zwei Fingern an einem Metallarm, das mit Schaumgummi in der Farbe von Menschenfleisch bezogen war.

»Zeigen Sie mir, wie es funktioniert«, antwortete sie.

»Zeigen Sie's ihr«, sagte Jared in befehlendem Ton.

Der noch sehr junge Mann, an dem das Instrument irgendwo unter dem Hemd befestigt war, gehorchte. Die beiden Finger bewegten sich, jeder für sich und zusammen, wie Daumen und Zeigefinger.

»Und jetzt nehmen Sie ihre Hand«, sagte Jared.

Sie unterdrückte das sie überkommende Verlangen, zurückzuweichen, und ließ statt dessen ihre Hand von den beiden Gummifingern sanft umklammern.

»Können Sie ihre Hand fühlen? Können Sie fühlen, wie weich und glatt sie ist?« fragte Jared eifrig.

»Natürlich«, erwiderte der junge Mann und zwinkerte vergnügt mit dem rechten Auge.

Sie lachte, und sofort stimmten alle im Raum in das Lachen ein, und schon machte ihr die Berührung der Gummifinger nichts mehr aus, auch nicht, daß der Zeigefinger ihre Handfläche streichelte.

»Das genügt«, sagte Jared. »Man braucht selbst das Gute nicht zu übertreiben.«

Auch er lachte, als er das sagte, aber sie sah ihm seinen Stolz an.

»Sie können wirklich stolz sein«, sagte sie und zog ihre Hand behutsam zurück.

»Danke - ich bin selber sehr glücklich«, antwortete er. »Dieser junge Mann hat seinen rechten Arm in Danang verloren, nicht wahr, Bill?«

»Ja, es war in Danang. Ich hob etwas auf, das wie eine Bananentraube aussah, und plötzlich explodierte sie - päng!«

Jared klopfte ihm auf die Schulter.

»Nun, was wir zusammen gemacht haben, wird auch vielen anderen helfen. Vergessen Sie das nicht.«

»Bestimmt nicht«, sagte der junge Mann.

Darauf verließen Edith und Jared den Raum, und im Flur seufzte sie, alles im Augenblick vergessend, nur nicht das abgezehrte Gesicht, den zum Skelett abgemagerten Körper des jungen Mannes.

»Er ist noch so schrecklich jung, Jared«, sagte sie.

»Ja, noch nicht einundzwanzig. Und es ist für mich die größte Freude, zu sehen, daß die Ersatzhand funktioniert.«

Über der gemeinsamen Freude vergaßen sie einander.

»Wieviel fühlt er wirklich?« fragte sie. »Wieviel verdankte er seiner Phantasie?«

»Nun, meine Liebe«, sagte Jared, »ich möchte sagen, er hat vor seiner Verwundung oft eine weiche Hand gedrückt, und jetzt hilft die Erinnerung daran der Phantasie. Dessen bin ich sicher - und es spielt natürlich auch eine Rolle, daß er sie sieht. Ihre Hand sieht weich, zärtlich aus, wissen Sie, aber etwas fühlt er wirklich - den Druck des biegsamen Materials auf warmes Fleisch. O ja, vieles davon ist wirklich. Jedenfalls genug, um sich daran freuen zu können.«

Wie schade, dachte sie, daß das Wort zärtlich, das er unbewußt benutzt zu haben schien, oft so leichtfertig benutzt wurde, daß es jetzt bedeutungslos war.

»Ich hoffe, er wird recht bald ein Mädchen kennenlernen, das weiß, was die Hand, die Sie ihm gemacht haben, fühlen kann. Dann wird sie sie auch schön finden.«

»Hoffentlich«, sagte er ernst.

Er blieb vor einer Tür stehen, nahm einen Schlüssel aus der Tasche und steckte ihn in das Schloß. »Dies ist mein Laboratorium. Erinnern Sie sich noch, daß ich Ihnen gesagt habe, ich würde gern das Stethoskop verbessern? Nun, ich bin dabei.«

Er schloß die Tür auf, und sie gingen hinein. Es war ein ziemlich großes Zimmer, in dem viele kleine Apparate standen, und an dem einen Ende sah man unter dem Fenster einen langen Arbeitstisch mit einer Chromplatte. Darauf stand ein kompliziertes Gerät.

»Davon verstehe ich nichts«, sagte sie.

»Man testet damit Stethoskope«, erklärte er. »Es ist sehr wichtig, wissen Sie, daß ein Stethoskop genau ist. Das, was es hört, darf nicht durch vibrierende Geräusche verzerrt werden. Dafür habe ich ein besonderes Mikrophon entworfen - das dort -, aber dann muß auch das lauschende Ohr richtig hören. Ich habe dieses künstliche Ohr entworfen - sieht nicht gerade wie ein Ohr aus, nicht wahr? -, aber es hört, und darauf kommt es an. Aber wieviel hört das Ohr wirklich? Und wie weit? Und wie klar? Ich habe sogar dieses künstliche Ohr mit einem aus anderem Material testen müssen, und natürlich muß alles immer wieder überprüft werden. Ich benutze Tonaufnahmen des menschlichen Brustkastens - Herzschlag, Atmen usw...«

Sie hörte zu, konnte ihm jetzt bereits folgen, aber während ihr Hirn begriff, war sie sich zugleich seiner körperlichen Nähe bewußt. seine Hände bewegten sich an dem Apparat, während er erklärte, wie er funktionierte. Seine Stimme war Musik in ihren Ohren, sein Profil hob sich scharf von den grauen Wänden ab. Sein ganzes Wesen tat sich in dem, was er sagte, kund. Eine Welle der Freude durchflutete sie. Sie fühlte sich so beschwingt wie noch nie in ihrem Leben, nicht einmal in ihrer Jugend. Sie waren zusammen, und köstliche Stunden lagen vor ihnen.

Ein paar Stunden später lag sie in seinen Armen, sie tanzten zwischen den einzelnen Gängen ihres Menüs in einem berühmten Restaurant, einem Restaurant, in das man nach dem Theater ging und das erst um Mitternacht überfüllt war. Sie waren früh gekommen, aber die Kapelle spielte bereits einen langsamen Walzer.

»Da bin ich aber froh«, sagte sie. »Die neuen Tänze kann ich nicht. Ich kann nicht allein tanzen.«

»Aber wer will denn allein tanzen?« entgegnete er. Der Besitzer und zugleich Geschäftsführer kam zu ihnen heran und begrüßte Jared.

»Er ist der Freund meines Onkels«, erklärte Jared.

»Ich mag Ihren Onkel sehr gern«, sagte sie.

Müßiges Geschwätz, aber an diesem Abend konnte sie nicht anders.

Sie waren beide zu nahe am Rande von etwas Unbekanntem. Es bedurfte nur noch eines Schrittes aufeinander zu, und sie wußte nicht,ob sie ihn tun wollte oder ob sie noch zur Zeit innehalten konnte.

»Warum sagen Sie mir, daß Sie meinen Onkel mögen?« fragte Jared, als sie sich wieder setzten.

»Ich weiß es nicht. Ich mußte nur gerade an ihn denken. Vielleicht tut er mir leid.«

»Er ist ganz glücklich«, sagte Jared.

Er war nervös,merkte sie, und sie sagte ihm nicht, daß sie an seinen Onkel denken mußte, weil sie Mitleid mit ihm hatte, da er nicht die Freude empfinden konnte, die sie empfand.

»Tanzen wir«, sagte Jared.

Er stand auf und führte sie auf die Tanzfläche. Schon lange hatte sie nicht getanzt, denn Arnold hatte sich aus Tanzen nichts gemacht, und seit seinem Tod war sie nicht ausgegangen. Jetzt, unter Jareds ausgezeichneter Führung, genoß sie das Tanzen wie einst, noch verstärkt durch das Glück, das ihr die neue Liebe schenkte.

»Sie tanzen sehr gut«, sagte er.

Er schmiegte seine Wange an ihr Haar, und sie ließ es geschehen, während sie die Liebesworte, die ungeduldig darauf warteten, ausgesprochen zu werden, zurückdrängte. Rings um sie begannen andere Paare zu tanzen. In dem gedämpften Licht erkannte sie niemanden und wurde auch nicht erkannt. Nur ein Mann, der ein blondes junges Mädchen in den Armen hielt, sagte im Vorübertanzen:

»Sie haben eine schöne Partnerin, Jared.«

»Vielen Dank, Tim«, erwiderte er kühl und tanzte mit ihr weiter. »Ich wünschte, Sie würden ältere Männer nicht auf mich eifersüchtig machen«, brummte er spöttisch und verärgert zugleich.

Sie lachte. »Aber er ist mit einem sehr hübschen Mädchen zusammen.«

»Wer begnügt sich schon mit einem hübschen Mädchen?« antwortete er.»Außerdem habe ich sie gar nicht gesehen. Denn ich sehe nur Sie.«

Der Zauber des Abends verging nicht. Sie setzten sich zum nächsten Gang an ihren Tisch, wechselten nur ein paar belanglose Worte. Dann erhob er sich wieder, forderte sie zum nächsten Tanz auf, und sie kehrten zusammen auf die Tanzfläche zurück. Er drückte sie an sich, und sie paßte sich jeder seiner Bewegungen an. Gefährlich, sagte sie sich, gefährlich, aber unsagbar herrlich. Sag kein Wort, genieße nur dieses enge Beieinandersein, dieses durch den Rhythmus der Musik und die Bewegung Vereintsein. Aber schließlich bekam sie Angst vor sich und ihm. Die Stimme der Klugheit gebot ihr Zurückhaltung. Der Zauber mußte jetzt gebrochen werden, ehe es zu spät war, ehe sie sich, von ihrer eigenen Begierde übermannt, irgendwohin führen ließ, wo sie allein mit ihm war und ihr Verlangen nicht mehr unterdrücken konnte. Es war fast Mitternacht, und die Theaterbesucher begannen hereinzuströmen.

»Ich muß nach Hause«, sagte sie, als ein Tanz zu Ende war und die Kapelle für eine kurze Pause verschwand. Nur widerwillig ließ er sie los, hielt aber ihre Hand fest.

»Warum?«

»Ich muß nach Hause«, wiederholte sie.

Worauf er verstummte. Er bezahlte die Rechnung, geleitete sie zu ihrem Wagen und blieb dann an der Tür stehen. Er war so stumm und sein Gesicht so ernst, als er sie im spärlichen Licht einer Laterne anblickte, daß sie sich fragte, ob sie ihn, ohne es zu wollen, gekränkt habe. Seine Augen waren trübe; jedenfalls schien es ihr so, als er, nachdem sie in den Wagen gestiegen war, noch stehenblieb.

»Gute Nacht«, sagte sie. »Es war für mich ein wunderbarer Abend.«

»Bestimmt?« fragte er. »War es nicht egoistisch von mir, Sie ganz für mich haben zu wollen?«

»Gerade das habe ich mir gewünscht.«

Sie blickten sich lange tief in die Augen. Früher oder später, sagte sie sich, muß es ausgesprochen werden.

Sie wachte am nächsten Morgen auf mit dem Entschluß, sich über sich klar zu werden. Der Tag in New York hatte ihr zweierlei offenbart: Sie sah Jared, einen Mann bei seiner Arbeit, und sich, eine verliebte Frau. Was hatten die beiden miteinander zu tun, wenn überhaupt? Bestimmt etwas, dachte sie. Bestimmt hatte die Liebe einen Sinn, einen Zweck, aber welchen für sie? Noch ehe sie sich aus dem Bett erhob, noch ehe sie völlig wach war, begannen die Vögel im Efeu vor den offenen Fenstern ihres Zimmers fröhlich zu zwitschern. Und sie sah sich wieder den Fragen gegenüber, die sie tief in ihrem Inneren bedrängten. Ein paar Minuten lag sie mit geschlossenen Augen da. Sie mußte in aller Ruhe nachdenken, sagte sie sich, wie es mit ihr und Jared weitergehen sollte. Die Zeit der Trauer um Arnold, ja sogar um Edwin war vorüber. Ein neuer Frühling war angebrochen; eine neue Liebe, ein neues Leben lagen vor ihr. Aber was für ein Leben würde das sein? Es lag noch in ihrer Macht, darüber zu entscheiden. Obwohl, wenn sie Jared wiedersah, ohne einen Entschluß gefaßt zu haben, es vielleicht nicht mehr in ihrer Macht lag. Sie wurde sich zu ihrem Erschrecken ihrer eigenen Schwäche bewußt. Ich bin zu allem fähig, dachte sie entsetzt. Ich bringe es sogar fertig, ihn zu verführen. Und gerade davor habe ich Angst. Wenn wir eines Abends irgendwo allein wären, selbst hier in diesem Hause, könnte ich es tun. Und er würde sich nicht wehren. Er ist darüber hinaus. Er erwartet das fast von mir.

Sie wußte, zwei Ichs waren in ihrer Brust; das eine ergötzte sich an der Möglichkeit der Verführung, o ja, einer Verführung natürlich, die so geschickt sein würde, daß er als der Verführer erschien und sie als die Verführte. Und das andere Ich? In diesem Augenblick glich es einem schwankenden Rohr. Die Morgensonne schien zu warm in das luxuriöse Schlafzimmer, das Bett war zu weich, ihr Körper zu sehr von einer natürlichen Begierde erfüllt. Wenn sie an gestern abend dachte, erinnerte sie sich nur, wie sie im langsamen Rhythmus des Tanzes sich an ihn geschmiegt hatte. Einen Augenblick gab sie dem Verlangen nach, aber dann konnte sie ihre Einsamkeit nicht mehr ertragen, warf die Decken zurück und stieg aus dem Bett.

Das tägliche Ritual, die Körperpflege! Sie stand vor dem Spiegel und steckte ihr langes Haar auf, um duschen zu können. Dann beugte sie sich vor und musterte ihr Bild. Sie war noch schön am Morgen. Aber würde er sie jemals so sehen? Selbst ohne Make-up hatte sie Farbe, ihre Lippen waren rot, ihre Wangen leicht gerötet, ihre Augen unter den ein wenig nachgezeichneten Brauen leuchtend blau. Sie hatte schöne Augen. Sie fielen den Menschen immer auf, und wenn sie sich selbst betrachtete, war ihr, als sähe sie eine andere Frau, eine zu irgendeinem neuen Leben erwachte Frau. Und plötzlich wurde aus dieser kühlen, gesetzten, eine zitternde, fragende, schüchterne Frau, die vielleicht verwirrt war oder nicht wagemutig genug. Das war sie, und sie begann sich von neuem vor sich zu fürchten. Sie trat von dem Spiegel zurück und eilte ins Bad, zog sich dann an, frühstückte wie immer an dem kleinen Tisch, der für sie allein vor dem großen Fenster im Eßzimmer gedeckt war, und Weston bediente sie schweigend, während sie Orangensaft trank und wie jeden Morgen gekochte Eier und Speck und eine Scheibe Weißbrot ohne Butter aß.

»Die Köchin läßt fragen, ob sie Brieschen zum Mittagessen möchten, Madam«, sagte Weston, als sie aufstand.

»Ja, gern«, murmelte sie gleichgültig, ging zu ihrem Schreibtisch in der Bibliothek und nahm aus einem Fach die Pläne für das Haus am Meer, ein Haus, das vielleicht eines Tages gebaut würde, oder auch nicht. Wie konnte sie es wissen? Es hing alles von der Frau ab, die darin wohnen würde, allein oder nicht allein.

Sie verbrachte den Vormittag mit den Plänen, zeichnete die letzten Details von Türen und Fenstern ein. Da das Wetter schön war, ließ sie sich dann ihren Lunch auf der Terrasse servieren, und dort saß sie im Schutz der hohen Tannen, die sie sogar vor Amelias scharfen Augen nebenan verbargen, nachdenklich beim Essen, hielt hin und wieder inne, um einem Eichhörnchen, das sie mit seinen klugen schwarzen Augen musterte, ein Stückchen Brot hinzuwerfen. Nachdem sie als Nachtisch eine Melonenscheibe gegessen hatte, erhob sie sich und sagte zu Weston:

»Der Chauffeur soll in einer halben Stunde den Wagen bringen. Ich fahre nach Red Hills in Jersey.«

Am Meer war die Luft noch kühl. Sie hatte den Chauffeur mit dem Wagen auf der Straße gelassen und war durch die Dünen zum Kliff hinaufgegangen, bis zu der Stelle, wo die grauen Felsen begannen. Dort setzte sie sich auf einen verwitterten Baumstamm, den Stamm einer Kiefer, die ein Sturm vor langer Zeit entwurzelt hatte. Das Meer war ziemlich ruhig, schlug keine Wellen unter dem blauen Himmel. Hier an der Küste war das Wasser grünblau, aber am Horizont sah es purpurn aus. Sie war jetzt hier allein und genoß die Einsamkeit, erforschte ihre Tiefe, ihre unergründliche Tiefe. Denn das war das Schlimme, wenn man einen Mann liebte, so wie sie Jared liebte: Liebe machte den Liebenden ohne den Geliebten einsam, eine Einsamkeit, gegen die kein Kraut gewachsen war, ehe der Geliebte wiederkam. Sie vernachlässigte bewußt alle anderen. Wie lange war es schon her, seit sie das letzte Mal ihre alten Freunde besucht hatte? Selbst Amelia hatte sie seit Wochen nicht gesehen. Sie hatte alle Einladungen abgelehnt, hatte auf Telefonanrufe nervös reagiert, hatte sich in ihre leidenschaftliche Liebe eingemauert. Aber der gestrige Abend hatte sie gezwungen, der Wirklichkeit ins Auge zu sehen. Es konnte so nicht weitergehen. Doch wie sollte sie es ändern? Eine Frage ohne Antwort.

Sie seufzte und stand auf. Plötzlich verlangte es sie, von dieser Höhe hinunterzusteigen. Diese Stelle zwischen Himmel und Meer war zu einsam. Sie mußte sie verlassen, sie würde die wackligen Stufen hinuntergehen und sich in den weißen Sand am Strand legen. Als sie über den Rand des Kliffs spähte, sah sie tief unten eine Höhle. Es war Ebbe, und der Sand war sicher trocken und warm von der Sonne. Dort würde sie sich verstecken, dort würde sie ihrem Kummer entkommen. Sie blickte zu dem Wagen auf der Straße hin. Der Chauffeur schlief hinter dem Steuer, die Mütze war ihm vom Kopf gerutscht, und sein Mund stand weit offen. Selbst er würde nicht sehen, wohin sie ging.

Sie stieg die Stufen hinunter, hielt sich an dem morschen Geländer fest und betrat den weißen Sand. Die Höhle lag ein wenig höher als der Strand, und sie ging zu ihr – man war dort vorm Wind geschützt – und zog ihren Mantel aus, rollte ihn zu einem Kissen und legte sich auf den von der Sonne gewärmten Sand. Der vorspringende Felsen spendete gerade so viel Schatten, daß ihr Kopf und ihre Schultern geschützt waren, aber die Luft war kühl, so daß die Sonnenwärme ihr wohltat. Sie seufzte, entspannte sich und fühlte, wie sie innerlich ruhiger wurde. Eine Stunde des Ausruhens würde ihr guttun. Sie hatte in der letzten Nacht schlecht geschlafen, war immer wieder wach geworden. Ehe sie es merkte, versank sie jetzt in tiefen Schlaf, eingewiegt vom leisen Rauschen der Wellen.

Und plötzlich erwachte sie, denn sie hörte immer wieder ihren Namen rufen.

»Edith... Edith... Edith!«

Sie schlug die Augen langsam auf, starrte auf den vorspringenden Felsen und wußte im ersten Augenblick gar nicht, wo sie war.

»Edith... Edith!«

Sie setzte sich auf und schüttelte den Sand aus ihrem Haar. Ihre Füße waren naß, lagen im Wasser, und es war Jared, der sie rief. Er rannte die Stufen hinunter.

»Es ist Flut, Sie Dummchen! Ich habe Sie erst gesehen, als Sie sich bewegten. Ach, wie konnten Sie das tun! Wie sind Sie ganz allein hierher gekommen? Wo ist Ihr Wagen?«

Er krempelte seine Hosenbeine hoch, um zu ihr hinüberzuwaten.

»Ziehen Sie Schuhe und Strümpfe aus«, befahl er. »Das Wasser reicht erst bis zu Ihren Knien, aber noch ein paar Minuten... Ein Glück nur, daß es nicht stürmisch ist! Doch die Flut steigt, die Höhle wird sich bald mit Wasser füllen...«

Sie zog ihre Strümpfe aus und begann, die Schuhe in der Hand, durch das Wasser auf ihn zuzugehen. Sie trafen sich auf halbem Wege, und er legte den Arm um sie und führte sie zu den Stufen.

»Und nun marsch, marsch, die Stufen hinauf«, befahl er. »Nein, ich warte, bis Sie oben sind. Uns beide tragen die Stufen nicht, und ich habe keine Lust, zum Kliff hinaufzuklettern.«

Er wartete, bis sie oben angelangt war und festen Boden unter den Füßen hatte. Dann eilte er selber, Strümpfe und Schuhe in der Hand, die Stufen hinauf und sagte wütend:

»Sie hätten dort ertrinken können.«

»Ich kann schwimmen«, antwortete sie, setzte sich auf einen Felsen und begann ihre Strümpfe anzuziehen, wobei er sie, immer noch zornig, beobachtete.

»Ich war in Ihrem Haus«, sagte er. »Weston hat mir gesagt, Sie seien hierher gefahren. Wo ist Ihr verdammter Chauffeur?«

»Er fragt sich wahrscheinlich, wo ich bin, und hat vielleicht schon eine Vermißtenanzeige erstattet.«

»Sie haben sehr hübsche Füße und Beine«, sagte er plötzlich, als habe er gar nicht zugehört.

»Das haben mir schon andere gesagt«, sagte sie. Und dann brachte sie ihr Haar wieder in Ordnung und fügte hinzu: »Ich habe meinen Hut verloren.«

»Was ist schon ein Hut!« brummte er.

»Unter diesen Umständen nichts«, gab sie zu. »Zumal, da er weg ist. Die Flut hat ihn davongetragen.«

In diesem Augenblick kam ihr Wagen zusammen mit einem Polizeiauto angefahren.

»Sie ist wieder da«, brüllte der Chauffeur dem Polizisten zu. Die beiden Autos hielten, und der Beamte stieg aus und kam auf Edith und Jared zu.

»Es tut mir leid«, sagte sie mit ihrem gewinnendsten Lächeln. »Es war eine Dummheit von mir. Ich bin auf dem Strand eingeschlafen. Mein Freund, Mr. Barnow, hat mich gerettet.«

»Ehe sie ertrank«, fiel Jared ein.

»Ehe ich ertrank«, wiederholte sie.

Der Polizist wandte sich dem Chauffeur zu. »Sie hätten doch vom Kliff hinunterblicken können!«

»Daran habe ich gar nicht gedacht.«

Jared verlor plötzlich die Geduld. »Während Sie beide beraten, wer was hätte tun müssen, werde ich Mrs. Chardman in meinem Wagen nach Hause fahren. Kommen Sie, Mrs. Chardman.«

Sie erhob sich erleichtert und folgte ihm, und sie fuhren zusammen davon.

»Warum haben Sie mich nicht gefragt, warum ich gekommen bin?« fragte Jared.

Sie hatten während eines frühen Abendessens in einem Gasthaus an der Straße lange geschwiegen, ein Schweigen, das sie nicht hatte brechen wollen. Die Wärme der Sonne, die jetzt bald unterging, die milde Luft, die durch das offene Fenster hereindrang, die kräftige, würzige Seeluft, das Glück, mit ihm zusammen zu sein, aus welchem Grund auch immer, bewirkten eine tiefe Zufriedenheit.

»Warum sind Sie gekommen?« fragte sie fast lässig.

»Ich weiß es nicht«, antwortete er. »Ich mußte es – ich konnte nichts anderes tun – nichts richtig tun. Sie haben mich ganz durcheinandergebracht. Seit gestern abend kann ich nicht arbeiten. Ich denke nur an Sie, wie Sie aussehen, an den Klang Ihrer Stimme, Ihren Gang. Sie tanzen besser als jede Frau, die ich gekannt habe – anmutiger. Ich finde kein anderes Wort dafür. Ich kann es nicht vergessen. Noch nie ist es mir so ergangen. Haben Sie mir nichts zu sagen?«

»Was kann ich sagen? Außer daß ich glücklich bin, unendlich glücklich. Ich… ich glaube, ich bin noch nie in meinem Leben so glücklich gewesen, nicht so.« Ihre Stimme senkte sich zu einem Flüstern.

»Wieso?« fragte er.

»Wenn ich es wüßte, würde ich es Ihnen sagen.«

Sie schwiegen daraufhin von neuem, während der Wagen dahinbrauste. Sie wußte nicht, was er dachte. Er blickte starr geradeaus. Aber sie wußte auch nicht, was sie selber dachte. Vielleicht gar nichts. Vielleicht war es nur ein Gefühl.

Lange nach Sonnenuntergang, als es draußen schon dunkel wurde, hielten sie endlich vor ihrem Haus. Weston, der sich in der Nähe der Tür aufhielt, öffnete sie, als er den Wagen kommen hörte.

»Ich wußte nicht, ob Sie hier essen würden, Madam. Sie haben nichts von sich hören lassen.«

»Wir haben schon gegessen«, sagte sie. »Mr. Barnow wird hier übernachten – ich nehme es jedenfalls an.«

»Wenn ich darf…«

»Natürlich.«

»Bringen Sie uns Kaffee und Liköre in die Bibliothek«, sagte sie zu Weston. »Ich gehe schnell hinauf und ziehe mich um.«

Frohlockend und zugleich von einer dunklen Angst geplagt, ging sie hinauf. Was geschehen mußte, würde geschehen. Sie konnte das Unvermeidliche nicht verhindern, auch wenn sie nicht wußte, was es war. Sie würde sich nicht wehren, sie würde sich nicht wehren. Dann, aus einem Impuls, den sie selber nicht begriff, tat sie nichts, um jünger zu erscheinen, als sie war. Sie steckte ihr Haar unachtsam auf, benutzte kein Make-up. Sonne und Seeluft hatten ihre helle Haut gebräunt, und sie tat nichts dagegen. Sie wählte ein altes grünes Kleid, zog es über den Kopf und blickte nicht noch einmal in den Spiegel. Das war sie, diese Frau mit dem geröteten Gesicht, mit dem unordentlich frisierten Haar und den in silbernen Sandalen steckenden bloßen Füßen. Sie war dreiundvierzig Jahre alt, und sie wollte sich vor ihm nicht jünger machen. Wenn er einen Rückzieher machte, dann war es ihr Schicksal. Aber wenn er es nicht tat? Sie weigerte sich, auch nur daran zu denken. Warum etwas planen, das sie sowieso nicht wissen konnte? Einen Augenblick überkam sie das perverse Gefühl zu wünschen, daß er sich von ihr abwende und ihr damit die notwendige Entscheidung abnehme. Sie blieb einen Moment zögernd an der Tür stehen, dann öffnete sie sie und ging die Treppe hinunter.

Er erwartete sie in der Bibliothek. vor der Tür zögerte sie noch einmal. Sie sehnte sich nach dem Zusammensein mit ihm und fürchtete es zugleich. Dann öffnete sie sie leise und nur einen winzigen Spalt breit, aber er merkte es. Er kam schnell auf sie zu, schloß die Tür, stellte sich mit dem Rücken davor, nahm sie in seine Arme und küßte sie ungestüm immer wieder.

»Wenn ich denke, was hätte passieren können«, murmelte er.

Sie wehrte sich nicht dagegen, von ihm umarmt zu werden. Erst nach einer Weile machte sie sich los. »Ich sollte wohl noch nicht sterben.«

»Nicht, wenn ich es verhindern konnte.«

Sie gingen Hand in Hand zu einem Sofa, vor das Weston einen kleinen Tisch mit den Likören und dem Kaffee gestellt hatte. Sie goß den Kaffee ein, und ihre Hände zitterten dabei ein wenig. Er merkte es und sagte: »Sie zittern.«

»Es ist wohl noch die Nachwirkung des Schocks«, antwortete sie.

»Mich hat es auch sehr mitgenommen.« Er trank weder Kaffee noch Likör, sondern fuhr fort:

»Ich muß Ihnen etwas sagen - ich bin völlig durcheinander. Ich sehe mich einer ganz neuen Situation gegenüber. Ich bin ganz in Ihrem Bann. Ich bin kein freier Mensch mehr. Noch nie in meinem Leben ist es mir so ergangen. Ich habe noch nie jemandem gehört, aber jetzt ist es soweit. Ich bin nicht einmal sicher, ob ich das mag. Was tut ein Mann, wenn er einer Frau gehört? Ich weiß nur, ich würde Sie noch heute abend heiraten - wenn ich's könnte!«

Sie blickte ihn unverwandt an, während er das sagte. Er dachte nicht an sie, und sie merkte das. Er dachte an sich, gefangen in einem Netz der Begierde nach ihr und ihr zugleich grollend, weil er zu spüren begann, wie sehr er sie liebte. Er begehrte sie körperlich und war über sich entsetzt. Dennoch, wenn sie die Hand ausstreckte und ihn berührte, war es um ihn geschehen. Wenn sie seinen Kopf streichelte, wenn sie ihre Hand auf seinen Arm legte, wenn sie nur auf seine schmale Taille blickte, war es um ihn geschehen. Sie starrte standhaft auf den Boden, kämpfte gegen ihr eigenes Verlangen, und aus Gründen, die sie nicht verstand, außer daß sie nichts mit ihr, sondern nur mit ihm zu tun hatten. Und dann plötzlich sprudelten die Worte aus ihr heraus, ohne daß sie ihnen Einhalt gebieten konnte und wollte.

»Gestern war solch ein wunderbarer Tag, Jared! Ich habe Sie so gesehen, wie ich Sie noch nie gesehen hatte, und dabei glaubte ich, Sie zu kennen. Wir sind schon viel zusammengewesen, nicht wahr? Und doch gestern erst, als ich Sie mit dem Amputierten sah, ist mir klargeworden, was Sie wirklich sind - ein Wissenschaftler, ja, und noch viel mehr - ein glänzend begabter, aber mitfühlender, ein starker, aber sanfter Mensch. Ich liebe Sie. Natürlich liebe ich Sie - wie könnte es anders sein? Doch erst seit gestern weiß ich, daß ich Sie liebe. Ich werde Sie immer lieben. Ich bin so dankbar, daß ich Sie liebe. Vor langer Zeit - es scheint mir jedenfalls sehr lange her zu sein - hat ein gütiger alter Mann, der auch ein sehr großer Mann war - mich geliebt. Und er hat mir etwas Wunderbares gesagt, hat mir gesagt, seine Liebe zu mir halte ihn am Leben, denn durch sie bleibe sein Gehirn klar und er könne seine Arbeit tun. Das, hat er mich gelehrt, sei der große Liebesdienst: daß die Liebe dem Liebenden ebenso wie dem Geliebten Leben gibt. Ich habe nie vergessen, was er mich über die Liebe gelehrt hat.« Sie schwieg einen Augenblick. dann wiederholte sie leise, was Edwin einmal gesagt hatte: »Die Liebe erhält mich nicht nur am Leben, sondern sie gibt mir Kraft.«

Er stand auf, ging zu der Glastür und starrte bedrückt in den dunklen Garten. Über den Tannen am anderen Ende ging der Mond auf.

Als spräche sie mit sich selbst, fuhr sie fort:

»Ich bin alt genug, um zu wissen, daß Ihre Liebe zu mir - ein Wunder ist. Ich verstehe es nicht - ich kann es nur hinnehmen und dankbar dafür sein. Sie macht mein eigenes Leben schön. Sie erweckt in mir den Wunsch, Ihnen auf alle nur denkbare Weise nützlich zu sein. Ich möchte Ihnen beistehen, damit Sie all das tun können, was Sie erträumen – was Sie natürlich ohne mich sein und tun würden, aber vielleicht wird meine Liebe Sie stärker an sich glauben lassen, als Sie ohne sie an sich glaubten – ich meine, ohne mich in diesem Augenblick Ihres Lebens, denn natürlich werden da viele andere sein, viele Menschen, und einer vor allem...« Sie hielt inne, weil sie fürchtete, sonst weinen zu müssen. Statt dessen lächelte sie ihn an, ergriff das kleine Glas mit Benediktiner und trank einen Schluck.

Sie wußte nicht, wieso und woher ihr diese Worte über die Lippen gekommen waren, und sie wußte auch nicht, warum sie an Edwin gedacht hatte, aber sie war wieder sie selbst, und sie wußte auch, daß sie warten mußte, um zu verstehen.

Er kam langsam auf sie zu, blieb stehen, um ein Bücherregal oder ein Bild zu betrachten. Dann setzte er sich neben sie.

»Sagen Sie mir«, sagte er, »warum war gestern so wichtig?«

»Weil ich den Mann gesehen habe, der Sie sein müssen«, antwortete sie. »Und ich werde nichts tun, um diesem Mann im Wege zu stehen.«

Als sie wieder allein oben in ihrem Zimmer war, war sie wie benommen und doch ruhig. Sie wußte nicht, wieso sie das gesagt hatte, aber es war aus einem verborgenen Winkel ihres Innern gekommen. Als sie sich jetzt wieder an die Augenblicke erinnerte, wurde ihr das sekundenlang wie in einer Vision klar. Sie hatte die beiden Männer nebeneinander gesehen, den von gestern, den sicheren, ganz in seiner Arbeit aufgehenden Mann, der alles gut machte und darin einen Lebensinhalt fand, und den von heute, der verwirrt, verstört, überwältigt von der Entdeckung war, daß er liebte. Diese beiden Männer hatten ihr die Worte entlockt, die sie in sich nie vermutet hätte. Dennoch hatten sie darauf gewartet, ausgesprochen zu werden, und ausgesprochen, hatten sie die Entscheidung bewirkt, die sie nicht hatte fällen können. Sie mußte zwischen den beiden wählen, und sie hatte gewählt.

Sie hatten sich fast gleich danach getrennt, beide ihrer Erschöpfung bewußt, und obwohl er sie an der Schlafzimmertür wieder in seine Arme geschlossen und geküßt hatte – und sie hatte den Kuß erwidert –, waren es leidenschaftslose Küsse gewesen, und sie wußte, heute abend würde sich keine Tür zwischen ihnen öffnen. Ihre Aufgabe war es jetzt zu bestimmen, welchen Platz sie in seinem Leben einnehmen sollte. Denn sie würde ihn immer lieben, das wußte sie. Und was war dann die Erfüllung höchster Liebe? Was konnte sie anders sein, als dem Geliebten helfen zu werden, was seine Bestimmung war.

Sie schlief gut in dieser Nacht. Ihre innere Spannung ließ nach, und sie wachte ausgeruht auf. Sie blieb noch eine Weile liegen, betrachtete die Strahlen der Morgensonne, die durch die nach Osten gehenden offenen Fenster über den Fußboden glitten. Sie hatte keine Eile. Nichts drängte sie mehr, und als sie schließlich aufstand und fertig angezogen das Zimmer verließ, überraschte es sie gar nicht, daß Weston unten an der Treppe stand.

»Mr. Barnow ist heute morgen abgefahren, Madam. Er hat einen Brief für Sie hinterlassen.«

»Ich hoffe, Sie haben ihm sein Frühstück gebracht«, sagte sie mit einer Heiterkeit, die sie selbst überraschte.

»Er wollte nur Kaffee haben«, antwortete Weston und ging ihr ins Frühstückszimmer voran.

Sie folgte ihm, aber nicht direkt, ging erst auf die Terrasse und sog die köstliche Morgenluft ein. Die Robinien blühten, und ihr Duft hatte die Bienen angelockt. Vor langer Zeit, als sie noch ein Kind war, hatte ihr Vater angeordnet, daß am anderen Ende des Gartens Bienenkörbe aufgestellt wurden, weil er fand, daß Honig die gesündeste Süßigkeit für Kinder war, und hatte dann junge Robinien pflanzen lassen, die jetzt zu Riesen herangewachsen und deren Stämme schwarz und knorrig und deren Äste schwer von weißen Blüten waren. Aus Pietät hatte sie die Bienenkörbe behalten, und jeden Herbst nahm der Gärtner Kästen mit klarem weißem Honig heraus, der nach Robinien duftete.

Sie blieb ein paar Minuten stehen und blickte die Allee hinunter, an deren anderem Ende der Teich war, in dem auf einem Felsen die weiße Marmorstatue der stehenden Frau stand. Dieses Bild war ihr so vertraut, daß sie es sonst kaum noch beachtete, aber heute war es so neu und schön, als wäre sie weit fort gewesen und erst gerade wieder nach Hause gekommen. Ein innerer Friede erfüllte sie, und sie konnte sich wieder an ihrer Umgebung und sogar ihrem Leben freuen. Sie hatte gewählt, und es war eine richtige Wahl, und sie war eins mit sich.

Sie saß allein am Frühstückstisch den nach Süden liegenden Fenstern gegenüber, sah die Weinstöcke in vollem Laub,und der Gärtner stand dort auf einer Leiter und beschnitt die Reben, damit sie eine reichere Frucht ansetzten. Sie war allein und fühlte sich doch nicht einsam. Wenn Jared nicht da war, war sie oft nervös gewesen; wenn er sie nicht anrief, horchte sie auf das Öffnen einer Tür, den Klang einer Stimme. Seine Gewohnheit, überraschend zu erscheinen, war ärgerlich, aber zugleich beglückend und hielt sie in Spannung. Dennoch hatte sie nie gesagt: »Geben Sie mir vorher Bescheid«, denn es tat ihr wohl, daß er sie plötzlich brauchte und sich dann auf der Stelle zu ihr aufmachte. Wenn in seinem Laboratorium eine Schwierigkeit auftauchte, ein technisches Problem oder dergleichen, wenn es zu einer Unstimmigkeit mit seinem Vorgesetzten kam, war sie seine Zuflucht, und er kam und sprach sich aus, bis er die Lösung fand, seine Lösung, denn was sie zu sagen hatte, schien ihr bedeutungslos zu sein. Sein Geist fand selber die Lösung. Und an all das mußte sie denken, während sie den Brief in der Hand hielt, den Weston ihr hatte geben sollen. Sie riß ihn auf und nahm das darin steckende Blatt heraus.

Liebste,
das sind Sie von jetzt an für mich. Ganz gleich, wer kommt oder geht – Sie sind dies für mich und werden es immer sein. Es wird immer so bleiben. Ich frage nicht, warum Sie

das gesagt haben, was Sie gestern sagten und getan haben, was Sie getan haben, denn was immer der Grund war, es war richtig. Ich weiß es.

Stets der Ihre
Jared

Sie faltete das Blatt zusammen und schob es wieder in den Umschlag. Sobald sie in ihr Wohnzimmer ging, würde sie den Brief in ihrem Schreibtisch einschließen und aufbewahren, um ihn immer wieder lesen zu können. Sie wußte jetzt, daß sie sich nur so lieben konnten. Sie brauchte nie wieder zu warten oder zu horchen, ob er kam. Sie verstand, warum er heute in aller Frühe aufgebrochen war, und sie wußte, er würde immer wieder kommen. Sie hatte es ihm ermöglicht, zu seiner Arbeit zurückzukehren. Sie hatte ihm seine Freiheit gegeben; selbst die Liebe war keine Fessel für ihn, und darum würde er sie immer lieben. Sie lächelte vor sich hin, während sie frühstückte, und dachte an ihn, dachte den ganzen Tag nur an ihn. Ohne etwas für die Zukunft zu planen, dachte sie an ihn und fühlte sich stark und wohl.

Anfang Mai, als die weißen und rosa Hartriegel blühten – der Frühling war in diesem Jahr spät gekommen –, wurde sie von einem Mädchen angerufen. Sie wußte sofort, daß es ein Mädchen war, denn ihre Stimme, die sie vernahm, war die jugendlichste, die sie je gehört hatte, aber es war eine fremde Stimme.

»Mrs. Chardman?« fragte die Stimme.

»Ja,ich bin's«, antwortete sie.

»Ich weiß nicht… wie ich es anfangen soll. Ich bin June Blaine. Sie kennen mich nicht, aber ich kenne Jared Barnow. Ich bin sozusagen seine Freundin.«

»Ja?«

»Ja! Und ich möchte so sehr gern mit Ihnen sprechen.«

»Über ihn?«

»Ja, über ihn.«

»Weiß er davon?«

»Ich habe ihm gesagt, daß ich Sie heute anrufen würde.«

»Und?«

»Er sagte, Sie verständen seinen Standpunkt, und darum habe er nichts dagegen. Er findet, Sie sind der einzige Mensch, der ihn wirklich kennt. Aber ich kenne ihn auch.«

Edith schwieg ein paar Sekunden, als die Stimme verstummte. Dann sagte sie ruhig:

»Gut. Wann?«

»Heute nachmittag?«

»Um vier.«

»Ach, danke.«

Ein Klicken in der Leitung, und das Gespräch war beendet. Sie dachte einen Augenblick nach, dann wählte sie die Nummer des Laboratoriums. Um elf Uhr vormittags würde Jared dort sein. Er meldete sich fast sofort.

»Jared Barnow.«

»Ich bin's«, sagte sie. »Ein Mädchen hat gerade bei mir angerufen. Sie möchte zu mir kommen. Heute nachmittag.«

»Das ist June«, sagte er schnell. »Wir haben vorige Woche bei ihr zu Hause Tennis gespielt, und sie wollte wissen, ob sie Sie besuchen könne. Ich habe gesagt, warum nicht. Nehmen Sie sie nicht ernst, Liebste. Sie möchte mich heiraten, hat aber keine Chance. Ich bin zuviel mit anderem beschäftigt.«

Sie lachte. »Dann gehen Sie wieder an Ihre Arbeit. Ich habe übrigens einen interessanten Artikel über Silikongummi gelesen, der sich dafür eignet, arthritische oder nicht mehr funktionsfähige Gelenke an Menschenhänden zu ersetzen.«

»Ich habe das auch gelesen. Wunderbar.«

»Aber ich will Sie jetzt nicht aufhalten.«

»Ich rufe Sie heute abend an.«

Er rief sie jetzt jeden Abend gegen zwölf an, wenn er mit seiner Arbeit fertig war. Wenn er sie weckte, was manchmal geschah, sagte sie nicht ein Sterbenswörtchen davon. Wenn er sie anrief, bedeutete das, daß er sie brauchte.

»Ja, rufen Sie mich an«, sagte sie und legte den Hörer auf.

Sie war nicht nervös, während sie darauf wartete, daß es vier Uhr wurde, aber sie versuchte nicht, sich mit irgend etwas zu beschäftigen. Sie lag statt dessen in einem Liegestuhl auf der Terrasse und hatte die Augen geschlossen. Wolken zogen über den blauen Himmel, und wenn sie im Vorüberziehen die Sonne verdeckten, wurde ihr kalt, aber gleich darauf spürte sie wieder die Wärme der Sonne. Ein kühler, milder Wind raschelte in den Bäumen, aber gleich darauf war es wieder still. Ein paarmal schlief sie fast ein, doch nicht ganz. Als Weston sie fragte, wo sie essen wolle, sagte sie: »Bringen Sie's mir hierher.« Und als er es gebracht hatte, aß sie kaum etwas.

Ein- oder zweimal, vielleicht auch öfter, stand sie auf und ging über den Rasen. Das dichte Laub schützte sie vor jedem Blick, sogar vor Amelia, die sie seit Wochen nicht gesehen hatte. Aber sie kehrte immer zu dem Liegestuhl zurück, legte sich hin und wartete, während die Sonne den Zenit erreichte und dann westwärts weiterzog.

Um vier Uhr hörte sie plötzlich, wie ein Wagen vor dem Eingang auf der anderen Seite des Hauses vorfuhr. Gleich darauf klingelte es, und sie wußte, sie hatte den ganzen Tag auf diesen Augenblick gewartet. Sie erhob sich nicht, sondern blieb weiter liegen, hatte die Augen geschlossen und wartete darauf, Schritte zu vernehmen, Westons schlurfende und das Klappern der hohen Absätze eines Mädchens.

»Miß Blaine ist gekommen«, sagte Weston.

Sie schlug die Augen auf. Da stand das Mädchen, ein hochgewachsenes, schlankes Geschöpf in einem sehr kurzen weißen Kleid, ein Mädchen mit grünen Augen und glänzendem braunen Haar, das ihr über die Schultern fiel, ein sauber und wohlerzogen wirkendes Mädchen, das aber einen eigensinnigen Mund hatte und nicht lächelte. Sie zog ihre kurzen weißen Handschuhe aus, streckte Edith die rechte Hand entgegen und sagte mit einer entschlossenen, aber angenehmen, ziemlich hellen Stimme:

»Bitte bleiben Sie liegen, Mrs. Chardman!«

»Ich wollte auch gar nicht aufstehen, June. So heißen Sie doch wohl? Ich bin heute träge.«

»Ja, ich bin June. Offenbar hat man mich so getauft, weil ich im Juni geboren bin. Im nächsten Monat werde ich einundzwanzig.«

»Ziehen Sie sich einen Stuhl heran und setzen Sie sich, June.«

»Danke.«

Sie zog einen Stuhl heran und setzte sich, wobei sie dem Garten den Rücken kehrte und der anmutigen Frau im Liegestuhl das Gesicht zuwandte.

»Sie sind jünger, als ich glaubte, Mrs. Chardman.«

»Ach, nein - ich bin so alt, wie Sie vermuten. Hat Jared Ihnen nicht gesagt, wie alt ich bin?«

»Nein. Er spricht immer von Ihnen, als wären Sie ebenso alt wie er.«

»Das ist reizend von ihm.«

Eine Pause, und die Augen des Mädchens sahen sie an. Sie spürte es, während sie weiter den Blick durch den Garten schweifen ließ. Dann gab sie sich einen Ruck und wich den forschenden Augen nicht mehr aus.

»Erzählen Sie mir von sich, June - warum Sie mich aufsuchen wollten, und alles, was Sie mir sonst berichten mögen.«

»Ich will gleich von dem Wesentlichen sprechen. Ich bin gekommen, um zu sehen, was für eine Frau Jared liebt. Ich möchte wissen, ob Sie mir ähneln. Oder muß ich ihn sozusagen an eine andere Frau wie mich gewöhnen?«

Sie lachte. »Glauben Sie, das zu können, June?«

»Ich werde es versuchen, wenn ich muß.«

»Mit anderen Worten, Sie sind entschlossen, ihn - zu heiraten?«

»Wenn ich's kann.«

»Glauben Sie, daß Sie's können?«

»Ja.«

Das Mädchen sagte das mit ruhiger Stimme.

»Dann gibt es weiter nichts zu sagen, nicht wahr, June?«

»Nein, denn ich möchte, daß er mich liebt.«

»Und glauben Sie, Sie können ihn lehren, Sie zu lieben?«

»Ich werde es ihn lehren, sobald ich weiß, wie. Darum bin ich zu Ihnen gekommen. Sie haben es geschafft. Er liebt Sie. Aber natürlich kann er Sie nicht heiraten. Sie sind zu alt. Er muß doch jemand heiraten, und ich möchte dieser Jemand sein. Deshalb bin ich hier.«

Edith war verblüfft, amüsiert, verletzt und sogar ärgerlich. Ihr Selbsterhaltungstrieb und Eigensinn zwangen sie fast, das Mädchen herauszufordern, lachend zu ihr zu sagen, wenn es ihr überhaupt gelang zu lachen, daß sie vielleicht Jared heiraten würde. Es sei davon die Rede gewesen.

»Hat Jared gesagt, ich sei zu alt, um ihn zu heiraten?«

»Er hat mir gegenüber nie von Heirat gesprochen. Ich glaube nicht, daß er daran denkt, sich zu verheiraten. Höchstens heiratet er mich.«

Sie sagte das mit solcher Selbstsicherheit, daß Edith am liebsten wieder gelacht hätte, aber sie konnte es nicht. Und natürlich hatte das Mädchen recht. Sie war zu alt, um Jared zu heiraten. Die Frauen heirateten heutzutage oft Männer, die viel jünger waren als sie selbst, aber das war irgendwie gegen die Natur. Liebe, ja – Ehe, nein. Man muß manchmal jemanden lieben, aber das brauchte nichts mit Heirat zu tun haben. Edwin hatte sie das gelehrt.

»Bitte, lehren Sie's mich«, sagte das Mädchen.

»Lieben Sie Jared?« fragte sie.

»Natürlich«, antwortete das Mädchen. »Warum würde ich mich sonst für ihn interessieren?«

»Was lieben Sie an ihm?«

»Alles.«

»Was meinen Sie mit alles?«

»Nun eben alles. Wie er geht, wie er spricht, wie er aussieht. Man ist wie verzaubert.«

»Das ist nicht alles. Es ist nur sein Äußeres.«

»Nun, mir genügt es.«

»Ach. Aber genügt es ihm?«

Das Mädchen blickte Edith zornig an, zuckte nicht mit der Wimper. »Für den Anfang genügt's.«

»Vielleicht«, sagte Edith, dann fügte sie hinzu: »Woher soll ich wissen, warum Jared mich liebt? Warum fragen Sie nicht ihn? Gewiß nicht meines Gangs wegen oder wie ich spreche, oder weil ein Zauber von mir ausgeht – den ich bestimmt nicht habe. Ich kann Ihnen nicht helfen, June. Ich weiß nicht wie.«

Es verlangte sie plötzlich, dieses Mädchen loszuwerden. Sie war wütend auf sie – was für eine Absurdität, sie zu besuchen, was für eine Frechheit, bei ihr einzudringen! Die jungen Leute dachten heute nur an sich selbst. Ja, sie war zu alt, zu alt für Jared, zu alt für dieses Mädchen.

Sie erhob sich und ging zur Tür. »Ich kann Ihnen leider nicht helfen, meine Liebe. Ich weiß wirklich nicht, wovon Sie reden. Sie und Jared müssen beide allein damit fertig werden. Aber jetzt kommen Sie herein, und trinken eine Tasse Tee mit mir, oder möchten Sie lieber einen Drink?«

Es dämmerte schon, als das Mädchen ging. Stunden waren vergangen, und sie hatte sie vergehen lassen, hatte alles getan, daß sie vergingen, denn sie hatte widerstrebend dieses Mädchen sympathisch zu finden begonnen. In ihrer Geschichte war nichts neu gewesen, denn sie erzählte sie, ohne darum gebeten zu werden. Die Eltern geschieden, sie das einzige Kind, dicht vor dem Abschlußexamen an einem Mädchencollege.

»Ich versuche, meinen beiden Eltern gegenüber gerecht zu sein, Mrs. Chardman, aber ich lebe in meines Vaters Haus, weil meine Mutter sich wieder verheiratet hat und ich meinen Stiefvater nicht leiden kann.

Er ist jünger als meine Mutter, und manchmal – nun, ich bin nicht gern dort, wo er ist, denn ich möchte meine Mutter nicht kränken, möchte schon gar nicht, daß sie durch ihn verletzt wird, denn sie liebt ihn sehr. Es ist ein Jammer, nicht wahr?«

»Wo haben Sie Jared kennengelernt?« hatte sie das Mädchen gefragt.

»Vor drei Jahren beim Skilaufen. Ich laufe sehr gern Ski. Meistens verbringe ich die Weihnachtsferien damit. Jetzt spielen wir zusammen Tennis. Es war eine solche Überraschung, als ich erfuhr, daß er in New York lebt; ich wohne in Scarsdale, wissen Sie. Er kommt oft am Sonnabend zu uns, es sei denn, er ruft an und sagt, er möchte arbeiten. Mein Vater sagt, er sei der begabteste junge Mann, der ihm je begegnet ist.«

»Was ist Ihr Vater von Beruf?«

»Bankier in New York. Er hat dort eine Wohnung, und wenn ich mag, kann ich dort auch wohnen. Aber wir haben unser Haus in Scarsdale behalten, weil wir gern Tennis spielen und schwimmen und überhaupt.«

»Hat er nicht wieder geheiratet?«

»Doch – ein Mädchen, das nicht viel älter ist als ich – nun, Louise ist immerhin sechsundzwanzig.«

»Sind sie glücklich?«

»O ja. Louise ist so schön, daß ich froh bin, daß sie, ehe sie meinen Vater heiratete, Jared nicht kennengelernt hat. Aber all diese Ehen haben mich viel gelehrt, Mrs. Chardman. Ich möchte nie geschieden werden. Ich möchte jemanden heiraten, den ich immer lieben werde – wie Jared.«

»Sie müssen aber auch jemand sein, den man immer lieben kann«, sagte sie.

»Ja, das stimmt. Und darum bin ich eben zu Ihnen gekommen. Er sagt, er werde Sie immer lieben.«

»Ihr kleines Mädchen hat den Nachmittag bei mir verbracht«, berichtete sie Jared an jenem Abend gegen Mitternacht.

»Ich habe kein kleines Mädchen«, antwortete er.

»Nun, dann ein kleines Mädchen«, lachte sie.

»Sie meinen wahrscheinlich June Blaine.«

»Ja!«

»Das ist die, von der ich Ihnen einmal erzählt habe. Wir kennen uns seit ein paar Jahren, aber jetzt ist es aus.«

»Sie glaubt das nicht.«

»Sie ist stark – das gebe ich zu. Aber heutzutage sind alle Mädchen stark.«

»Und Sie mögen das nicht?«

»Habe keine Zeit, darüber nachzudenken. Was machen Sie dieses Wochenende?«

Sie zögerte, suchte nach einem Vorwand, sogar einer gelinden Lüge. »Ich bin mit jemandem verabredet.«

»Einem Mann?«

»Nein, einer Frau.« Sie konnte Amelia einladen,und sie konnten ins Sommertheater gehen.

»Nun...« Er verzichtete nur ungern auf das gemeinsame Wochenende.

»Vielleicht June...«, schlug sie vor.

Scharf unterbrach er sie. »Hören Sie, spielen Sie nicht die Ehestifterin!«

»Natürlich nicht. Es ist nur Loyalität meinem Geschlecht gegenüber.«

»Aber ich passe doch viel besser zu Ihnen.«

»Ich weiß das, mein Lieber, aber...«

»Kein Aber!«

»Sagen wir uns dann jetzt, da wir uns einig sind, gute Nacht?«

»Ich weiß nicht. Sie wirken anders, als wäre es mit dem Einigsein nicht weit her.«

»Ach nein, Jared! So ist es nicht. Ich gehöre Ihnen – immer und ewig. Einiger kann man sich nicht sein.«

Sie hörte ihn tief seufzen.

»Das eben wollte ich hören. Jetzt kann ich gute Nacht sagen.«

»Gute Nacht, Liebster.«

Wie ein Echo hörte sie seine Stimme: »Liebste.«

»Wie ich höre, war Edmond Hartley bei dir«, sagte Amelia.

Sie saßen im ›Rang‹ eines Theaterzeltes in einem Vorort der Stadt. Amelia hatte das Stück ausgesucht. Es war eine Wiederaufführung eines alten Musicals.

»Woher weißt du das?« fragte Edith.

»Ach, dein Chauffeur hat's meinem Chauffeur erzählt und

der wieder dem Mädchen, das mir das Frühstück bringt, weil ich zu faul bin, aufzustehen.«

»Interessiert dich Edmond Hartley?«

»Vor sehr langer Zeit hat er mich einmal interessiert - bis ich dahinterkam, daß ich ihn nicht interessierte. Er macht sich nichts aus Frauen. Aber er war trotzdem charmant - und reich!«

»Er ist noch charmant.«

»Und nicht verheiratet?«

»Nein.«

Das war während der Pause. Amelia hatte erklärt, es sei absurd, bei der Fülle die Stufen hinunter- und wieder hinaufzusteigen. Außerdem, wohin sollte man gehen?

»Weißt du, Edith«, fuhr sie fort, »manchmal frage ich mich, ob in unserem Alter eine Ehe mit einem solchen Mann nicht erfreulich sein könnte. Man hätte Gesellschaft, hätte jemanden, der mit einem reist, einen Freund, der immer für einen da ist und nichts verlangt.«

»Ich könnte das nicht ertragen«, antwortete sie leidenschaftlich.

»Warum nicht?«

»Ich möchte eine ganze Ehe - oder keine.«

Amelia lachte schrill auf.

»Du gibst es zu, Edith, du gibst es zu!«

»Ich habe nichts zuzugeben, außer daß ich Liebe zutiefst respektiere.«

»Nun, mir würde der Zeitvertreib genügen«, sagte Amelia.

Das Publikum kam durch die Gänge wieder herauf, und auf der Bühne rührte es sich. Aber das Gespräch sollte in der nächsten Woche, der letzten im Juni, noch ein Nachspiel haben.

Es kam nämlich ein Brief auf schwerem, cremefarbenem Papier, auf dem Name und Adresse eingeprägt waren, die verrieten, daß der Absender Edmond Hartley war. Er fragte an, ob er am nächsten Dienstag auf dem Wege nach Washington, wo er Entwürfe für Wandzeichnungen begutachten müsse, die in dem dortigen Museum ausgestellt werden sollten, vorbeikommen dürfe, um »Ihnen meine Aufwartung zu machen«.

Sie hätte ihm geantwortet, daß sie leider schon etwas vorhabe, wenn sie nicht an Amelia gedacht hätte.

»Und eine alte Freundin von mir«, schrieb sie als Postscriptum unter ihre Antwort, »wird Sie hier begrüßen. Ich glaube, sie kennt Sie schon lange. Kommen Sie!«

Er kam an einem späten Dienstagnachmittag in seiner kleinen Daimlerlimousine, die ein älterer englischer Chauffeur steuerte. Sie sah, wie er dem Mann Anweisungen gab und dann munter zur Tür trippelte. Weston öffnete sie und führte ihn in das Musikzimmer. Sie erhob sich vom Flügel, auf dem sie eine Chopin-Etüde übte, und streckte ihm die Hände entgegen, die er mit seinen kühlen, trockenen drückte.

»Wie schön die Musik klingt! Das ist meine Lieblingsetüde. Ich muß sie ganz hören.«

Seine Augen über dem weißen gepflegten Bart und Schnurrbart waren so leuchtend blau wie immer. Ein hübscher Mann auf seine Art, dachte sie und empfand eine gewisse Zuneigung und zugleich wirkliche Achtung für ihn. Eine komplizierte Persönlichkeit. Aber trotzdem ein ehrenwerter Mann, der seine Veranlagung energisch bekämpft hatte.

»Meine Liebe«, sagte er, »ich bin staubig von der Fahrt. Ich muß mich für Ihre schönen Augen erst etwas zurecht machen.«

»Und dann werden wir auf der Ostterrasse einen Cocktail trinken«, sagte sie, »und meine alte Freundin, Amelia Darwent, wird dabei sein. Erinnern Sie sich noch an sie? Sie erinnert sich an Sie sogar noch sehr gut.«

Edmond Hartley sah sie verständnislos an. »Ich erinnere mich nicht...«

»Ach nun, wenn Sie sie sehen, werden Sie sich an sie erinnern. Aber jetzt gehen Sie hinauf – Sie bekommen das gleiche Schlaf- und Wohnzimmer wie Silvester.«

Er ging, und sie kehrte zu der Etüde zurück, der dritten. Sie hatte nach Arnolds Tod zu üben begonnen, damals, als sie den Sinn des Leids erfuhr, und nicht nur des Leids, das der Tod verursachte, sondern des tieferen Leids, zu wissen, daß das Gewesene nicht gewesen war, was es hätte sein können: nämlich mehr Verständnis und deshalb eine engere Verbundenheit zwischen Arnold und ihr. Sie hatten beide ihr Bestes getan. Wenn es ihr bewußt war, daß sie noch glücklicher hätten sein können, dann war es ihm auch bewußt gewesen. Sie war dessen sicher, denn sie hatte manchmal gespürt, wie sein Blick auf ihr ruhte, und wenn sie dann den Kopf hob, hatte sie Trauer in seinen Augen gesehen und hatte diese Trauer stumm respektiert und an ihrer eigenen Zurückhaltung gemerkt, wie unüberbrückbar die Kluft zwischen ihnen war. Weder sie noch Arnold hatten diese Zurückhaltung überwunden, aber es zu wissen, war schmerzlich.

Am Tage nach seinem Begräbnis war sie allein in dieses Haus zurückgekehrt, denn sie sehnte sich danach, allein zu sein, und lehnte die liebevollen Angebote ihrer Kinder, sie zu begleiten, ab. »Nein, meine Lieben«, hatte sie gesagt. »Fahrt nach Hause zu euren Kindern. Widmet euch ihnen, und ich werde glücklich sein. Es geht mir wirklich ganz gut. Ich nehme heute nacht eine Schlaftablette - ich bin sehr erschöpft« - und dann hatte sie, als sie allein war, die Etüde zu üben begonnen. Sie bestand aus drei Teilen. In dem ersten ging es um die Frage, warum es Leid geben mußte. Im zweiten wurde die Frage zu einem Protest und einem leidenschaftlichen Verlangen. Im dritten, dem Schlußteil, blieb die Frage unbeantwortet, das Verlangen ungestillt, das eigentliche Thema wurde wieder aufgenommen und schließlich das Unerbittliche bejaht.

Als der letzte Akkord verklang, hörte sie Amelias Stimme.

»Wenn ich ein Herz hätte, würde es brechen, wenn du das spielst.«

Edith drehte sich um. Amelia saß auf einem goldenen Stuhl und wirkte sehr elegant in einem Cocktailkleid aus Silberlamé.

»Wann bist du gekommen?« fragte Edith.

»Vor zehn Minuten. Ich wollte nicht, daß Weston mich meldete. Ich habe dich lange nicht spielen hören. Seit Monaten nicht. Du spielst besser denn je, Edith. Ich zürne meinen Eltern noch heute, weil sie mich nicht zum Üben angehalten haben.«

»Wenn ich mich richtig erinnere«, antwortete sie lächelnd, »hast du sie gehaßt, weil sie dich zwangen, zwei Jahre lang zu üben.«

»Sie hätten auf mein Jammern nicht hören dürfen. Sie hätten mich schlagen sollen. Jedenfalls sind sie daran schuld, daß ich nicht spielen und mich mit Musik selber trösten kann. Sie hätten mehr Rückgrat haben müssen.«

»Sie wollten, daß ihre einzige Tochter sie liebte.«

»Eine törichte Art, Liebe gewinnen zu wollen. Sie hätten wissen müssen, daß, wenn man geliebt werden will, man stärker sein muß als der, den man liebt.«

»Es ist das erstemal, daß ich dich über Liebe sprechen höre, Amelia.«

»Das heißt nicht, daß ich keine Vorstellungen davon habe.«

Sie wurden unterbrochen, weil Edmond Hartley hereinkam. Er hatte sich umgezogen, erschien in einem Anzug aus braunem Seidenköper und trug Jademanschettenknöpfe und eine dazu passende Krawattennadel. Amelia reichte ihm die Hand.

»Wissen Sie, Edmond«, sagte sie, ihn genau musternd, »Sie sind hübscher denn je.«

Auch er musterte sie, und sie ließ seine Hand los.

»Jetzt erinnere ich mich an Sie«, sagte er. »Sie sind das Mädchen, das mich immer im Tennis schlug.«

Und zu Edith gewandt: »Diese junge Frau, Mrs. Chardman, hatte die schlimmste Rückhand. Und sie hüpfte herum wie Quecksilber. Ich war behende, wenigstens glaubte ich das, aber sie war flink – wie eine junge Gazelle, und ich konnte einfach nicht gewinnen. Ich wußte nie, ob ich sie lieben oder hassen sollte.«

Amelia lachte entzückt. »Sie haben sich nie entschieden«, erklärte sie.

»Ja, das stimmt.«

Sie blickten einander an, verglichen, wie gut sie sich gehalten hatten. Wie war das Leben mit ihnen umgegangen, und mit wem freundlicher? Die alte Sympathie wurde wieder wach. Auch wenn er sonst nie Heiratsabsichten gehabt hatte, er war nahe daran gewesen, Amelia Darwent zu heiraten. Sie erinnerten sich jetzt beide daran.

Als Jared am gleichen Abend anrief, sagte Edith ihm halb amüsiert: »Ihr Onkel, Jared, hat eine alte Sympathie wieder geweckt. Liebe ist ein zu starkes Wort. Aber er und Amelia haben sich einst gekannt. Sie hatten es ganz vergessen, und jetzt ist es ihnen wieder eingefallen. Er ist nach dem Abendbrot abgefahren, aber ich hörte ihn Amelia fragen, ob er sie morgen anrufen dürfe.«

Jared lachte schallend. »Weiter wird er nicht gehen!«

Zu ihrer Überraschung ärgerte sie sich plötzlich über ihn. »Lachen Sie nicht, Jared. Er ist eine tragische Figur - und ein guter Mensch.«

»Gewiß, er ist gut, aber...«

»Kein Aber! Er hat sich mit sich abgefunden. Und da er sich kennt, hat er auf das Beste verzichtet, das das Leben geben kann.«

»Und das wäre?«

»Liebe natürlich. Wie jung Sie sind!« sagte sie fast verächtlich, und das Herz tat ihr plötzlich weh.

»Ich verstehe Sie nicht«, sagte er kühl.

»Das ist auch nicht nötig«, antwortete sie.

In den nächsten Tagen widmete sie sich bewußt Edmond Hartley und Amelia. Sie tat so, als sähe sie nichts, sah aber alles. Sie verstand Amelia gut und war ihr freundlich gesinnt. Amelia war immer direkt gewesen, aber nie mehr als jetzt. Sie ging über die Rasenflächen und erschien zu seltsamen Zeiten, immer für die Tageszeit richtig gekleidet und auf ihre etwas strenge Art hübsch aussehend. Ihr widerspenstiges graues Haar war modisch geschnitten,und ihre Röcke waren so kurz, daß man ihre schön geformten Beine sah. Schwarz und Weiß standen ihr, und sie trug Weiß an den warmen Sommertagen und lange durchsichtige, schwarze Gewänder am Abend. Ihre abrupte Art, ihre Offenheit und zugleich Ehrerbietung Edmond gegenüber rührte ihn sichtlich und gefiel ihm. Es war schon lange her, daß eine Frau ihn beachtet hatte. Er schreckte nicht mehr davor zurück, mit ihr allein zu sein und schlug einen Gang durch den Garten vor. Amelia war sofort dazu bereit, und es wurde fast zum Brauch, daß die beiden Arm in Arm durch den Garten schlenderten. Edith, die sie oft sah, war darum auf das vorbereitet, was Amelia ihr eines Abends im Juni anvertraute.

»Edith, ich habe gerade Edmond Hartley einen Heiratsantrag gemacht.«

»Wirklich,Amelia?« rief sie. »Und was hat er gesagt?«

Amelia lachte. »Er konnte ihn nicht gut ablehnen, ohne unhöflich zu sein, und darum sagte er, er betrachte das als eine Ehre, und nahm den Antrag an.«

Sie waren oben in ihrem Wohnzimmer, wohin ihr Amelia gefolgt war. Edith lag auf der Chaiselongue, um sich eine halbe Stunde auszuruhen, ehe sie sich zum Abendessen anzog.

»Amelia, ich nehme an, du weißt...«

Amelia beendete den Satz: »Daß er an einer Frau geschlechtlich nicht interessiert ist. Ja, ich weiß - ich habe es immer gewußt. Warum hätte ich sonst nicht geheiratet! Ich war verrückt nach ihm, als wir jung waren. Er war der hübscheste Mann von der Welt. Und dann hat er es mir gesagt, ja, Edith, er hat es mir gesagt! Ich habe ihn immer deswegen bewundert. Er ist so - anständig. Er hat sich nie gehenlassen, nun, du weißt. Er hat beschlossen, ohne Sex zu leben. das war tapfer von ihm. War es nicht tapfer? Ja, und ich habe mich auch rein gehalten. Du wirst das dumm und altmodisch finden. Aber es hat einfach keine andere Liebe für mich gegeben und Sex ohne Liebe - stößt mich ab. Natürlich war ich zunächst schockiert, sogar angewidert, gesund und normal, wie ich war. Wir haben uns eine lange Zeit nicht gesehen. Doch im Laufe der Jahre ist mir allmählich aufgegangen, daß Sex nicht das Wichtigste zwischen Menschen ist, und allmählich ist mir die sinnliche Begierde vergangen. Was geblieben ist, ist Liebe. Ich habe zu ihm gesagt: ›Edmond, ich liebe dich. Dich. Ich möchte im gleichen Hause mit dir leben, dir nahe sein, weiter nichts.‹ Und er hat darauf, wie ich dir schon gesagt habe, erwidert, es würde eine Ehre für ihn sein.«

Sie hatte geglaubt, Amelia ziemlich gut zu kennen, und jetzt merkte sie, daß sie sie überhaupt nicht gekannt hatte. So viele Jahre hatte sie sich geirrt, aber jetzt verstand sie ihre Freundin, verstand sie nicht nur, sondern empfand wirkliche Liebe für sie.

»Ich achte euch beide«, sagte sie ruhig. »Wann werdet ihr heiraten?«

»Sobald die Formalitäten erledigt sind«, antwortete Amelia. »Edmond wird dann in mein Haus ziehen. Wir haben alles besprochen. Er kann den Ostflügel für sich haben. Dort ist Platz für seine vielen Bilder. Edith, ich kann dir nicht sagen, wie glücklich ich bin. Ich bin froh, daß ich den Mut hatte, der Wahrheit ins Gesicht zu sehen, die wir immer gekannt haben, daß wir nämlich unser Leben zusammen verbringen sollten. Er ist so… anständig. Er hätte mir nie einen Antrag gemacht. Darum habe ich die falsche Bescheidenheit abgelegt und ihm einen gemacht.«

»Dann bin ich auch froh«, sagte Edith.

Amelia hatte eine Tür zu einem geheimen Gemach geöffnet.

»Ich möchte, daß Sie heiraten«, sagte sie zu Jared. Sie hatte immer wieder über Amelias Mut nachgedacht, und das hatte ihr Kraft gegeben.

Unbewußt fuhr er schneller. Es war ein Sonntagnachmittag im Hochsommer, und er war plötzlich unangemeldet erschienen, um mit ihr zu einem ländlichen Gasthof zu fahren, wo sie zu Abend essen wollten. Sie war allein gewesen und hatte nicht recht gewußt, was sie mit ihrer Zeit anfangen sollte, denn Amelia hatte vor drei Tagen verkündet, sie und Edmond führen nach einer kurzen, stillen Trauung nach Europa. Nein, sie wollte nicht einmal ihrer lieben Freundin, Edith Chardman, sagen, wohin sie fuhren, noch das genaue Datum ihrer Abreise. Aber gleich nach ihrer Rückkehr würden sie sich bei ihr melden. Am nächsten Tag war Amelias großes Haus geschlossen, nur der Pförtner war noch da. Edith vermißte Amelia mehr, als sie geglaubt hatte, denn sie war die letzte Verbindung mit ihrer Kindheit gewesen, und es war niemand anders an ihre Stelle getreten. Selbst der Gedanke an ihren Sohn und ihre Tochter nahm ihr nichts von der Bürde der Einsamkeit. Sie lebten ihr eigenes Leben und Edith ebenfalls, von ihnen getrennt durch den Generationsunterschied und ihre geistigen Interessen. Sie begnügten sich mit der Zeugung von Kindern und allem, was ihrer Familie diente. Zeit und Raum umgaben Edith, wie einen einsamen Reisenden in einer Wüste Sand und Himmel umgeben. Sie fühlte sich innerlich so matt, daß sie fast geweint hätte, als Jared sie zu dieser abendlichen Fahrt abholte.

»Ich möchte, daß Sie heiraten«, sagte sie noch einmal, da er nicht antwortete.

Statt etwas zu sagen, hielt er im Schatten einer riesigen Esche. Es war jene Zeit im Sommer, da das Wachsen aufgehört hat und die Natur an ihren alljährlichen Tod im Winter denkt. Es war schwül, und die Vögel waren stumm.

»Um es ein für allemal zu sagen«, sagte er. »Ich werde nie jemanden so lieben, wie ich Sie liebe…«

»Ja«, erwiderte sie, »und dennoch sage ich, ich möchte, daß Sie heiraten.«

»Werden Sie mich heiraten, Edith?«

»Nein«, antwortete sie leise.

»Warum nicht?«

Das einfachste wäre gewesen zu sagen, sei sei zu alt und er in seinem besten Alter, wenn sie schon eine betagte Frau sein würde, aber sie sagte das nicht. Die Liebe zwischen ihnen hatte nichts mit dem Geburtsdatum zu tun. Sie waren zwei Menschen, die wußten, daß sie geistesverwandt waren und einander vollkommen vertrauten, und darauf kam es in der Liebe an. Dennoch trug sie eine Verantwortung, deren sie sich anfangs nur undeutlich bewußt geworden, die aber jetzt Tag für Tag klarer vor ihr stand. Nichts durfte Jareds Entwicklung als ein Mann, der reich an Gaben war und alle Voraussetzungen für eine große geistige Entfaltung hatte, behindern. Aber er war ein Mann, ein menschliches Geschöpf mit menschlichen Bedürfnissen. Diese Bedürfnisse konnte sie nicht vollkommen erfüllen, und wenn sie erfüllbar waren, konnte dann das aus ihm werden, wofür er alle Voraussetzungen mitbrachte? Sie glaubte es nicht. Sie konnte mit ihm nicht als eine Durchschnittsfrau zusammenleben. Sie konnte ihm keine Kinder schenken, sie wünschte es sogar nicht einmal. Und dennoch, hätte sie es gekonnt, hätte sie ihm dann zu geben vermocht, was sie ihm jetzt so freudig an Kameradschaft gab? Sie bezweifelte das. Er war kein einfacher Mensch. Er gehörte ganz und gar seiner Aufgabe, und sie verstand das.

»Ich weiß, ich kann Sie nicht heiraten«, sagte sie.

»Haben Sie Angst vor dem Gerede der Leute?«

»Nein.«

»Warum dann?«

»Ich weiß, ich darf es nicht.«

»Warum, warum?«

»Ich weiß es nicht, aber ich darf es um Ihretwillen nicht.«

Er schwieg, und auch sie schwieg, wartend, was nun kommen würde. Dann ließ er den Motor an, und sie fuhren weiter bis zu dem romantischen Landgasthof, der einst eine Mühle gewesen war. Das große Wasserrad drehte sich noch langsam, und das klare Wasser des Mühlbachs tropfte noch von ihm herunter, wie es das mehr als ein Jahrhundert getan hatte. Das Holz war mit feuchtem, grünem Moos bedeckt, und unter einer hohen, alten Platane floß das Wasser über die Steine dahin, dem Fluß entgegen.

Sie standen eine Weile nebeneinander und betrachteten das sich drehende Rad. Plötzlich ergriff er entschlossen ihre Hand.

»Kommen Sie«, sagte er, »ich verhungere sonst.«

Sie betraten zusammen die Gaststube, und in seiner herrischen Art lehnte er den Tisch ab, zu dem die Kellnerin sie führte.

»Den Tisch am Fenster«, sagte er in befehlendem Ton.

Sie setzten sich, und er wählte Cocktails und Vorspeise aus, während sie fügsam wartete, denn es war ihr gleich, was sie aß und trank, wenn sie nur mit ihm zusammen war. Natürlich liebte sie ihn. Ja, sie liebte ihn. Nein, sie würde sich nie von ihm trennen. Aber das hatte nicht das Geringste mit ihrer Entscheidung zu tun, die unabänderlich war.

Er stützte sich auf die Ellbogen und blickte sie mit seinen schwarzen Augen an. »Also bringen wir das hinter uns. Warum wollen Sie durchaus, daß ich jemand heirate?«

»Nicht jemanden«, verbesserte sie, »sondern June Blaine. Ich mag sie sehr gern. Sie ist ehrlich und anständig und möchte Sie heiraten.«

»Ich weiß, aber...«

»Kein Aber! Natürlich liegt die letzte Entscheidung bei Ihnen, aber Sie sollen wissen, daß ich – dafür bin.«

Er sah sie verständnislos an. »Ich verstehe Sie nicht.«

Sie lächelte und schwieg.

»Wissen Sie, Sie und ich...«, fuhr er fort.

»Ich weiß«, fiel sie ein.

Seine Augen hielten sie gefangen. Sie konnte nicht wegblicken.

»Ob ich Sie je verstehen werde?« fragte er.

»Vielleicht ist das gar nicht... nötig.« Die Stimme versagte ihr fast.

»Dennoch möchte ich es.«

»Das ist nicht nötig«, wiederholte sie flüsternd.

»Jetzt verstecken Sie sich.«

Sie schüttelte den Kopf. »Ich bin nur – ich.«

»Ich liebe keine Mysterien.«

»Ich bin kein Mysterium. Vielleicht eine Intuition. Ich kenne Sie so gut - besser, glaube ich, als ich mich kenne. Ich sehe so klar, was Sie sind und was Sie sein werden. Sie werden einer der wenigen großen Männer Ihrer Generation - sogar aller Generationen sein, glaube ich. Nichts darf Sie hemmen. Sie müssen alles haben. Und June wird ein Teil davon sei. Und ich sage Ihnen noch einmal, ich mag sie sehr gern, man findet heutzutage nicht sehr oft ehrliche Frauen. Es ist, wie wenn man einen Diamanten unter Kieselsteinen fände. Man kann nicht an ihm vorübergehen. Sie dürfen das nicht. Sie müssen ihn in die Hand nehmen, ihn genau prüfen, und wenn er echt ist, ihn behalten. Das ist alles, worum ich Sie bitte - nein, ich bitte nicht, ich rate es Ihnen.«

»Darüber will ich gar nicht reden«, sagte er fast grob. »Da kommen unsere Cocktails. Ich trinke auf Sie!«

Und er hob sein Glas.

Als sie Stunden später wach im Bett lag, nahm sie den Hörer vom Telefon ab, das auf ihrem Nachttisch stand, wählte Junes Nummer, weil sie glaubte, daß auch sie nicht schlafen könne, und hörte gleich darauf ihre muntere Stimme.

»Ja?«

»June, ich bin's, Edith Chardman.«

»Ja, Mrs. Chardman?«

»Ich möchte Ihnen sagen, daß ich für ein paar Wochen - vielleicht Monate - verreise.«

»Soll ich etwas tun?« Junes Stimme klang betroffen.

»Nur, was Ihr Herz Ihnen sagt, während ich fort bin.« Sie wartete. War June schnell genug von Begriff und auch verständnisvoll genug, um zu wissen, was Edith meinte?

Ein Augenblick des Schweigens, dann antwortete das Mädchen ruhig und beherrscht:

»Ich danke Ihnen, Mrs. Chardman.«

»Gute Nacht, meine Liebe«, sagte Edith und legte den Hörer auf die Gabel.

Am Morgen stand sie ausgeruht nach tiefem Schlaf erst sehr spät auf. Sie war gleich nach dem Telefongespräch mit June eingeschlafen, als habe sie eine Pflicht erfüllt und sich danach entspannt. Jetzt, da die Sonne sich schon dem Zenit näherte, erhob sie sich und trat ans Fenster, wie sie es immer morgens tat, um zu sehen, wie das Wetter war: Es war ein prächtiger, klarer Augusttag. Über den Bäumen sah man den wolkenlosen, blauen Himmel. Es war ein Tag, dessen Schönheit ihrer Seele Kraft gab. Sie hatte June gesagt, sie verreise, aber wohin würde sie reisen? Bis zu dem Augenblick, da sie das ausgesprochen, hatte sie nicht die Absicht gehabt zu verreisen. Und doch waren die Worte ihr über die Lippen gekommen, als wären sie die Frucht einer Überlegung und eines Entschlusses. Wohin würde sie reisen? Wie sie dort unentschlossen vor dem offenen Fenster stand und der Wind die Falten ihres langen Nachtgewandes bewegte und ihr offenes Haar hochwehte, dachte sie plötzlich an Edwins Haus in den Bergen. Vielleicht war es unbewohnt. Vielleicht waren seine Kinder dort. Es war alles möglich. Aber sie würde hinfahren und sich selber überzeugen. Niemand konnte sie dort finden – sie hatte weder Jared noch sonst jemandem etwas von dieser Liebe gesagt. Sie würde dort im Andenken an Edwin sein, würde sich selber wiederfinden, nicht, wie sie gewesen war, denn die Liebe hatte sie verändert, die Liebe zu Jared, sondern wie sie jetzt war und bis ans Ende ihres Lebens sein würde. Eine andere Liebe würde es für sie nie mehr geben. Jede Liebe, die sie erlebt hatte, war anders gewesen, jede hatte ihre eigene Bedeutung gehabt, jede war ihr teuer und wert gewesen und verdiente es, noch im Nachhinein gepriesen zu werden, ja, sie währte immer noch.

Ihre Liebe zu Jared würde ebenfalls fortdauern, denn sie wollte nicht, daß sie aufhörte. Sie sollte wachsen, eine Quelle des Trostes und der Inspiration für sie, wie es die zu Edwin gewesen war, aber mit noch größerer Verantwortung. Sie mußte diese Verantwortung auf sich nehmen – aus der Liebe mußte jetzt eine Quelle des Trostes und der Inspiration für Jared werden. Die Fackel der Liebe mußte von einem Herzen zum anderen, von einer Generation zur anderen weitergereicht werden, denn ohne Liebe verlor das Leben seinen Sinn, und die Seele verkümmerte. Ja, das war ihre Pflicht und ihre Freude, Jareds Leben mit Liebe zu erfüllen und ihn wachsen zu sehen. Es war keine Liebesaffäre. Es war Liebe.

Das große Haus stand stumm im goldenen Licht des späten Nachmittags. Die schwere Tür war abgeschlossen. Dort, wo Edwin immer gestanden hatte, um sie mit ausgebreiteten Armen zu begrüßen und an sich zu drücken, stand jetzt niemand. Die Blumenbeete waren vernachlässigt. Frühe Chrysanthemen und späte Rosen blühten bunt durcheinander. Ein Vogel rief. Sein Schrei zerriß die Stille. Sie hob den großen Messingklopfer, ließ ihn fallen und hörte das Echo drinnen im Flur. Sie wartete. Es mußte doch jemand hiersein. Ein Wächter, ein Pförtner, ein Hausmeister. Das Haus stand allein, ein paar Kilometer vom nächsten Dorf entfernt. Eine einsame Straße führte zum Tor. Mit seinen Schätzen an Büchern, der in einem langen Leben zusammengetragenen kostbaren Einrichtung konnte es nicht unbeaufsichtigt hier auf diesem Hügel stehen, umgeben von Wäldern und Bergen jenseits der Wälder. Fünf Gipfel hoben sich klar vom Abendhimmel ab. Zwei von ihnen waren schon mit frühem Schnee bedeckt.

Sie hörte jetzt Schritte im Haus, dann das kratzende Geräusch eines Metallriegels oder vielleicht eines großen Schlüssels - sie konnte sich nicht mehr erinnern. Die Tür öffnete sich einen Spalt breit, und sie sah das runzlige Gesicht von Henry Haynes, Edwins Diener.

»So etwas, Mrs. Chardman!« Seine knarrende Stimme hatte sich nicht verändert. »Was Sie auch...«

»Können Sie mich für eine, zwei oder drei Wochen aufnehmen?«

»Ja, gewiß.«

Er öffnete die Tür ganz. »Treten Sie ein. Es ist niemand hier, außer meiner Frau und mir. Ich habe die Köchin geheiratet. Ich weiß nicht, ob Sie sich noch an sie erinnern. Dr. Steadley hat sie in seinem Testament bedacht, und darum schien es ganz natürlich... Kommen Sie herein, Mrs. Chardman. Die Familie war den Sommer über hier, aber sie sind jetzt alle wieder fort, und wir haben es uns für den Winter so behaglich wie möglich gemacht.«

Während er das sagte, ging er ihr voraus. Sie stand in der großen Halle und blickte sich um. Alles war unverändert. Die Möbel blitzten, und auf dem Fußboden lag nicht ein Stäubchen. Sogar eine Schale mit gelben Chrysanthemen stand auf dem Tisch. Eine große Satsumaschale, an die sie sich genau erinnerte, denn Edwin hatte sie in Japan erstanden. Aber wie leer das Haus jetzt war!

Sie stand zögernd da. Konnte sie es ertragen, daß er nicht hier war? Sie fühlte sich so einsam und verlassen wie noch nie in ihrem Leben, nicht einmal nach Arnolds Tod, als sie allein in ihrem Haus zurückgeblieben war. Edwin hatte ihr mehr bedeutet, als sie gewußt hatte. Würde es ohne ihn hier nicht für sie unerträglich sein?

»Es ist alles noch genauso wie zu seinen Lebzeiten«, sagte Henry. »Die Betten sind gemacht, die Scheite in den Kaminen gestapelt – es ist alles wie immer. Ich habe sogar seine Wintersachen gestern aus dem Schrank genommen und gelüftet. Meine Frau sagt: ›Henry, er weiß nichts davon.‹ Aber ich weiß es, sage ich ihr, ich weiß es. Wollen Sie das Zimmer haben, das Sie immer hatten, Mrs. Chardman.«

»Ja, das.«

Sie folgte ihm die Treppe hinauf und den Flur entlang zu der betreffenden Tür. Er öffnete sie, und sie ging hinein.

»Es sieht hier genauso aus wie immer«, sagte sie.

»Und so wird es immer bleiben«, sagte Henry. »Er will das so. ›Henry‹, sagt er, ›es muß alles so bleiben, wie es immer war. Ich weiß nicht, ob ich wiederkommen kann, aber halten Sie es so, als könnte ich's!‹ Und das tue ich, staube die Bücher ab usw.«

»Vielleicht weiß er es«, murmelte sie.

Jetzt, da sie hier war, merkte sie, wie müde sie war. Sie nahm ihren Hut ab und betrachtete ihr Gesicht in einem Spiegel. Es war bleich und erschöpft.

»Das Abendessen wird so früh wie möglich serviert«, sagte Henry. »Ich sage meiner Frau sofort Bescheid.«

»Ich danke Ihnen, Henry.«

Als er gegangen war, packte sie ihre beiden Koffer aus und räumte alles in Fächer.

Aber ich brauche nicht zu bleiben, dachte sie. Ich kann jeden Tag, ja, jeden Augenblick wieder abreisen, wenn ich es nicht aushalten kann. Nur, wohin sollte ich dann?

Sie setzte sich an den kleinen Mahagonischreibtisch unweit des nach Westen gehenden Fensters. Die Sonne ging unter. In diesem Augenblick schien sie sich auf dem Felsgipfel des höchsten Berges auszuruhen, und Edith beobachtete sie, bis der letzte goldene Schimmer hinter dem Berg verschwunden war. Dann knipste sie alle Lampen an und hielt ein Streichholz an die Scheite im Kamin. Danach fühlte sie sich wie zu Hause, wenn auch immer noch allein.

Der erste Schnee fiel, obwohl die letzten leuchtenden Blätter noch an den Ahornbäumen hingen, als sie eines Morgens die Vorhänge vor den Fenstern ihre Schlafzimmers aufzog. Henry hatte die Heizung angemacht.

Sie zog den Vorhang zurück und befestigte ihn, und ein weißliches Licht drang in das Zimmer. Sie zündete die Scheite im Kamin wieder an, duschte, zog sich dann in aller Ruhe an und ging zum Frühstück hinunter. Im Frühstückszimmer hatte Henry ebenfalls im Kamin Feuer gemacht und einen kleinen Tisch daneben gestellt.

»Es ist heute morgen kalt«, sagte er.

»Das habe ich gerade gern.«

»Dr. Steadley hat es auch immer geliebt.«

»Ich weiß.«

»Es ist merkwürdig, er scheint immer noch hier im Haus zu sein«, sagte Henry.

»Spüren Sie das auch?« fragte sie.

»Manchmal, wenn ich hereinkomme, glaube ich, seine Stimme zu hören.«

»Wenn Sie glauben, daß er hier ist, dann ist er auch hier.«

Während sie das sagte, empfand sie eine seltsame Zuversicht. Wenn man glauben konnte, daß ein Toter weiterlebt, dann galt das für Edwin bestimmt. Aber sie war eine Skeptikerin. Was gewesen, war nicht mehr. Er hatte diese Hülle, diese Wohnstatt verlassen und war fortgegangen. Sie war seltsam allein, mehr allein, dachte sie, als wenn sie nie hier mit ihm gelebt hätte. Sie wünschte ihn auch nicht zurück. Sie war hergekommen, um zu lernen, allein zu leben, war so allein, daß sie nicht einmal merkte, daß Henry das Zimmer verlassen hatte.

Die einsamen Tage vergingen einer nach dem anderen in einer grauen Folge. Da niemand wußte, wo sie war, rief auch niemand an. Sie verbrachte die Tage in der riesigen Bibliothek, studierte Bücher, die sie noch nie gelesen hatte, Bücher über asiatische Geschichte und Philosophie. Edwin war viel in jenem Erdteil gereist, und sie begann jetzt zu verstehen, wie sehr Asien seinen Charakter geprägt hatte. Die natürliche Freiheit, die Ungezwungenheit, mit der er das Physische mit dem Philosophischen in Einklang gebracht hatte, war asiatisch. Der Körper war die Manifestation des Geistes, die die Sehnsucht des Geistes in Fleisch und Blut, Puls und Herzschlag übertrug. Das Verlangen nach physischer Liebe war nur eine Materialisation des Verlangens des Geistes nach Kommunikation. Es gab keinen wesentlichen Unterschied zwischen Fleisch und Geist, lediglich einen Unterschied in der Art des Ausdrucks.

Jared hatte das aber noch nicht erreicht. Und sie auch nicht. Wenn sie an ihn dachte, dachte sie an seinen Körper. Sein Geist war davon getrennt. Sie konnte an seinen Geist denken und tat es, aber der war etwas für sich. Geistig war Jared ein Schöpfer. Jetzt natürlich war er erst ein Anfänger. Er schuf Instrumente, Mechanismen, um seinen schöpferischen

Drang zu befriedigen. Er mußte etwas mit seinen Händen machen, etwas, das er sehen und benutzen konnte. Ein edler Instinkt, aber auf einer noch niedrigen Stufe. Der Grund des Schöpferischen in ihm war Mitleid, ein lobenswerter Trieb, der aber in sich nicht stark genug war, um das zu vollbringen, zu dem er als Schöpfer befähigt war. Einst hatte der Schöpfer immer seine Erfüllung in der Kunst gefunden, aber jetzt waren die größten Künstler Wissenschaftler. Wissenschaft war etwas so Erregendes, so Neues, daß sie jeden schöpferischen Geist reizte. Edith zweifelte nicht daran, daß Jared, wenn ihn nichts davon ablenkte, ein großer Wissenschaftler werden würde.

Wenn ihn nichts davon ablenkte. Aber niemand konnte ihn ablenken außer ihr. Sie war in einem Augenblick in sein Leben getreten, als er anbeten mußte, und er hatte sie angebetet. Was tut eine Frau mit der Anbetung eines Mannes? Sie kann sie durch ihr eigenes egoistisches Verlangen zunichte machen, oder sie kann ihm durch sie helfen, sich zu entwickeln und zu wachsen.

Das darf er nie wissen, dachte sie.

Aber was wissen?

Sie durfte ihn nie wissen lassen, daß sie nur eine Frau war. Sie durfte sich nie erniedrigen, ihn körperlich zu begehren, wenn sie ihn behalten wollte. Nein, selbst das war egoistisch. Von behalten konnte keine Rede sein. Sie mußte über sich hinauswachsen. Sie mußte bereit sein, ihn freizugeben, während sie ihn liebte – eben weil sie ihn liebte, denn Liebe, wenn sie wahre Liebe ist, will nichts anderes, als daß der Geliebte sich erfüllt, sich auf der höchsten Stufe erfüllt.

Allmählich, Tag für Tag, tastete sie sich zu einer neuen Definierung der Liebe vor, merzte jede Spur von Selbstsucht aus, damit sie die reinste Befriedigung finden könnte. Allmählich verwarf sie sogar die Einsamkeit und ging ganz in ihrer Suche nach dem eigentlichen Wesen der Liebe auf – und während dieser Suche schrieb sie nicht an Jared und rief ihn auch nicht an. Sie mußte allein sein, um mit der Einsamkeit fertig zu werden. Wenn sie nicht mehr einsam war, würde sie ihn wiederfinden, oder er würde sie finden.

So vergingen die Tage in dem stillen Hause. An manchen Tagen sprach sie mit niemand, außer wenn sie Henrys Begrüßung erwiderte oder die gelegentlichen Fragen seiner Frau beantwortete.

»Ist alles so, wie Sie's wünschen, Mrs. Chardman?«

»Ja, danke, Margaret.«

»Haben Sie auf etwas Besonderes Appetit?«

»Nein danke... Alles was Sie kochen, schmeckt sehr gut.«

Aus Tagen wurden Wochen. Der Schnee blieb jetzt liegen, und es wurde allmählich Winter. Sie überlegte, ob sie in ihr eigenes Haus zurückkehren sollte, tat es dann aber doch nicht. Edwin war dahingegangen, und sie lebte ganz im Bann Jareds. Er war nicht mehr der junge Mann, von dem sie sich zurückgezogen hatte. Sie sah ihn immer deutlicher als den, der er eines Tages sein würde, Jared, der sein Ziel erreicht hatte, Jared, der Schöpfer, der Herr seiner selbst, der Einfallsreiche, an seine Aufgabe Hingegebene, in seiner Kreativität Kompromißlose. Er war einer der wenigen großen Männer seiner Zeit geworden; seine Schöpfungen waren keine Erfindungen mehr. Woran würde sie seine Größe erkennen? Wenn der Künstler und Wissenschaftler in ihm eins wurden, würde er dieser große Mann sein.

»Jetzt habe ich Sie gefunden«, sagte Jared.

Sie saß an jenem Morgen am Klavier, als es an der Haustür klingelte. Sie unterbrach ihr Spiel und lauschte, wartete darauf, daß Henry oder Margaret die Tür öffnen würde, aber keiner von beiden erschien. Dann machte sie selber auf, und da stand Jared im Regen. Drei Regentage hatten den letzten Schnee weggewaschen.

»Haben Sie mich gesucht?« fragte sie.

»Überall. Aber niemand konnte mir sagen, wo Sie sind.«

»Weil ich es niemandem gesagt habe.«

»Sie wollen sich vor mir verstecken!«

»Kommen Sie herein.«

Sie machte die Tür weit auf, und er schüttelte die Regentropfen ab, trat ein, legte Regenmantel und Hut ab. Im gleichen Augenblick erschien Henry, erstaunt über den Gast, nahm ihm Hut und Mantel ab und blickte Edith fragend an.

»Ja, Henry«, sagte sie. »Mr. Barnow wird... Bleiben Sie über Nacht, Jared?«

»Wenn ich darf, ja. Aber morgen fahre ich Sie nach Hause.«

Sie antwortete nicht darauf, sondern ging ins Wohnzimmer voraus.

Der Wind, der durch die offene Tür hereinwehte, hatte die Notenblätter weit im Zimmer verstreut, und er bückte sich, hob sie auf und legte sie aufs Klavier. Dann setzte er sich und blickte ihr fest in die Augen.

»Ich tue, was Sie mir geraten haben«, sagte er. »Ich heirate June Blaine.«

Sie hörte es und hörte es doch nicht. Statt dessen vernahm man das Rauschen eines plötzlichen Regengusses: die Tropfen schlugen gegen die Glastüren und prasselten auf die Steine der Terrasse. Sie hob den Kopf und horchte.

»Wir werden morgen nicht von hier fortkommen», murmelte sie.

Er starrte sie an. »Ist Ihnen nicht gut, Edith?«

Da sie nicht antwortete, ging er auf sie zu und nahm ihr Gesicht in seine Hände. »Ich habe Sie gefragt, ob Ihnen nicht gut ist, Edith.«

Sie sah ihm in die Augen. »Doch«, sagte sie deutlich.

Da ließ er sie los, blickte aber weiter auf sie hinunter. »Sie sind zu lange allein gewesen. Das ist es.«

Sie schob ihn sanft weg. »Ach nein. Ich bin ganz gern allein. Ich habe es gelernt.«

»Ich liebe Sie immer noch«, sagte er bitter.

»Sagen Sie das nicht«, rief sie.

»Doch, ich sage es«, beharrte er. »Es ist hoffnungslos, ich weiß - aber trotzdem wahr.«

»Das ist nicht fair gegen June.«

»Sie weiß es auch«, antwortete er, »ich könnte sie sonst nicht heiraten. Zwischen Ihnen und mir, habe ich ihr gesagt, muß alles für immer so bleiben.«

Er wandte sich von ihr ab, ging ans Fenster und blickte in den Regen hinaus. »Ich hoffe, ich versuche nicht, einen Ersatz für Sie in ihr zu suchen.«

Es war nicht länger zu ertragen, und sie wollte es auch nicht ertragen. Sie wollte diese gespannte, gefühlsbeladene Atmosphäre verscheuchen.

»Unmöglich«, sagte sie. »Wir sind zwei zu verschiedene Frauen!«

Und in ihrem Innern fügte sie hinzu: Sie hat ihren Platz - aber ich habe meinen!

Doch sie sprach die Worte nicht aus.

Die Stimmung veränderte sich weiter. In dem Augenblick kam Henry herein, um zu melden, das Essen sei angerichtet, und bei Tisch - Jared aß mit bestem Appetit - heuchelte sie Interesse für seine Pläne.

»Werden Sie bald heiraten, Jared?«

»Nachdem sie im Juni ihre Abschlußprüfung auf dem College gemacht hat.«

»Ach, noch so jung! Sie Glücklicher!«

»Vergessen Sie nicht, ich kenne sie schon ein paar Jahre.«

»Sie ist ein vernünftiges kleines Ding.«

»Sonst würde ich sie auch nicht heiraten. Ich habe ihr klargemacht, daß ich meine Arbeit tun muß, daß die allem anderen vorgeht - und immer vorgehen wird. Das ist die Strafe, wenn man einen von seiner Aufgabe besessenen Wissenschaftler heiratet.«

»Werden Sie weiter in diesem Rehabilitations-Center arbeiten?«

»Nein. Das ist für mich jetzt nur noch eine Nebenbeschäftigung.«

Er runzelte die Brauen, und sie wartete, dann fuhr er fort: »Ich weiß noch nicht, was ich eigentlich tun möchte. Körper flicken - ja, natürlich. Aber das ist nicht das, was ich mir erträume. Mathematik interessiert mich. Ich liebe die Ordnung und die Schönheit der Mathematik. Aber selbst sie ist nur ein Werkzeug, ein Mittel. Ich möchte...«

»Was?« drängte sie, als er verstummte.

Er blickte sie halb entschuldigend an. »Sie werden lachen, aber es ist das einzige Wort, das paßt. Ich möchte das Universum entdecken.«

»Gott sei Dank«, rief sie leise.

Er runzelte von neuem die Brauen. »Warum Gott sei Dank?«

»Weil Sie in Ihr Laboratorium gehören, Jared.«

»Woher wußten Sie das?« fragte er.

»Ich kenne Sie«, erwiderte sie. »Ich weiß, im Grunde sind Sie ein Künstler, und ein Künstler ist immer auf der Suche nach einer Entdeckung. Sie sind nicht nur ein Techniker. Sie sind ein Schöpfer.«

Sie blickten einander fest an, er sie ehrfürchtig, sie ihn zuversichtlich.

»Sie wissen es!« flüsterte er.

»Natürlich«, sagte sie ruhig. »Und darum liebe ich Sie.«

Es war wieder Sommer. Sie wartete in einer kleinen Kirche zwischen ein paar Fremden auf den Hochzeitszug. Es war Jareds Hochzeitstag. Sie war im März nach Hause zurückgekehrt, als der Schnee, außer im Gebirge, schmolz. Er war nicht lange geblieben, nur einen Tag und eine Nacht, aber sie war nicht einsam, als er fort war. Sie kannte jetzt ihren Platz in seinem Leben und wußte, daß es ihre Pflicht war, ihn zu lieben, wie nur sie es konnte. Sie begriff, daß, je mehr sie ihr eigenes Leben erfüllte, je weiser sie wurde, je mehr sie innerlich erreichen konnte, je mehr sie sich vervollkommnete – ja, je vollkommener sie wurde, desto besser würde ihre Liebe ihm dienen können. Sie mußte die immerwährende Göttin sein. Und das war nur möglich, wenn sie ihren Weg zu dieser Vollkommenheit fand, getrennt von Jared. Aber was war der Weg? Jetzt, da Jahre vor ihr lagen, wie sollte sie sie verbringen, um vollkommen zu werden? Sie war seelisch und geistig ihres Vaters Tochter. Sie mußte, gleich nachdem diese Hochzeit vorüber war, für sich allein leben.

Bisher war dafür keine Zeit gewesen; Arnolds Tod; Edwin, seine Liebe und sein Tod; Jared und seine und ihre Liebe, die erst jetzt begann, da der Weg dieser Liebe klar vor ihr lag. Es war keine Zeit gewesen. Aber jetzt hatte sie Zeit, unendlich viel Zeit, bis zum Ende ihres Lebens. Sie brauchte sich nicht zu beeilen. Jetzt wußte sie, daß auch sie still und beständig suchen mußte, um sich selber zu vervollkommnen, denn wenn sie nicht vollkommen war, konnte sie nicht ihren Platz in Jareds Vervollkommnung einnehmen.

Der Organist begann die einführende Musik zu der Trauung zu spielen, eine sanfte Melodie, weihevoll und gedämpft. Die Menschen um sie herum warteten, lächelten halb in Erinnerung an ihre eigene Hochzeit. Die Kirche war altmodisch. Sehr schlicht. Fast eine Dorfkirche. Hier war June getauft worden von dem gleichen, damals noch jungen Pfarrer, der sie jetzt trauen sollte. Er kam im Talar herein. Vor ihm schritten zwei kleine Jungen, Chorknaben, die brennende Fackeln trugen. Als sie den Altar erreichten, zündeten die kleinen Jungen die Kerzen auf beiden Seiten an und nahmen dann ihre Plätze ein. Die sanfte Musik verhallte langsam. Eine Tür seitlich von der Kanzel öffnete sich, und Jared kam mit dem Brautführer herein, jemand, den sie nicht kannte, einem Kollegen, hatte er ihr gesagt, einem äußerst begabten jungen Mann, dessen Gebiet die Raumwissenschaft war. »Er lebt und arbeitet auf einer neuen Daseinsstufe«, hatte Jared gesagt. »Wir anderen wirken neben ihm alt und verstaubt.«

Sie erinnerte sich an diese Worte, hatte aber nur Augen für Jared. Er sah aus, als wäre er mit seinen Gedanken weit weg, als ginge ihn dies kaum etwas an. Wie gut kannte sie diesen Blick! Wie oft hatte ihre Mutter sich bei ihrem Vater beklagt:

»Raymond! Hörst du überhaupt, was ich sage?«

Manchmal hatte die Mutter halb lachend zu anderen gesagt: »Ich glaube, er hat nicht einmal ein Wort bei unserer Trauung gehört.«

Ach, June mußte lernen, diese Entrücktheit, diese Abwesenheit zu verstehen. Einmal hatte sie eine junge Frau gefragt, deren ebenfalls junger Mann Astronaut war:

»Ist er als der gleiche zurückgekommen?«

»Nicht als der gleiche«, hatte die junge Frau traurig erwidert. »Nicht ganz als der gleiche.«

Ach, aber June mußte stolz, nicht traurig sein. Und dann, während sie noch an June dachte, erklang der freudige Hochzeitsmarsch. Die Gemeinde erhob sich, und alle wandten den Kopf, um die hübsche Prozession hereinziehen zu sehen: ein kleines Mädchen in einem kurzen, rosa Kleid ging den Mittelgang hinunter und streute Rosenblätter, und dahinter kam ein winziger Junge, der ein weißes Seidenkissen mit den Ringen trug, dann folgten nacheinander drei Brautjungfern, alle blutjung, alle reizend anzusehen im rosa Kleid. Und schließlich June im Weiß der Braut – glänzende, mit Spitzen besetzte Seide. Sie ging neben ihrem Vater, hatte ihre weißbehandschuhte Hand auf seinen Arm gelegt. Er war ein hochgewachsener, schon ergrauter Mann, aber noch sehr gut aussehend, berühmt in der Welt, groß auf seine Art. Doch niemand würde größer als Jared sein. Das war ihre Lebensaufgabe.

Und schon war alles vorüber, und die Zeremonie erreichte ihren Höhepunkt.

»Ich will kein Theater«, hatte Jared energisch gesagt.

Es war kein Theater. Die kurzen Gelübde wurden gesprochen. Er kam, den Kopf reckend, den Gang herunter, und June hing an seinem Arm und lächelte tapfer. Edith spürte plötzlich etwas wie Mitleid mit ihr. Diese junge Frau! Es würde nicht leicht für sie werden, Jareds Frau zu sein. Sie mußte auch an June denken, denn eine unglückliche June würde eine Last sein, die Jared nicht tragen durfte. Und dennoch, sagte sie sich, durfte sie sich nie einmischen.

Sie lachte innerlich. Nur eine Göttin konnte all das vollbringen, was sie von sich verlangte. Darum war das ihre erste Aufgabe: aus sich eine Göttin zu machen – die erste und die schwerste Aufgabe. Sie mußte sich ganz für sich halten, wenn sie die gewaltige Aufgabe erfüllen wollte, die das Erreichen der Vollkommenheit war.

Jemand, ein junger Mann, ein Kirchendiener wahrscheinlich, geleitete sie zum Ausgang, und sie verließ die Kirche und ging auf ihren wartenden Wagen zu. Eine einstündige einsame Fahrt, doch sie fühlte sich nicht allein, eine einstündige einsame Fahrt, und sie war wieder in ihrem Haus. Und erst als sie eintrat, fiel ihr ein, daß irgendwo ein Empfang stattfand, in Junes Elternhaus, ein Hochzeitskuchen mußte angeschnitten werden - sie hatte das alles vergessen, so in sich versonnen, wie Jared es war. Aber sie hatte ihre eigenen Träume. Sie konnten sich nicht in diesem Hause erfüllen, noch in irgendeinem anderen, in dem sie einmal gewohnt hatte. Diese plötzliche Erkenntnis wurde zur Überzeugung. Sie mußte sich ein eigenes Haus bauen. Auf dem Grundstück, das sie so blind gewählt hatte, dem Grundstück am Meer. Die Pläne lagen noch in einem Fach ihres Schreibtisches. Sie hatte sie vor Monaten dort hineingelegt, ohne zu wissen, ob sie sie je verwenden würde. Jetzt wußte sie es.

Sie nahm ihren Hut ab, warf ihn auf einen Sessel, ging in die Bibliothek und an ihren Schreibtisch und zog das Fach auf. Die Pläne lagen dort noch genau so, wie sie sie hineingelegt hatte. Sie setzte sich und studierte sie. Sie sah das Haus vor sich, als stände es schon einsam auf dem Kliff mit dem weiten Blick aufs Meer. Die Idee an sich war Wirklichkeit. Wie Edwin es gesagt hatte, allein die Idee der Unsterblichkeit machte die Unsterblichkeit zu einer Wirklichkeit. Jetzt waren die Idee des Hauses, die ihrer selbst und die Jareds Wirklichkeiten.

Sie hörte jemanden in der Tür husten. Sie blickte auf und sah Weston warten.

»Verzeihen Sie, Madam«, sagte er, »ist jemand zum Abendessen hier?«

»Nur ich«, antwortete sie.